JN173791

佐藤勝明 著

元禄名家句集略注

小西来山篇

新典社

はじめに

昭和二十九年に刊行された荻野清編『元禄名家句集』（創元社）は大変な労作である、と「伊藤信徳《しんとく》篇」「池西言水《ごんすい》篇」「山口素堂《そどう》篇」を担当された田中善信氏がそれぞれの「はじめに」に記している。それはまさにその通りであり、私自身のことを振り返っても、同書からどれだけ多くの恩恵を受けてきたかは計り知れない。元禄名家六人（他の三人は小西来山《らいざん》・椎本才麿《しいのもとさいまろ》・上島鬼貫《おにつら》）の発句を集成していただいただけでも十分にありがたいことはたしかながら、これに注釈があればどんなに便利であろうかとは、近世（とくに元禄期前後）の俳諧に関心をもつ者なら誰しもが思うことに違いない。田中氏は、近世前期の俳諧研究が芭蕉のみに偏りがちで、他の俳人や俳書にはなかなか手が及ばない現況を省みて、『元禄名家句集』を原本にして注釈をなすことを発企された。そして、玉城司氏と小生に一部を担当するよう、協力の要請があった。難事ではあるものの、光栄なことと、一も二もなく承知した次第である。

以上の通り、本書は『元禄名家句集』の全注釈を作成することを目的に企画されたシリーズの一冊であり、「伊藤信徳篇」「池西言水篇」「山口素堂篇」に継ぐ四冊目の「小西来山篇」である。他の五人の場合とは異なり、来山には充実した作品集成と先行する発句注釈がある。すなわち、飯田正一編『小西来山全集』（朝陽学院　昭和60年刊）および同著『小西来山俳句解』（前田書店　平成元年刊）であり、本書をなすにあたって、この両書（とくに後者）からどれほどの学恩を頂戴したかは、とても書き切れないほどである。それでも、自分なりに工夫をした点はあり、何とかシリーズの一冊としてまとめることができたことを、素直に喜びたいと思う。

平成二十九年三月二日

佐藤　勝明

目　次

小西来山略歴

来山《らいざん》は承応三年（一六五四）に大坂（江戸時代には「大阪」でなく「大坂」の表記が一般的）で生を受け、享保元年（一七一六）に大坂で生涯を終えた。小西家は祖父の代に堺から大坂に移住したようで、生家は中橋筋淡路町南角（現在の大阪市淡路町三丁目）にあった。元禄期後半には渡辺橋（現在の大阪市北区にある堂島川に架かる橋）付近に仮寓したこともあり、正徳三年（一七一三）に今宮村（現在の大阪市浪速区）へ移住する。通称は小西伊右衛門《こにしいえもん》。家業の薬種商は弟が継いだらしく、本人は俳諧師として生涯を過ごし、二十六歳の延宝七年（一六七九）ころには法体となっている。九歳の折に父を亡くし、母の手で育てられたこともあってか、母への情愛を示した句文をいくつか残している。その母は元禄十四年（一七〇一）に七十七歳で没。その三年後の宝永元年（一七〇四）ころ、五十一歳にして初めて妻を娶ったものの、同四年には妻子ともに他界し、前年には弟も世を去っている。同七年ころに後妻を迎え、長男を得るも、その子は二歳にして没し、来山はその悲しみを「春の夢気の違はぬが恨めしい」（本書の四六七の句）と詠んでいる。享保元年（一七一六）、次男に一来《いちらい》の号を授け、十月三日に来山は六十三歳の生涯を閉じる。

来山に関しては、七歳の時から前川由平《ゆうへい》に就いて書学・俳諧などを学び、やがて由平の推挙で西山宗因《そういん》の直弟子となり、十八歳で俳諧点者になったとされる（『時雨集』序）ものの、いずれも確証はない。ただ、由平に学んだことはたしかで、二十代の前半には宗匠として独立したものと思われる。二十五歳の折、延宝六年（一六七八）刊の西鶴《さいかく》編『物種集』に満平《まんぺい》号で付句を一つ採られたのが、俳書への初入集。満平は来山の初号で、同八年刊の遠舟《えんしゅう》編『太夫桜』から来山号を使うようになる。ほかに十万堂《じゅうまんどう》・湛翁《たんおう》・湛々翁《たんたんおう》・湛々老人《たんたんろうじん》・未来居士《みらいこじ》・宗無《そうむ》などの号があり、難波津《なにわづ》散人《さんじん》・今宮老人《いまみやろうじん》などとも称している。俳諧活動の初期には西鶴と接近し、延宝七年（一六七九）に西鶴が興行した一日千句（『飛梅千句』）には最年少で参加。同じころ、伊丹の俳人とも交誼を結び、終生の友となる鬼貫《おにつら》とも知り合うようになった。来山自身の名義で出した初の俳書は、天和元年（一六八一）刊の『大坂八五十韻』（「大坂」は角書）で、来山の一派による八吟五十韻八巻を収める。以後、諸書に句を採られ、大坂俳壇を代表する俳諧師となるものの、歳旦を除けば、まとまった撰集を自ら編むことはなく、俳壇的な野心は薄かったものとおぼしい。その一方で、貞享五年（一六八八）刊の『大坂辰歳旦惣寄』には二十九人の門弟が句を寄せており、一門の充実ぶりは、元禄五年（一六九二）の歳旦集、『俳諧三物』からも確認される。また、地方の俳人が来坂した際、催される俳席に数多く出座していることも、来山が大坂を代表する存在であった事実を示すものと言える。

俳諧師としての来山を考える際、重要な事項の一つに、同じ元禄名家の信徳《しんとく》・言水《ごんすい》・才麿《さいまろ》などとは違い、貞門・談林時代をほとんど経ていないということがある。発句だけを見ても、天和期までの俳書に収められるものは、わずかに十六句（一〜一三と追一〜追三）。延宝末から天和にかけての激動期を、いわば修行期として過ごしたわけであり、これが、同時期を俳諧の変革期と認識し、主体的に俳風の改善に取り組んだ芭蕉の場合（拙著『芭蕉と京都俳壇』〈八木書店　平成18年刊〉参照）とは、決定的に異なる点であると言ってよい。信徳・言水・才麿らの場合、そのいずれもが天和期までの芭蕉と交流をもち、やがて疎遠になって一家を構えるという軌跡をたどっており、その意味で、来山はこの人たちともまた別の〝元禄俳人〟であったことになる。来山の親友とも言うべき鬼貫も、天和期までの活動が乏しく、芭蕉と無縁であったという点で、来山に類似した存在と言えるかもしれない。ただし、鬼貫が伊丹に生を受けた後、大坂や京などに移住しているのに比べ、来山の場合、大坂の人として一生を送ったところに特色があり、大きな旅をした形跡もほとんど認められない。よくも悪くも、生粋の大坂人として一生を送ったわけである。編著を積極的に編もうとはしなかったのと同様、俳論の類もまとまった形で残すことはなく、『よるひる』『童子教』といった各書に寄せる序・跋や門弟が書き記したものなどから、わずかに俳諧観を推し量れるに過ぎない。それらを読んで知られるのは、来山が「常の詞」を重視し、「中和」をよしとしていたことである。たしかに、来山の発句を通観すれば、格別に難しい用語や言い回しを使うことがなく、素直でわかりやすい作であることが実感できる。芭蕉の「かるみ」とは別の地点から、来山は来山で、庶民詩としての俳諧をよく理解・実践していたということであろう。そして、それは、来山が雑俳点者としても活躍していたことと、大きく関わっているに違いない。当たり前のことをさっと一句にしてしまう技量といい、やや突飛な思いつきでも一句にまとめる才気といい、その残した発句六百余は、来山の実力を示して余すところがない。豪快さと繊細さを合わせもつ自由闊達な来山句の世界を、本書から感じ取っていただけるならば、校注者として幸いこれに過ぎたることはない。

来山に関して、もう一つ書き加えておきたいことは、その句文集や追善集が没後に続々と作られているという事実である。句文集には、享保十九年（一七三四）刊の古道《こどう》・長江《ちょうこう》・梅七《ばいしち》編『いまみや草』、同二十年（一七三五）刊の古道編『津の玉柏』、天明三年（一七八三）刊の什山《じゅうざん》編『続いま宮草』があり、安永四年（一七七五）刊の朝陽館《ちょうようかん》（五《ご》晴《せい》）編『俳諧五子稿』にも言水・去来《きょらい》・素堂《そどう》・沾徳《せんとく》とともに来山の句がまとめられている。来山の句集を編む上でこれらが果たす役割は大きく、飯田正一氏が『津の玉柏』を入手・発表し、同書を荻野清氏に貸与したことで、『元禄名家句集』の「来山篇」は原稿の三分の一を書き換えるに至ったことを、飯田氏自身が『小西来山全集』（朝陽学院昭和60年刊）の「後記」で記している。これら四種の句文集がなければ、「来山篇」の発句は半分以下になってしまうのであり、古道らの努力にただただ感謝するしかない。なお、このほかに、文化七年（一八一〇）の序をもつ久蔵《きゅうぞう》編の稿本『木葉駒』（序には「再興木葉駒」とある）も来山句集として知られている。追善集としては、百ヶ日追善の李天《りてん》編『木葉こま』（享保二年（一七一七））、一周忌追善の文十《ぶんじゅう》編『遠千鳥』（同）、三回忌追善の一棟《いっとう》編『〔三回忌集〕』（享保三年〈一七一八〉・仮題）、七回忌追善の布門《ふもん》編『小三月』（享保七年〈一七二二〉・伝存未詳）、十三回忌追善の布門編『たつか弓』（享保十四年〈一七二九〉）、十七回忌追善の布門編『はくもり』（享保十七年〈一七三二〉）、三十回忌追善の布門編『堪翁廿回忌』（延享三年〈一七四六〉）、三十三回忌追善の布門編『卅三回忌』（寛延元年〈一七四八〉）八十回忌追善の烏掌《うしょう》編『時雨集』（寛政十年〈一七九八〉）などがあり、来山が後世まで尊重されていたことが確認される。

ところで、来山には自筆（ないしはその写し）の懐紙・短冊などの類も多数ある。その一部は『小西来山全集』に収められている（本書で「真蹟詠草A」「真蹟詠草B」としたのもその中のもの）ので、ご参照いただきたい。本書カバーの後ろ写真に用いたのは、一六四「雪を汲で」句に関する一点である。なお、作品中には今日的観点から好ましくない表現が散見されるものの、資料的価値を尊重してそのまま活字化した。

（この略伝は飯田正一編『小西来山全集』（朝陽学院）の「来山年譜」と「解説」に多くをよった）

注釈

凡　例

一、本書では荻野清編『元禄名家句集』を原本と記す。
二、それぞれの句に付けた番号は原本に従った。句番号の上に「補」とあるのは原本の補訂で追加された句である。句番号の上に「追」とあるのは飯田正一編『小西来山全集』（朝陽学院　昭和60年刊）および同著『小西来山俳句解』（前田書店　平成元年刊）によって付け加えた句である。存疑句・誤伝句の番号には（　）を付した。
三、それぞれの句の下に出典と出典の刊行年を記した。出典は原本に従いつつ、一部においてその表記等を改めた。
四、句形については原則として原本の表記に従いつつ、一部に改めたものもある。また、次のような変更を加えた。
イ、漢字の字体については、旧字体を新字体に改めた。異体字や特殊な文字は、常用漢字で代用できるものは常用漢字に改めた。
ロ、常用漢字以外の漢字や旧仮名遣いの表記には振り仮名をつけた。また、常用漢字の読みが現行の読みと異なる場合も振り仮名をつけた。振り仮名はすべて現代仮名遣いによった。
ハ、原本の片仮名の振り仮名はすべて平仮名に直し、かつ現代仮名遣いに改めた。句や前書きの中の片仮名表記も、平仮名に直すか、省略して振り仮名を付すかの措置をとった。ただし、一部に例外もある。
ニ、音読や訓読の記号は省略した。
ホ、踊り字は原則として現行の表記に改めた。
五、引用の参考文献は現代仮名遣いに改めた。漢文の場合は読みくだし文に改め、仮名遣いは現代仮名遣いに従った。ただし、和歌については旧仮名遣いに従った。来山関連の俳書に関しても旧仮名遣いに従った。
六、注釈に記されている月はすべて旧暦である。
七、【句意】の末尾に句の季節と季語を記した。特定の季語がない場合は句意によった。
八、【語釈】の説明は基本的に『日本国語大辞典』（小学館・第二版）と『角川古語大辞典』（角川書店）によった。季語は基本的に『図説俳句大歳時記』（角川書店）によった。
九、飯田正一著『小西来山俳句解』を利用する際は、飯田『俳句解』と略記した。

一　罰利生《ばつりしょう》花にてもしれ冬から此《この》　（『飛梅千句』延宝7）

【句意】罰や利生は花によって知るがよい。冬からこの通り、神仏の恵みで花が咲いている。冬「冬」。

【語釈】○罰利生　神仏が人々に与える罰や恵み。○花　出典の編者未詳『飛梅千句』では発句にウメとマツを交互に詠み込んでおり、ここも冬から咲き出したウメの花をさすと見られる。

二　吸《すい》がらも明所《あけどころ》なし初芝居　（『道頓堀花みち』延宝7）

【句意】煙管《きせる》の吸い殻をはたいて空ける余地もない、大にぎわいの初芝居では。春「初芝居」。

【語釈】○明所　空けるための場所。○初芝居　新年になって初めて興行する演劇。

三　顔見せや寝ぬに覚行《さめゆく》けさの夢　（同）

【句意】顔見せ興行のときは、ろくに寝ないまま覚めていく、今朝の夢から。冬「顔見せ」。

【語釈】○顔見せ「顔見世芝居」の略で、十一月から新加入の役者を加えた一座総出演で行う歌舞伎興行をいう。八つ時（午前二時ころ）に一番太鼓が鳴る中、観客は徹夜で入場し、早朝から観劇を楽しんだ。○覚行　うつらうつらとした状態からしだいに覚醒していくこと。

四　ものしりよくらべもの出せ御代《みよ》の春　　　（『近来俳諧風体抄』延宝7）

【句意】物知りな人よ、比べられるものがあるなら示してみなさい、このめでたい新春と。春「御代の春」。

【語釈】○くらべもの　比較するだけの価値をもっているもの。○御代の春　世の中がおだやかに治まっている元日・新春ということで、「千代の春」「君が春」「今朝の春」などと同様、新年を寿ぐ歳旦句（元日詠）に常套的な表現。

五　むごかりける嵐や花の如来《にょらい》さま　　　（『太夫桜』延宝8）

【句意】むごたらしい強風であることよ、吹き散らされる花の中に如来様が安置されている。春「花」。

【語釈】○如来　真理に到達した人の意で、仏のことをいう。

【備考】出典の遠舟《えんしゅう》編『太夫桜』は平敦盛《たいらのあつもり》五百回忌に須磨寺（正式名称は上野山福祥寺）開帳をした際の記念集で、境内の太夫桜にちなむ花の発句を集める。この句にも、敦盛が若く世を去ったことを悼む意が込められていよう。

六　世の昼なり色には勇梅津国《いさめうめつくに》　　　（『大坂八五十韻』天和1）

【句意】世間は実にのどかな真昼である、色を競って咲き誇りなさい、ここはウメの国なのだから。春「梅」。

【語釈】○世の昼　ここは「世の春」（新年）の意を込め、いかにも泰平であることを表していよう。○勇　奮闘せよ。「勇」の読みは出典の来山編『大坂八五十韻』にある通り。○梅津国　王仁《わに》の「難波津に咲くやこの花冬ごもり今を盛りと咲くやこの花」（『古今集』仮名序）を踏まえ、難波に梅が咲き満ちていることを、「梅の国」と言いなしたものであろう。

【備考】出典の『大坂八五十韻』は来山が一門の五十韻（五十句からなる連句）八巻を集めて出版したもので、これはその巻頭五十韻の立句《たてく》（第一句）。

七　湖凝《うみこつ》てなれる哉《や》固く歯の初《はじめ》　（『犬の尾』天和２）

【句意】海水が固まって万物が生じたということだ、そのことにあやかってか、年の初めには長寿を祈って歯固めの行事をするのである。春「固く歯の初（歯固め）」。

【語釈】○湖凝て　ここの「湖」は「海」に同じく、海水が凍っての意。心友《しんゆう》編『御田扇《みたおうぎ》』（天和２）に「汐《しお》凝てなれるや固く歯の初」の句形で収められることからは、「潮凝て」を誤ったともとれる。この表現の背景には、イザナギ・イザナミの二神が矛に付いた海水から島を生じさせた、国生みの神話（『古事記』『日本書紀』）がある。○固く歯の初「歯固め」のことで、正月の三が日などに、鏡餅・ダイコン・ウリ・イノシシ肉・シカ肉・押アユなどを食べて長命を願った行事。

八　引窓《ひきまど》や猫の舟《ふな》はし恋の闇　（『俳諧百人一句難波色紙』天和２）

【句意】引き窓が閉まっている、舟橋でも渡るように危険を省みず、ネコが屋根づたいに闇の中をやって来たものの、中に入って恋をかなえることもできず、これぞ恋の闇というものだ。春「猫…恋（猫の恋）」。

【語釈】○引窓　屋根の勾配に沿って作った天窓で、綱を引いて開閉する。○舟はし　並べた舟に板を渡して橋としたもので、ここは危うい行路であることを言ったものであろう。「猫の舟はし」は歌語「佐野の舟橋」のもじりか（飯田『俳句解』の指摘）。○恋の闇　恋のために理性を失った状態を闇にたとえた言い方。この句は、「猫」と「恋」によって「猫の恋」を表したものと見られる。「猫の恋」は発情したネコをさし、春の季語になる。

九　細工剃《さいくぞり》や耳のしがらみ紅葉川《もみじがわ》　（『三ヶ津』天和2）

【句意】髪を自分で剃っていたのだけれど、いかんせん素人の仕事、耳が邪魔になって傷つけたら血が流れ、モミジが流れる川のようになった。「しがらみ」と「川」の縁語関係を利用しての作。秋「紅葉」。

【語釈】○細工剃　素人《しろうと》のような剃り方。○しがらみ　水流をせき止めるため、川の中に杭を打ち並べて両側から柴・竹などをからみつけたもの。転じて障害物などについて言う。○紅葉川　色づいた葉が散って流れる川。

【備考】真蹟短冊には「細工剃や耳のとがりの紅葉川」とあり、これでは縁語関係がいかされない。

一〇　いかで見む《ん》幕はぐれず陰《かげ》の花　（『高名集』天和2）

【句意】どうにか見たいものだ、花見幕が強く張ってあるので隙間もできず、女性の姿を拝することができない、これぞ「陰の花」といったところか。春「花」。

【語釈】○はぐれず　離れない。「幕はぐれず」は「幕ははぐれず」の誤りとおぼしく、ここは花見の席に張りめぐらせた幕がめくりにくいことであろう。○陰の花　物陰に咲く花。幕の中の女を含意していよう。西鶴著の浮世草子『西鶴諸国ばなし』二ノ三「忍び扇の長歌」に「衣装幕のうちには小歌まじりの女中姿、ほんの桜よりは詠めぞかし」とある。

一一　小座頭《こざとう》や花見ぬまでも芳野山《よしのやま》　（『家土産』天和2）

【句意】若い座頭が、花を見ることはできないにしても、せめてはと花の名所の吉野山《よしのやま》に来ている。春「花」。

【語釈】○小座頭　年若い僧体の盲目の芸人。○芳野山　現在の奈良県中部にある吉野山。

【備考】真蹟には上五が「小座頭の」とある。

一二　甲《かぶと》人形人に後《うしろ》を見せざりけり　（同）

【句意】兜《かぶと》の人形は前を向き、人に後ろを見せるような卑怯な行動はとらない。夏「甲人形」。

【語釈】○甲人形　端午の節句に飾る兜を着けた武者人形。○人に後を見せざり　人形が正面を向いていることに掛けて、相手から逃げない意の成句「敵に後ろを見せず」を利かせたもの。

【備考】什山《じゅうざん》編の来山句文集『続いま宮草』（天明3）には「軒甲《のきかぶと》人にうしろは見せざりけり」とある。「軒甲」は軒下に飾った兜人形。

一三　むず折《おれ》や雪がおどろく枝の松　（『家土産』天和2）

【句意】降り積む雪で簡単に折れてしまい、雪の方が驚く始末だ、マツの枝に対して。擬人法を用いた作。冬「雪」。

【語釈】○むず折　力を加えなくてもたやすく折れること。

一四　よしや桜爰《ここ》ぞ末世《まつせ》の詠塚《ながめづか》　（『庵桜』貞享3）

【句意】サクラは散ってもまあよい、所も桜塚というここが末世の花を眺めるに最適の場所なのだ。春「桜」。

【語釈】○よしや　ままよ。どうなろうとも。○末世　釈迦入滅から遠く時代が隔たり、仏法が衰えた末法《まつぽう》の世。日本では永承七年（一〇五二）からの一万年間とされる。○詠塚　出典の書名は編者の西吟《さいぎん》が摂津国桜塚《せつつのくにさくらづか》（現在の大阪府北中部と兵庫県南東部）に住み、庵には一本の桜があったことによる。その「桜塚」を「桜…詠塚」ともじった。「詠塚」は眺めるにふさわしい場の意であろう。

一五　ほとり哉《かな》動く柳に魚逃《うおにげ》ず　（同）

【句意】水際であることだ、ヤナギの枝が動いても、魚は逃げようともしない。春「柳」。

【語釈】○ほとり　海・川・池などの水際。○動く柳に魚逃ず　白楽天の漢詩に「柳気力無く条先《えだま》づ動く　池に波の文《もん》有りて氷尽《ことごと》く開けたり」（『和漢朗詠集』）とあるのを踏まえるか（飯田『俳句解』の指摘）。

【備考】真蹟に「池頭即吟」の前書きがあり、実際に目にした光景を即興的に詠んだものらしい。

直《すぐ》なるはゆがむのはじめ、常盤《ときわ》を名にしたる松も、雪のためにはむごいめにあふ《う》ことあり。ただいつをいつとせず、果《はて》しなの世こそをかし《お》けれ

一六　元日やされば野川の水の音　（『大坂辰歳旦惣寄』貞享5）

【句意】すべてが改まる元日、さて、野川の水の音は、いつをいつということもない悠久の響きである。春「元日」。

【語釈】○されば「そうであるから」の意とも、「ところで」の意ともとれ、それによって句意も変わる。【句意】では「さて」とした。

【備考】前書きの大意は、「まっすぐであるのはゆがみの始まりで、常盤マツも雪に折れることがある。いつをいつと限らず、果てしない世こそがおもしろい」といったもの。これに応じて、句意を右のようにした。

一七　鉢に植《うえ》てかひ《い》なき荻《おぎ》のそよぎ哉《かな》　（『雀の森』元禄3）

【句意】鉢に植えてみても、わずかにそよぐばかりではその甲斐もない、オギのそよぎであることだ。秋「荻」。

【語釈】○かひなき　甲斐なき。期待されるほどの値打ちがないこと。源道済「いつしかと待ちしかひ《い》なく秋風にそよとばかりも荻の音せぬ」（『後拾遺集』）を踏まえる（飯田『俳句解』の指摘）とすると、秋の到来を待ち、オギにその

期待を託しながらも満たされないと詠んだことになり、「鉢に植て」の具体的な行動に新しみが見られる。

一八　咲《さく》中に紫ばかりかきつばた　（『其袋』元禄3）

【句意】種々の花が咲く中にあって、紫色ばかりであることだ、カキツバタは。夏「かきつばた」。

【語釈】○かきつばた　アヤメ科の多年草で「杜若」と書き、初夏のころ濃紫色の花を開く。

一九　朝顔に置《おく》とは露のつよみかな　（同）

【句意】アサガオに自らを置くとは、露も心強さを得ていることであろうよ。秋「朝顔・露」。

【語釈】○朝顔　ヒルガオ科の一年草で、花は主として朝の間に咲く。○露のつよみ　『方丈記』に「主《あるじ》と栖《すみか》と無常を争うさま、いわば朝顔の露に異ならず」とあるように、アサガオと露ははかなさの代表的なもの。置く相手がやはりはかないアサガオであれば、露も同類な相手を得て心が強いはず、と考えたわけである。

二〇　浅ましやまだ十月の暦《こよみ》うり　（同）

【句意】驚いたことだ、まだ十月だというのに暦売りがやって来るとは、冬「十月・暦うり」。

【語釈】○浅まし　驚きあきれたことだ。○暦うり　暦（現在のカレンダーに相当）を売る商人。古来、陰陽寮の暦博士が作った翌年の暦は十一月一日に天皇に奏上され、暦の売買も十一月からが一般的であった。

【備考】文十《ぶんじゆう》編『よるひる』（元禄4）等では上五が「つれなしや」とあり、これだとまだ暦売りに関心を示さない人々に対する感慨を詠んだことになる。「浅ましや」が初案で、「つれなしや」が再案か。

二一　梅のはな名に呼《よび》よくて匂ひ《い》かな　（『破暁集』元禄3）

【句意】ウメの花は名に出して呼びやすく、よい匂いであることだ。春「梅のはな」。

【語釈】○名に呼よくて　古道《こどう》ら編の来山句文集『いまみや草』（享保19）に「木も草も唐めきたる、むづ《ず》かしきものとは古人もいひ《い》し」の前書きがあり、『徒然草』一三九段の「草は、…唐めきたる名の聞きにくく、…いとなつかしからず」を踏まえていることが知られる。「むづかしき」は煩わしく気に入らないの意。

二二　木ひとつに華とさくらと咲《さき》にけり　（同）

【句意】一本の木に花とサクラが咲いたことである。春「華・さくら」。

【語釈】○華とさくらと　「花」とあれば多くサクラをさすのが伝統ながら、俳諧での「花」は華やかなものを象徴する言い方でもあった。サクラの花が咲いたのを「華と桜と…」と言いなしたのは、そうした意識からなのであろう。

二三　早乙女《さおとめ》やよごれぬ物はうた斗《ばかり》　（同）

【句意】早乙女は泥まみれとなり、汚れていないものと言えばその清らかな田植え歌ばかりだ。夏「早乙女」。
【語釈】○早乙女　田植えをする少女。○斗　草体が「計」に似ることから、副助詞「ばかり」の宛字として用いる。

二四　春風や堤《つつみ》ごしなる牛の声　（『誹諧生駒堂』元禄3）
【語釈】○堤ごしなる　土を高く盛り築いた土手を隔てて向こうの。
【句意】春風が吹いており、堤を越してウシの声が聞こえている。春「春風」。

二五　住《すみ》よしにて
春風にしら鷺《さぎ》白し松の中　（同）
【句意】春風が吹き、シラサギが白い姿で止まっている、マツの緑の中に。春「春風」。
【語釈】○住よし　現在の大阪府大阪市住吉区にある住吉大社。「住吉」と「松」は付合《つけあい》語の関係（『類船集』に登載）。
○しら鷺　サギ科に属する鳥の内、コサギ・チュウサギ・ダイサギなど全身が白いものの総称。これ自体の季は夏。

二六　野の花や菜種《なたね》が果《はて》は山の際《ねき》　（同）

【句意】野に咲き満ちる花よ、ナノハナの果ては山の麓《ふもと》まで続いている。春「花…菜種（菜種の花）」。

【語釈】○菜種　アブラナの別名。ここでは「菜種の花」としてのナノハナを意味し、それで春の季語となる。○山の際　山の麓。「際」の読みは出典の燈外《とうがい》編『誹諧生駒堂』にある通り。

二七　是《これ》や此《この》日ぐれに続く朧月《おぼろづき》　（同）

【句意】これがこのおだやかな日暮れに続く朧月なのである。春「朧月」。

【語釈】○是や此　蟬丸の「これやこの行くも帰るも別れては知るも知らぬも逢坂の関」（『百人一首』）によるか。

二八　ふく音の柳に似たるあらし哉《かな》　（同）

【句意】吹く音がいかにもヤナギに似合って優しげな、春の嵐であることよ。春「柳」。

【語釈】○柳に似たる　いかにもヤナギを吹きなびかせているにふさわしいの意であろう。

【備考】文十編『よるひる』（元禄4）等では上五が「吹《ふき》あてて」とあり、その方がより即物的な感じになる。

二九　山のべや風より下を行燕《ゆくつばめ》　（同）

【句意】山辺を行くことだ、見ればわが身に吹く風より下をツバメが飛んでいく。春「燕」。

【語釈】○山のべ　山辺。山のほとり。ここは山道を歩いているのだと見られる。

三〇　血を吐《はき》ておもふ《う》あたりの子規《ほととぎす》　　（『誹諧生駒堂』元禄3）
　　　禁酒

【句意】血を吐いて禁酒を誓った折しも、鳴いて血を吐くと言われるホトトギスがあたりで鳴いている。夏「子規」。
【語釈】○血を吐て　ホトトギスは血を吐いて鳴くとされ、自分が血を吐いたことにそのイメージを重ねている。○おもふあたり　酒を過ごしての吐血と自ら判断し、禁酒を思うのであろう。「あたり」には、そう思う時分にの意と、身近な所での意が掛けられていよう。

三一　せめて扨《さて》人の気にあへ《え》忘れ草　　（同）
　　　久しき便りせぬ人に花を送りて

【句意】せめてはまあ、あなたの気に合ってくれ、このワスレグサが。長く連絡をしなかった侘びに、花と一緒に贈ったもので、音信しなかったのはこの花の罪ということにして許しを願う、という意を込める。夏「忘れ草」。

【語釈】○扨　さて。まあ。それにしても。○気にあへ　気に入ってくれ。○忘れ草　ユリ科の多年草、カンゾウの異名。便りを忘れていたのは、「忘れ」の語をもつこの花のせいなのだ、との言い訳に使っている。

【備考】可休《かきゅう》編『物見車』（元禄3）等に「無音せし人の許《もと》へわすれ草を送るとて花の料《とが》にいひ《い》なして」の前書きがある。

三二　初夜《しょや》と四《よ》つ諍《あらそ》ふ秋に成《なり》にけり　（同）

【句意】今は初夜だ、いや四つ時ころだ、などと言い争うような、秋の夜長になったことだ。秋「秋」。

【語釈】○初夜　一昼夜を六等分した六時の一つで、現在の午後八時ころを主としてさす。○四つ　現在の午後十時ころからの約二時間で、鐘を四つ打ったことによる。○諍ふ　自分の意見を言い張る。言い争う。

三三　幾《いく》秋かなぐさめかねつ母ひとり　（同）

過《すぎ》し比《ころ》、三千風《みちかぜ》が行脚《あんぎや》をうらやましくはなむけして、身のほどをいふ《う》とて

【句意】どれだけの秋を慰めかねて過ごしたことか、ただ一人の母とともに。貞享元年（一六八四）、三千風の行脚をうらやましく思いながら、父を早くに失い、残った母に仕えて旅もままならないわが身を詠んだもの。秋「秋」。

【語釈】○三千風　談林系の俳諧師、大淀《おおよど》三千風。全国を行脚して『日本行脚文集』（元禄3）等の編著を残した。○なぐさめかねつ　読み人知らず「わが心なぐさめかねつ更科や姨捨山に照る月を見て」（『古今集』）を踏まえるか。

【備考】伝本未詳の来山句文集『湛翁吟稿《たんおうぎんこう》』には長い前書きがあり、浜松歌国《はままつうたくに》著の随筆『摂陽奇観《せつようきかん》』（『浪華叢書』3）に掲載される。追16を参照。その前書きから、三千風に同行の誘いを受け、断った際の吟と知られる。

三四　家々に月の中言《なかごと》雨の音　（同）

【句意】家ごとに名月が見られない嘆きの悪口を漏らしている、雨の音を聞きながら。秋「月」。
【語釈】○中言　二者の間にあって一方を他方に悪く言うこと。中傷。

三五　何の木ととふ迄《う》もなし帰花《かえりばな》
（『誹諧生駒堂』元禄3）

【句意】何の木であるかと問うまでもない、帰り花が咲けばその花によって何の木と知られる。冬「帰花」。

【語釈】○帰花　花の咲く本来の時期が過ぎた後、冬の小春日和に再び季節はずれの花を咲かせること。

三六　松吹《ふい》て横につららの山辺哉《かな》
（同）

【句意】マツに風が吹き付け、横に氷柱《つらら》までできている、そんな山辺であることだ。冬「つらら」。

【語釈】○つらら　氷柱。水のしずくが凍り、軒下などに長く垂れ下がったもの。

三七　打《うち》やむに間《ま》のなき冬の碪《きぬた》哉
（同）

【句意】打ち出してから打ちやむまでにあまり間のない、冬の砧《きぬた》であることよ。冬「冬の碪」。

【語釈】○碪　砧。槌で布を打ち、つやを出し柔らかくするための木や石の台、また、そのように布を木槌で打つこと。本来の季は秋。ここは寒い時期で長時間の作業がつらく、あまり時間をかけないですませるわけであろう。

三八　余《よ》のものに痛まぬ松を雪の勝《かち》　（同）

【句意】他のものには痛むことのないマツも、雪には枝を折られ、雪の勝ちといったところだ。冬「雪」。

【語釈】○雪の勝　雪にマツの枝が折れたことを、雪がマツに勝ったと見なしたもの。

三九　何の役にたたでつらるる蛙《かわず》哉　（『秋津島』元禄３）

【句意】何の役に立つわけでもなく、子どもの慰みに釣られるカエルであることだ。春「蛙」。

【語釈】○つらるる　餌を付けた糸によって捕獲されること。○蛙　カエルと読むこともできる。ここは伝統的な読みに従ってカワズとした（以下も基本的に同様）。

四〇　浦の松帆《ほ》に撫《なで》られて幾春《いくはる》か　（『渡し船』元禄４）
住《すみ》よしにて

【句意】この浦のマツは、舟の帆に撫でられながらどれだけの春を過ごしたことだろうか。春「春」。

【語釈】○住よし　ここは現在の大阪府大阪市住吉区にある住吉の浦。○帆に撫られて　帆を張った舟が近くで行き交うのをこう表した。〇幾春か　マツの長命を表現したもの。読み人知らず「われ見ても久しくなりぬ住江《すみのえ》の岸の姫松幾世《いくよ》へぬらん」（『古今集』）、同「住吉の岸の姫松人《ひと》ならば幾世か経《へ》しと問《わ》はましものを」（同）などを踏まえるか（飯田『俳句解』の指摘）。

四一　又明日《あす》と寝ぬ間《ま》を花の千《ち》とせ哉《かな》　　（『渡し船』元禄4）

【句意】また明日も見ようと願い、まだ寝てもいない内に、花は千年を過ごしたとばかりに散っていく。春「花」。

【語釈】〇千とせ　千歳。長い時間を意味するこの語によって、逆にはかなく散る花の生命を表した。

四二　有様《ありさま》に啼《なけ》よ五月《さつき》の時鳥《ほととぎす》　　（同）

【句意】それと知らせるように、ありていに鳴くがよい、五月のホトトギスよ。夏「五月・時鳥」。

【語釈】〇有様　外側から感知することのできる物事の状態や様子・態度など。ここは自分を「五月の時鳥」であると知らせるように鳴け、というのであろう。アリヨウとも読める。ここではアリサマと読んでおく。〇啼よ　ナクヨと読むこともできる。ここではナケヨと命令形で読んだ。

四三　懸乞《かけごい》に侘《わぶ》る日長《ひなが》や五月雨《さつきあめ》　　（同）

【句意】掛乞《かけごい》に言い訳をしながら侘びる一日の長いことよ、うっとうしいこの五月雨の時分に。夏「五月雨」。
【語釈】○懸乞　掛乞。代金を後で払う信用取引の掛売《かけうり》において、代金を取り立てること、またその人。江戸時代の売買は現金ではなく掛売が基本であり、元禄ころの江戸では盆前と年末の二回、上方では三月節句前・五月節句前・盆前・九月節句前・年末の五回が決算期の基本であった。○五月雨　五月の長雨。梅雨《つゆ》。

四四　　七夕《たなばた》
宵月夜《よいづきよ》よき星合《ほしあい》の定《さだめ》なり　（同）

【句意】宵月が出た今夜は、二星の逢瀬が定められた晩であり、この天気ならうまくいくに違いない。秋「星合」。
【語釈】○宵月夜　宵の間だけ出ている月、またその月が出ている夜。「宵」は夜を三等分した最初の時間帯をさす。○星合　七月七日の夜に牽牛《けんぎゅう》・織女《しょくじょ》の二星が会うこと。七夕は初秋の行事であった。○定　定められていること。契り。ここは年に一度の逢瀬をさすと同時に、よい天気に定まったとの意を込めたものであろう。

四五　なつかしや送火《おくりび》にさそふ《う》風の色　（同）

【句意】なつかしいことだなあ、送り火が天へ帰る魂を誘い、その煙が風を白い色に染めているのは。秋「送火」。
【語釈】○送火　盂蘭盆《うらぼん》の最終日である七月十六日の宵に、祖先の霊を送るために門前などで焚く火。○色　これを風情・様子の意にとり、風が送り火の燃えるのを誘うようだ、と解することもできる。ここでは「白い色」と解した。

住《すみ》よしにて

四六　まだ外にとふる《う》人有り無神月《かんなづき》　（『渡し船』元禄4）

【句意】今でもまだ社の外には訪ねて来た人がいる、神が出かけて不在のこの十月に。冬「無神月」。

【語釈】○住よし　現在の大阪府大阪市住吉区にある住吉大社。○とふる　「問ふ」の誤用か。あるいは、語調を整えるため「る」を加えたものか。○無神月　和歌や俳諧で若干の用例が知られ、「神無月」に同じと見られる。読みもカンナヅキとしておく。「神無月」は十月の異名。

四七　あかねさす日に諍《あらそう》ふや藍《あい》作り　（同）

【句意】茜《あかね》色の日光と争うように、アイから玉を作る仕事をしている。夏「藍作り」。

【語釈】○あかねさす　茜色に照り映える意から、「日」「光」「昼」「紫」などに掛かる枕詞となる。○諍ふ　競う。張り合う。○藍作り　アイの葉を刈って藍玉を作るまでの作業であろう。「藍玉」はアイの葉を搗いて発酵させ、臼で挽《ひ》き乾燥して固めた染料。其諺《きげん》著の季語解説書『滑稽雑談』にアイを刈るのは五・六月で、玉にするのは秋とある。ここは【備考】に記す通り夏季でなければならず、刈り取りを含めたもろもろの行程をさすと考えられる。

【備考】出典の順水《じゅんすい》編『渡し船』はこれを立句《たてく》（連句の第一句）とした世吉《よよし》（四十四句からなる連句）を収める。順水の脇句「常に藪見る西は夕顔」が「夕顔」で夏季であり、発句・脇は同季でなければならないため、この句も夏季であると察知される。

四八　身《み》一つに寒さ始《はじめ》か年の気《き》か　（『難波曲』元禄4）

【句意】自分だけに寒さが始まったと感じられるか、それとも年をとれば皆そう感じられるのか。冬「寒さ」。

【語釈】○身一つ　自分の身体だけであること。○寒さ始　寒さの始まり。原本は「寒き始」と誤っているので訂正した。○年の気　年をとったためにそう感じられること。

四九　毎日の花蕣《あさかお》のこりぬかな　（『帆懸舟』元禄4）

【句意】毎日毎日、咲いては一日で落ちる花のアサガオは、懲《こ》りることもなく花を咲かせることだなあ。秋「蕣」。

【語釈】○蕣　ヒルガオ科の一年草であるアサガオ。「朝顔」とも書く。○こりぬ　懲りることがない。

五〇　まがり江《え》の氷や月の恥《はじ》さらし　（『我が庵』元禄4）

【句意】曲がり江には氷が張っている、それを照らす月は美しさもなく恥をさらしてしまった恰好だ。曲がり江である上に凍っているため、月の姿をそのままには照らしておらず、それを「恥」と言ったのであろう。冬「氷」。

【語釈】○まがり江　曲がっている入江。○恥さらし　恥を広く世間にさらけ出すこと。

五一　月花《つきはな》の中に座頭《ざとう》のうすあかり　（『誹諧ひこばへ』元禄4）

【句意】月に照らされた花の下、座頭がその薄明かりの中にいる。春「花」。

【語釈】○月花　月と花。月の光に照らされている花。俳諧で「月花」と詠んだ場合、雑《ぞう》（無季）の扱いとすることもある一方、月は四季にわたるものゆえ、花によって春季とすることも多い。ここは後者と判断した。○座頭　盲人琵琶法師の当道座に設けられた四官（検校《けんぎょう》・別当《べっとう》・勾当《こうとう》・座頭）の最下位。また、剃髪して僧体となった盲人で、音曲・語り芸・揉み療治などを業とした者の総称。

五二　行《ゆく》ほどに麓《ふもと》のやうな山ざくら　（『蓮実』元禄4）

【句意】行くにつれて、麓と思われるあたりに咲くと知られる、ヤマザクラだ。「山」の語を冠しながら、実際は麓に咲いたと興じたか。あるいは、遠目には山全体がかすんで見えていたのに、ということか。春「山ざくら」。

【語釈】○山ざくら　山に咲くサクラの総称、またバラ科に属するサクラの一品種。

五三　夏の夜も酒気《さかけ》の果《はて》を寐覚哉《ねざめかな》　（同）

【句意】夏の夜、酒に酔ったあげくに寝てしまい、ふと目が覚めたことだ。夏「夏の夜」。

【語釈】○酒気　酒の匂いや酒の酔いをいい、ここは後者。

五四　辻相撲《つじずもう》みな前髪《まえがみ》を贔屓《ひき》にけり　（同）

【句意】素人《しろうと》の辻相撲では皆が前髪姿の若衆を応援することだ。秋「相撲」。
【語釈】○辻相撲　素人が町の広場などで行う相撲。○前髪　額の上の髪をまだ残している元服前の若者。江戸時代の成人男性は前髪を剃り上げるのが普通。○贔屓　ひいき。気に入った者を後援すること。読みは出典の賀子《がし》編『蓮実』にある通り。

五五　節分《せつぶん》もまぎらかしけり親の前　（同）

【句意】節分でも年齢に相当する豆の数をごまかしたことだ、親の前では。冬「節分」。

【語釈】○節分　季節の変わる立春・立夏・立秋・立冬の前日。とくに立春前をさすことが多く、鬼打ちのダイズを年齢の数だけ用意する風習があった。セチブ・セチブンとも発音する。○まぎらかし　ごまかしをする。

【備考】来山には当年六十七歳の母がおり、心配をかけないため、自分の年齢をごまかしたのだと見られる。

五六　稲妻《いなずま》に負《まけ》ず実《み》の飛ぶ蓮《はちす》哉　（同）

【句意】稲妻にも負けない勢いで実が飛んでいく、ハスであることだ。秋「稲妻・実の飛ぶ蓮（蓮の実飛ぶ）」。

【語釈】○稲妻　空中の電気が放電することでひらめく電光。これでイネが実ると考えられていた。○実の飛ぶ蓮　夏に開花したハスは秋に花托《かたく》の中で実を結び、中の種子が熟すと飛んで水中に落ちる。「蓮の実飛ぶ」が秋の季語になる。「蓮」はハスともハチスとも発音する。

【備考】出典の『蓮実』はハスの実の立句《たてく》（第一句）による連句五巻を収めており、この句も編者賀子《がし》と二人で巻いた歌仙（三十六句からなる連句）の立句。

五日　すみよしにて

五七　春見てもいよいよ古し岸の松　（『よるひる』元禄4）

【句意】新春に見ても、いよいよ古めかしく感じられる、ここ住吉の岸辺のマツは。春「春」。

【語釈】○すみよし　ここは現在の大阪府大阪市住吉区にある住吉の浦。○春見ても　この措辞や一句として、読み人知らず「われ見ても久しくなりぬ住江《すみのえ》の岸の姫松幾世《いくよ》へぬらん」（『古今集』）を踏まえるか（飯田『俳句解』の指摘）。

餞別　東の鋤立子《じよりゆう》にあふ《う》事、たまたま男どしの枕もならぶる数にしたがひ《い》て、別るる時をいふ《う》さへ《え》も

五八　人前や涙まぎらすほととぎす　（同）

【句意】人前であるから、涙はそれと知られないようまぎらわせて別れに臨んだ、ホトトギスが鳴く時節に。東国か

ら来た鋤立と交流を深め、別れる際に詠んだ餞別吟。夏「ほととぎす」。

【語釈】○鋤立　江戸の俳諧師。立志《りゅうし》門か。生没年未詳。「子」は敬称。立志については八七を参照。○まぎらす　まぎらわせる。

【備考】前書きの大意は、「東の鋤立君と会い、男どうしで枕を並べる数も重なるにつれて親しくなり、いよいよ別れの言葉を言わなければならないことになって」といったもの。

五九　慈姑《おもだか》に目をつくまでの端居《はしい》かな　（同）

【句意】オモダカの花に目を突いてしまいそうなくらい、端居をしていることである。夏「慈姑」。

【語釈】○慈姑　普通はオモダカ科の多年草であるクワイをさすが、ここはオモダカそのものであろう。池沼や水田に生え、夏に白い花を咲かせる。原本が（のうぜん）と振り仮名を付けた理由は不明。○目をつくまで　目を突かれるほどに距離が近いということであろう。○端居　縁先など家の端に近い所ですわっていること。

【備考】三惟《さんい》編『梅の嵯峨』（元禄12）等には「盆池」の前書きがあり、庭に作った池に臨んで端居をしていると見られる。

追㆓従竜松院㆒《りゅうしょういんについしょうす》

六〇　春日野《かすがの》に釈迦の案山子《かがし》は笑止《しょうし》なり　（同）

【句意】春日野でお釈迦様が案山子と同然のお姿とは、哀れにもお笑いぐさである。秋「案山子」。

【語釈】○追従　人の言動に従うこと。賛同すること。○竜松院　江戸時代前期の僧侶、竜松院公慶。永禄十年（一五六七）に奈良東大寺の大仏殿が焼失して以来、大仏が露天にさらされているのを嘆き、その再建に尽力した。元禄元年（一六八八）に建築開始の儀式があるも、柱が立つのが同十年、工事終了は宝永五年（一七〇八）であった。○春日野　現在の奈良県奈良市にある春日山の西側の裾に広がる野原。○釈迦の案山子　東大寺の大仏（釈迦如来）が案山子のように雨露にさらされていること。「案山子」は鳥獣をおどすため田畑に立てる人形で、カカシ・カガシの両様の読みがある。○笑止　気の毒・滑稽などの意があり、ここは両意を合わせて解すればよいであろう。

六一　柳やな雪にのがれて餅花《もちばな》に

（『よるひる』元禄4）

【句意】哀れなヤナギであるなあ、雪で折れることはまぬがれても、餅花の材に折られてしまう。冬「雪・餅花」。

【語釈】○餅花　正月・小正月・節分などに各家で行う予祝の行事において、ワラやヤナギ・タケ・クワなどの枝に餅をちぎって付け、花の咲いたようにしたもの。春の季語としても用いる一方、黒川道祐子《くろかわどうゆうし》編の年中行事解説書『日次紀事《ひなみきじ》』等には十二月に作ることが記され、重頼《しげより》編の俳諧辞書・撰集『毛吹草《けふきぐさ》』等でもこれを冬に分類する。「雪」と合わせ、ここでも冬季の句であると判断した。

六二　うらの霞やつがれが目には浦のかすみ

（『風水塵』元禄5）

【句意】浦には霞がたなびき、小生の目にはその浦自体がぼんやりとしたさまに見える。春「霞」。

【語釈】〇うらの霞　浦の一帯にたなびく霞。下の「浦のかすみ」も同じことであり、くり返しによる強調の表現なのであろう。〇やつがれ　自分をへりくだって言う一人称代名詞。

六三　散る花や重荷のうへ《え》のもち重《おも》り
　　　黒主《くろぬし》花に休む山人《やまびと》をいやしきさまにして
（『誹諧六歌仙』元禄4）

【句意】散る花よ、重い荷物の上に散って、ますます重く感じられる。前書きは、黒主に対する評言を踏まえ、落花の風情に無関心でむしろ迷惑に思っていることを、賤しい山人であるからだとしたもの。春「散る花」。

【語釈】〇黒主　平安時代前期の歌人で六歌仙の一人、大伴黒主。『古今集』「仮名序」に「大伴黒主はそのさまいやし。言わば 薪《たきぎ》負える山人の花のかげに休めるがごとし」とあり、「花に休む」以下の前書きはこれを踏まえる。〇もち重り　初めはさほどでなくても持っている内にだんだんその重さを感じるようになること。

六四　踏分《ふみわけ》てわが蓬萊《ほうらい》に出《いで》にけり
　　　万里《ばんり》にあそぶはこころの常《つね》
　　　元禄五申《さる》歳旦
（『俳諧三物』元禄5）

【句意】道を踏み分けながら、私の蓬萊山を訪ねに出かけることだ。春「蓬萊」。

【語釈】〇蓬萊　中国の神仙思想で説かれる仙境で三神山の一つ、蓬萊山《ほうらいさん》。渤海湾に面した山東半島のはるか東方の海中にあり、不老不死の仙人が住むとされる。これをかたどり、台の上に熨斗《のし》アワビ・勝《かち》グリ・トコロ・ホンダワラなどを盛った蓬萊飾りを正月に飾るため、春の季語となる。この句でも、眼前にはこの飾りがあるのだと見られる。

【備考】出典の『俳諧三物《みつもの》』は来山が編んだ正月の歳旦帖で、この句を立句《たてく》（第一句）にした表六句《おもてろっく》（三十六句からなる歌仙の最初の六句）などを収めている。前書きの後半は、「万里を隔てた所へも自在に行くことができるのが、心というものの常のありようだ」というもの。

六五　香《か》をもちて堀《ほり》おこさるる牙独活《めうど》哉《かな》　（『すがた哉』元禄5）

【句意】よい香りをもつために掘り起こされてしまう、ウドの若芽であることよ。春「牙独活」。

【語釈】○堀「掘」に通用させた用字であろう。○牙独活「芽独活」に同じ。山野に生じるウドの若芽で、芳香があり食用となる。「独活」はウコギ科の多年草で、生長すると高さ二メートルほどになり、食用とならなくなる。

【備考】古道《こどう》ら編の来山句文集『いまみや草』（享保19）では「さればこそ、人は無能なるがよし、多能は君子の恥る《はずる》所とも見《みえ》たり」云々の文言が付記され、香りゆえに掘られるメウドに寓意を込めて詠んでいたことが知られる。

干菜《ほしな》つる籬島《まがきがしま》はくれ果《はて》て、夕日を思ふ淡路《うあわじ》の水、事しり顔の都の下女、和州《やまと》なる吉野の桜は六月に盛《さか》るや

六六　流れ流れ萍《うきくさ》花のさかり哉　（同）

【句意】水の上を流れ流れるウキクサは、今が花の盛りであることだ。夏「萍花」。

【語釈】○萍　水面に浮かんで生育する草の総称、また、ウキクサ科の多年草。花が夏の季語になる。
【備考】前書きは、「干菜をつるした籬島（現在の宮城県塩竈《しおがま》港に浮かぶ島）はすっかり暮れていき、淡路の水に沈む夕日を思い、都の下女は物事をよく知っているという顔つきで、大和吉野の花は六月を盛りとするのか」といった内容であり、統一的な意味を感得することができない。ただ珍しい事物を並べたものか。「和州」の読みは出典の遠舟《えんしゅう》編『すがた哉《かな》』にある通り。

六七　目ばかりは達磨《だるま》に負《まけ》じ冬籠《ふゆごもり》　（『八重一重』元禄5）

【句意】鋭い眼光ばかりは達磨大師にも負けまいと念じて、冬ごもりをしている。冬「冬籠」。
【語釈】○達磨　インドから中国に渡り、禅宗の始祖となった達磨大師。また、その座像を模して作った張り子のダルマ人形。○冬籠　冬の寒さを避け、家にこもって過ごすこと。

六八　一日《ひとひ》一日梅に鶯《うぐいす》うれしやな　（『きさらぎ』元禄5）

【句意】一日ごとに春らしくなり、ウメにウグイスが鳴いてうれしいことだなあ。春「梅・鶯」。
【語釈】○梅に鶯　この取り合わせは常套的なもので、俳諧の付合《つけあい》語ともなっている。

六九　雨風の中に立《たち》けり女郎花《おみなえし》　（同）

【句意】打ちつける雨や風の中に立っている、オミナエシが可憐な風情で。秋「女郎花」。

【語釈】○女郎花　オミナエシ科の多年草で、秋に黄色い傘状の小花を咲かせる。その用字から女性にたとえるのを常とする伝統に従い、ここでも擬人的にこの花を扱っている。

【備考】出典である季範《きはん》編『きさらぎ』の「草の花は」の項に収められている。

七〇　元日やひとり女郎《じょろう》の売残《うれのこ》り　（『きさらぎ』元禄5）

【句意】この元日、一人の女郎が客を取れずに売れ残っている。春「元日」。

【語釈】○女郎　女子・女性を広く表すと同時に、遊女の意で用いることが多く、ここも後者。遊里では、「紋日」という必ず客を取らなければならず、遊興費も高い日が少なからずあり、正月の松の内もその一つであった。

【備考】出典である季範編『きさらぎ』の「あはれ《わ》なるもの」の項に収められている。

七一　白魚《しらうお》やさながら動く水の魂《たま》　（同）

【句意】シラウオが泳いでいる、その姿はさながら動いている水の魂といった趣である。春「白魚」。
【語釈】○白魚　シラウオ科の小魚。半透明で河口等に分布する。○水の魂　水が一つの生命体となって形をなしたもの、といった意味であろう。什山《じゅうざん》編の来山句文集『続いま宮草』（天明3）等には「水の色」として収められる。

【備考】出典である季範編『きさらぎ』の「心ゆくもの」の項に収められている。「心ゆく」は十分に満足するの意。

七二　誰にやるはま弓ねぎる道心者《どうしんじゃ》　（同）

【句意】誰にあげようというのか、破魔弓《はまゆみ》を値切る道心者がいる。道心の身に値切るという行為がふさわしくない上に、それが縁起物の破魔弓であることに対する、驚きとも軽侮ともつかない感情が根底にある。春「はま弓」。

【語釈】〇はま弓　破魔弓。魔障を払い除く神事用の弓で、破魔矢《はまや》とともに正月の年占《としうら》を行う競技具であったのが、正月を祝って男児に贈る玩具となった。〇道心者　仏道の修行者や出家した僧侶。ドウシンシャとも発音する。

【備考】出典である季範編『きさらぎ』の「にくきもの」の項に収められている。

七三　春の雪たまれ若衆《わかしゅ》の額髪《ひたいがみ》　（同）

【句意】春の雪よ降りたまれ、若衆の額にかかる前髪に。美少年に美しい春雪の取り合わせ。春「春の雪」。

【語釈】〇若衆　前髪を残した元服前の男子。また、歌舞伎役者などで男色の売色行為をした者もいう。〇額髪　額に垂れる前髪。なお、江戸時代の男性は成人すると基本的に前髪を剃り上げた。

【備考】出典である季範編『きさらぎ』の「うつくしきもの」の項に収められている。

七四　芋虫《いもむし》や半分蝶に成《なり》かかり　（同）

【句意】イモムシだ、すでに半分ほどはチョウに成りかかっている。春「蝶」。

【語釈】○芋虫　チョウやガの幼虫で、青虫・毛虫と呼ばれるもの以外の俗称。これ自体は秋の季語ながら、この句では「半分蝶に成かかり」とあるので、「蝶」で春季と見てよいと考えられる。

【備考】出典である季範編『きさらぎ』の「くるしげなるもの」の項に収められている。

七五　身は老《おい》ぬ指吃《ゆびかま》れたるきりぎりす　（『きさらぎ』元禄5）

【句意】わが身は老いたことだ、指を噛《か》まれてつくづくそう実感させられる、コオロギに。秋「きりぎりす」。

【語釈】○指吃れ　読みは出典の『きさらぎ』にある通り。○きりぎりす　コオロギの類の昆虫の古名。

【備考】出典である季範編『きさらぎ』の「くちおしきもの」の項に収められている。

七六　短夜《みじかよ》に聞《きく》は砂場の太鼓也《なり》　（同）

【句意】夏の短夜にまだそう寝ないまま聞くのは、砂場で打つ明け方の太鼓である。新町遊郭に遊んで遊女との別れを惜しみ、胸がつぶれるような思いになっているわけである。夏「短夜」。

【語釈】○短夜　短く明けやすい夏の夜。○砂場　大坂の遊郭である新町の入口。○太鼓　時を知らせる太鼓。

【備考】出典である季範編『きさらぎ』の「むねつぶるるもの」の項に収められている。「むねつぶるる」は心がしめつけられるの意。

七七　その花で何《なに》見る蓮《はす》の水鏡《みずかがみ》　（同）

【句意】その花の姿で何を見ようというのだろうか、ハスがわが身を水に映している。ハスの花が水に映っているのを見て、ハス自身が水鏡で自分の姿に見入っているようだ、と考えたのであろう。夏「蓮」。

【語釈】○水鏡　水面に物の影が映って見えること。

【備考】出典である季範編『きさらぎ』の「きよしと見ゆるもの」の項に収められている。

七八　冬大根《だいこ》俵《たわら》の中で芽《め》出しけり　（同）

【句意】冬のダイコンが俵に囲われた中で芽を出したことだ。冬「冬大根」。

【語釈】○大根　ここでは語路の点からダイコと読んでおく。○芽出しけり　ここはダイコンから直《じか》に芽が出たということ。

【備考】出典である季範編『きさらぎ』の「わびしげに見ゆるもの」の項に収められている。

七九　月影や水迄《まで》やらず蓮の上　（『吉備中山』元禄5）

【句意】月の光が水面にまでは届かず、ハスの上を照らしている。秋「月影」。

【語釈】○月影　ここは月光。○水迄やらず　ハスの葉が水面を覆うように茂って月光を遮るわけである。

八〇　烏帽子《えぼし》着ぬ人丸《ひとまる》見たや春の夢

（『眉山』元禄5）

【句意】烏帽子をかぶらない柿本人麿《ひとまろ》を見たいことだ、春の夢の中で。人麿の絵画を見て、どれも烏帽子姿であったことに気づき、ふと思いついたことを一句にしたのであろう。春「春の夢」。

【語釈】○烏帽子　元服した男子のかぶる帽子。貴族が公的な場でかぶる冠とは別に、室町時代までは身分を問わず日常不可欠のものであった。○人丸　『万葉集』を代表する持統・文武朝の歌人、柿本人麿。

八一　夕立や俄《にわか》におもふ家《う》の恩

（同）

【句意】夕立に遭遇して、突如として思われたことだ、屋根のある家のありがたみが。夏「夕立」。

【語釈】○俄　物事が急に起こること。○家の恩　家のありがたさ。

八二　名月やいまだ社《やしろ》のうへ《え》にあり

住《すみ》よしの名月にとておのおのつれだちて

（同）

【句意】名月はまだ住吉の社の上に出ている。秋「名月」。
【語釈】○住よし　住吉大社のある現在の大阪府大阪市住吉区。ここはその浜か。○社　ここは住吉大社。

難波《なにわ》に生《うま》れてなには《わ》をしらぬは湛翁某《たんおうなにがし》、阿府《あふ》にすんでうたかたのあは《わ》れを探るは富松吟夕子《とみまつぎんせきし》、いま眉山《まゆやま》の一集を思ひ《い》たちて両吟の因《ちなみ》を乞《こう》。時こそあれ、年を覚ゆるやまひ《い》は、身に痛む事ありて、心さへ《え》ままならず、漸《ようやく》人の中にまじりてこと葉をむすびぬ。せめてはと、又いひ《い》送る

八三　眉山に霜のある図を書《かき》のぼせ　(同)

【句意】眉山に霜の降りた絵図を書いて送っていただいた。冬「霜」。

【語釈】○難波　大阪の古称。○湛翁　来山の別号。○阿府　阿波国《あわのくに》徳島。○うたかたの「泡」を引き出す役目を果たし、「あはれ」に「泡」「阿波」の意を掛ける。○富松吟夕子　徳島に住む来山門の俳人。「子」は敬称。○眉山　吟夕が編んだ俳諧撰集で、元禄五年（一六九二）刊。書名は徳島にある眉山《びざん》にちなむ。○両吟の因　二人で連句を巻く所縁。○時こそあれ　ちょうどその折。○年を覚ゆる　年齢を自覚させられる。

【備考】前書きの大意は、「阿波の吟夕が『眉山』という集を企画し、大坂の来山に両吟の興行を依頼してきたものの、ちょうど体調が悪く、ようやく人々に混じって一巻を巻き収め、せめてはとこの言葉を言い送る」というもの。これは同書の跋文に相当し、句の後に「元禄五申季夏十万堂檠下《けいか》にねころんで」と記される。「十万堂」は来山の別号。「檠下」は灯火の下。同書には吟夕・来山・才麿《さいまろ》・一礼《いちれい》・昨非《さくひ》・万海《ばんかい》による六吟歌仙が収められる。

立秋

八四　今朝《けさ》よりぞ我々顔《われわれがお》の荻薄《おぎすすき》　（『難波の枝折』元禄5）

【句意】今朝からは我々の季節だ、と自慢顔のオギやススキである。秋の到来を詠んだもの。秋「荻・薄」。

【語釈】○我々顔　自分たちこそはと自慢げにうぬぼれている顔つき。

【備考】出典である立志《りゅうし》編『難波の枝折』にはこの句を立句《たてく》（第一句）に立志と二人で巻いた歌仙（三十六句からなる連句）が収められる。立志については八七を参照。

胸痛《きょうつう》しきりなれば、何を待《まつ》身とおかしながら

八五　魂《たま》まつり身は養生にこもりけり　（同）

【句意】魂祭《たままつり》の今日も、胸の痛みを抱えるわが身は養生専一と家に籠《こ》もっている。秋「魂まつり」。

【語釈】○何を待身と　何を期待しているわが身かと。○魂まつり　先祖の霊を招いて祀る盂蘭盆会《うらぼんえ》。

八六　気にむかぬ時もあるらん節季候《せっきぞろ》　（同）

【句意】気の向かない時だってあるだろう、節季候が門口にやって来たが。「気にむかぬ」の主体は自分と見るのが自然で、節季候に対してすげない態度をとったというのであろう。冬「節季候」。

【語釈】○気にむかぬ　気乗りしない。○節季候　歳末に家々を回った門付け芸人で、シダの葉を挿した笠をかぶり、赤い布で顔を覆って目だけを出し、米銭を求め、割り竹をたたきながら囃して歩いた。セキゾロ・セッキゾロの二つの読みがあり、前者が一般的ながら、ここは五音に合わせてセッキゾロと読む。

餞別
名残《なごり》は常にいふ《う》ごとくと、心づよくも立志《りゅうし》に別《わか》る

八七　涼しさや坊主ふたりのみだれ髪《がみ》　（同）

【句意】涼しいことよ、坊主頭の二人から生えかけた髪を風が乱していく。夏「涼しさ」。

【語釈】○立志　江戸の俳諧師で、本名は高井吉章。父の跡を継いで二世立志となる。出典の『難波《なにわ》の枝折《しおり》』は立志が上方行脚した折の記念集で、同じ立志編の『宮古のしをり』と対になる。○坊主　坊主の身なりをした者。俳諧師の法体は一般的であった。

【備考】前書きは、「別れに名残が尽きないのは通常のことと心に言い聞かせ、心を強くして立志と別れる」といった意。出典の『難波の枝折』では「餞別」の題下に諸家の餞別吟が並ぶ中、巻頭にこの句が配される。

八八　長天《ちょうてん》の月や今宵《こよい》の人足《たら》ず　（『浦島集』元禄5）

【句意】長大な天空に掛かる名月よ、今宵これを観賞する人はまだまだ足りない。秋「月」。

【語釈】○長天　長く広い空。　○人足ず　人の数が足りない。

八九　鶯《うぐいす》にとはめ《わ》やむめの仮名づかひ《い》

（『咲やこの花』元禄5）

【句意】ウグイスに尋ねてもみようか、ウメ・ムメの仮名遣《づか》いはどちらがよいのかを。春「鶯・むめ」。

【語釈】○むめ　「梅」はウメともムメともンメとも書いた。ウメとウグイスは縁が深く、付合語《つけあい》の関係になる。

九〇　花咲《さい》て死《しに》とむないがやまひ《い》かな

（『この華』元禄6）

【句意】花が咲いたのを見ると、まだ死にたくないと思うけれど、病の身はどうにもならないことだ。春「花」。

【語釈】○死とむない　死にたくもない。「とむない」は「たくもなき」が転化した口語的表現。

九一　人の世の人の仮寝《かりね》や置《おき》ごたつ

（『浪花置火燵』元禄6）

【句意】仮のものである人の世で、人が仮寝をすることだ、置き火燵《ごたつ》に入って。冬「置ごたつ」。

【語釈】○仮寝　少し寝ること。　○置ごたつ　底板のあるやぐらに加熱のための炉《ろ》を入れた、自由に移動することができる火燵《こたつ》。

九二　目をはこぶ人も空也《くうなり》天の川　（同）

【句意】そちらに目をやる人間も放心の体である、天の川に対して。銀河の美しさに見とれているともとれる一方、気もそぞろな七夕の二星に影響を受けているともとれる。秋「天の川」。

【語釈】○空　空間・空虚・無益などの意があり、ここは放心状態であること。○天の川　銀河の異称。七月七日の七夕には牽牛《けんぎゆう》・織女《しよくじよ》の二星が逢瀬をする舞台ともなる。

九三　我《わが》恋は火箸《ひばし》を添《そえ》ぬ火鉢《ひばちかな》哉　（同）

【句意】私の恋は火箸を添えない火鉢と同様、両方が揃わないまま燃える片思いの火なのである。冬「火鉢」。

【語釈】○火箸　炭火などをつかむ金属製の箸。○火鉢　灰を入れ炭火をおこして使う暖房具。

歳暮

九四　飾れ飾れ明日社《あすこそ》としのみやこ入《いり》　（『しらぬ翁』元禄6）

【句意】大いに飾るがよい、明日こそは年も都入りをして、新年となるのだから。冬「句意による」。

【語釈】○みやこ入　都に入ること。ここは「年」を擬人化し、年が都入りして新春が来るとした。

九五　春雨《はるさめ》や火燵《こたつ》の外へ足を出し　（『しらぬ翁』元禄6）

【句意】春雨が降る今の時期、なじんだ火燵からもようやく足を出すようになる。春「春雨」。

【語釈】○火燵　炭火の入った炉の上に木製のやぐらを置き、ふとんを掛けた暖房具。

九六　蕣《あさがお》やあとへまきつく蔓《つる》の勢《せい》　（『青葉山』元禄6）

【句意】アサガオは後の方に巻き付く蔓の勢いも強く、しっかり伸びていく。秋「蕣」。

【語釈】○蕣　ヒルガオ科の一年草、アサガオ。「朝顔」とも書く。○勢　勢い。

【備考】出典の『青葉山』は若狭国《わかさのくに》（現在の福井県西部）の去留《きよりゅう》が京阪地方を旅した折の記念集。「餞別　見おくるかたはるかに霧さへたちて」の前書きで別の人の発句三句がある。その後に置かれており、この句にも別れを惜しむ餞別の情が込められていると見られる。

独居

九七　身を抱《だけ》ば又いきどしき夜寒《よさむ》哉《かな》　（『彼これ集』元禄6）

【句意】膝を抱えてわが身を抱くと、また息苦しくなる夜寒であることだ。秋「夜寒」。

【語釈】○独居　一人の暮らし。○いきどしき　息が苦しい。○夜寒　秋が深まって夜の寒さが感じられること。

飯台《はんだい》に竹箸《たけばし》を握って世を白眼《にらむ》事年来、はやそれもおかしからぬものを、いわゐ《い》を老母によろこばしめよと、人のいさめもうれしき事になりて、なにをあらたむるともなく

元旦

九八　掛盤《かけばん》に顔見て年の新《あらたなり》也　（『歳旦牒』元禄7）

【句意】掛盤を前に老母と顔を見合わせて、年を新たに迎えたことである。春「年の新」。

【語釈】○飯台　食卓。また、蓋の付いた箱形のお膳。○白眼　白目がちの目つきでにらむこと。○掛盤　食器類を載せる一人前の台盤で、本来は宮中の宴席などで用いられた。

【備考】前書きの大意は、「飯台にタケの箸を握って世間を睨みながら過ごし、もはやおかしいこともない身なれど、正月を祝って老母を喜ばせよと人にいさめられ、何を改めるということもないけれど」というもの。出典の『歳旦牒』にこれを立句《たてく》（第一句）とする三物《みつもの》（三句からなる連句）が収められる。

歳暮

何をいふ《う》ても老《おい》は身にひとつひとつ

九九　行年《ゆくとし》や石噛《かみ》あ〻て歯にこたえ　（同）

【句意】過ぎ去ろうとする今年よ、食べ物に混じった石を噛み当ててしまい、それが歯にこたえる。冬「行年」。

【語釈】○老は身にひとつひとつ　老いは身体のあちこちに一つずつ衰えを生じさせるの意。

むかふ所《う》に万物備《そなわ》り、笑って蓬萊《ほうらい》をうたふ《う》

一〇〇　元日は世の規矩《しきたり》を往来《ゆきき》かな　（『遠帆集』元禄7）

【句意】元日は世の決まり事として、新年の挨拶に人々が往来することである。春「元日」。

【語釈】○蓬萊　中国の神仙思想で説かれる仙境の一つ、蓬萊山のこと。ここは、「池の汀《みぎわ》の鶴亀は、蓬萊山もよそならず、君の恵《めぐみ》ぞありがたき」（謡曲「鶴亀」）などと謡われる、謡曲の詞章をさすのであろう。○規矩　動作などが規則正しく行われること。本来の読みはキクで、仮にシキタリと読んでおく。

一〇一　着馴《きなれ》ても折目《おりめ》高しや夏衣《なつごろも》　（『誹諧童子教』元禄7）

【句意】着馴れてはいても、折目のしっかり付いたものをきちんと身に付けていることだ、夏の衣を。夏「夏衣」。

【語釈】○折目高し　衣類などの折目がしっかり付いていること。また、衣服・態度などが礼儀正しくきちんとしていること。ここは両意を掛けて、順水《じゅんすい》の礼儀正しさを賞賛したのであろう。○夏衣　夏に着用する衣服。

【備考】出典の『誹諧童子教』は紀州の順水が編んだもので、これは大坂に順水を迎えて興行された五十韻（五十句からなる連句）の立句《たてく》（第一句）。

一集の名によりて

一〇二 月花に指さすゆびはひとつなり (同)

【句意】月に対しても花に対しても、綺麗だと指さすのは同じ一本の指である。春「花」。

【語釈】〇一集の名 『誹諧童子教』という書名。『童子教』自体は、中世から明治初年まで広く普及した子ども向けの教訓書。「一集の名によりて」で、これが童子の行為を詠んだことを示す。〇月花 月と花。出典の『誹諧童子教』にはこれを立句《たてく》（第一句）とする順水と二人で巻いた歌仙が収められ、脇句が春であることから、これも「花」により春として扱われたと知られる。ただし、俳諧で「月花」と詠んだ句は雑《ぞう》（無季）の扱いとされることも多い。

一〇三 たのもしの日影や雲も涼床《すずみどこ》 (同)

【句意】心強い日陰であることよ、雲が日光をさえぎり、地上に涼み床を用意してくれている。夏「涼床」。

【語釈】〇日影 太陽の光。ただし、ここは「日陰」の意であろう。〇涼床 夏の暑さを避けて腰をおろす床《とこ》。

夜暑題即興

一〇四 肩脱《ぬげ》ば又《また》蚊にやめる暑さ哉《かな》 (同)

【句意】肩から衣類をはずしたものの、また力が気になって元に戻した、何とも暑いことである。夏「暑さ」。

【語釈】○夜暑題即興　夜の暑さという題で即興的に詠んだの意。出典の順水編『誹諧童子教』にはこの題で数人の句が置かれる。

涼題即興

一〇五　涼しさをとどめかねけり馬の上　（『誹諧童子教』元禄7）

【句意】涼しさをとどめておきたいのにどんどん逃げていく、馬の上で味わう涼しさが。夏「涼しさ」。

【語釈】○涼題即興　涼しさという題で即興的に詠んだの意。出典の『誹諧童子教』にはこの題で数人の句が置かれる。

即興蚊帳《かちょう》順水題

一〇六　ひとり居《い》や蚊屋《かや》を着て寐《ね》る捨心《すてごころ》　（同）

【句意】独り暮らしの気楽さよ、蚊屋に包まれながら寝て、世の名利など忘れている。夏「蚊屋」。

【語釈】○即興蚊帳順水題　順水が出した蚊帳という題で即興的に詠んだの意。出典の『誹諧童子教』にはこの題で数人の句が置かれる。○ひとり居　一人でいること。一人で暮らすこと。○蚊屋　蚊帳に同じく、蚊を防ぐために四隅をつって寝床を覆う布製の具。○捨心　世間の名声・利益などを求める心を捨て去ること。

一〇七　炭焼《すみやき》や心易《こころやす》さの足袋雪駄《たびせった》　（『熊野がらす』元禄7）

【句意】炭を焼く人よ、心やすくしてくれるお礼の足袋と雪駄である。炭をもらったお返しの句か。冬「炭焼」。
【語釈】○炭焼　木を焼いて炭を作ること。また、それを業とする人。○心易さ　気楽・安心であること。また、親しい関係にあること。○雪駄　竹の皮で作り裏に獣の皮を張った履き物。

一〇八　時鳥《ほととぎす》また夜着入《よぎいれ》る蚊屋《かや》の中　（『住吉物語』元禄9か）

【句意】ホトトギスが鳴くころ、少しひんやりと感じてまた夜着を入れる、蚊屋の中に。夏「時鳥・蚊屋」。
【語釈】○夜着　寝るときに掛ける着物状で綿を入れた寝具。これ自体の季は冬。

一〇九　蘿葎《つたむぐら》みな秋風の道具也《なり》　（『印南野』元禄9）

【句意】秋風になびくツタやムグラは、すべて秋風の道具と言うべきものである。秋「蘿・秋風」。
【語釈】○蘿　蔓草《つるくさ》の総称。「蔦葛《つたかずら》」とも。○葎　広範囲に生い茂る雑草の類。これ自体の季は夏。

一一〇　東雲《しののめ》や西は月夜《つきよ》に夏の露　（『高天鶯』元禄9）

【句意】東の空が明るみかけてきた、西にはまだ夜の月が残って夏の露を照らしている。夏「夏の露」。

【語釈】○東雲　東の空が少し明るくなる夜明けごろ。

一一一　独《ひとり》ねの蚊屋《かや》も四角は釣《つり》にけり　（『反故集』元禄9）

【句意】一人で寝るための蚊屋であっても、四角の形には釣ったことだ。夏「蚊屋」。

【語釈】○四角は釣にけり　蚊屋が四角であるのは常識。それを敢えて言い立て、独り寝を強調した。

一一二　見帰《みかえ》れば寒し日暮《ひぐれ》の山桜　（『ひらづつみ』元禄9）

【句意】ふり向いて見るといかにも寒々と感じられる、日暮れ時分のヤマザクラが。春「山桜」。

【語釈】○見帰れば　見返れば。ふり返って見ると。○山桜　山に咲くサクラ。五二の句を参照。

一一三　助叟《じょそう》にとはれ《わ》て
　馬下《うまお》りに先《まず》はちなむや春の草　（『みとせ草』元禄10）

【句意】旅をしてきて馬を下りた人に対し、まずは親しく交際することである、春の草が広がる中で。助叟の訪問を受け、初対面を果たした際の挨拶吟と見られる。春「春の草」。

【語釈】○助叟　長崎出身で京住の俳人。片山氏。出典である『みとせ草』の編者。○馬下り　旅を終えること。

○ちなむ　つながる。

一一四　鶯《うぐいす》の物怠《おこた》れと初音《はつね》哉《かな》　（『みづひらめ』元禄11）

【句意】ウグイスが、ほかの物事は怠ってよいからこれを聞けとばかりに、初音を聞かせることだ。春「鶯」。

【語釈】○物怠れ　なまけてのんびりせよ。ウグイスの初音からそうしたメッセージを感得したところがおもしろい。

一一五　青丹《あおに》よししろき団《うちわ》もならうちわ　（『をだまき綱目』元禄11）

【句意】青丹よし奈良とは言うものの、青でも赤でもないこの白い団扇も、奈良団扇なのである。夏「団・うちわ」。

【語釈】○青丹よし　「奈良」に掛かる枕詞。「青丹」は青黒色の土。「丹」には赤色の意があり、一句は「青」「丹」「しろき」と色づくしの句になっている。○ならうちわ　奈良産の白い団扇で、元来は春日大社の神官が作った。

一一六　年の端《は》も芽立《めだつ》草木に物とらそ　（『能登釜』元禄12）

【句意】新年早々にも芽を出す草木には、褒美《ほうび》として物を取らせることにしよう。春「年の端・芽立」。

【語釈】○年の端　年の始め。○芽立　芽が出る。○とらそ　取らせよう。

一一七　梅さそふ嵐《う》の月や宵の口　（『梅の嵯峨』元禄12）

【句意】ウメの花を散らそうと嵐が吹き寄せ、空には月がかかる、そんな宵の口である。春「梅」。

【語釈】○宵の口　夜になって間のない時間帯。

一一八　七草にもらひ笑《い》ひや《い》あさつ腹《ぱら》
　　　吾《われ》にさへ合壁《えかつぺき》ありて　（同）

【句意】七草の囃子《はやし》をする壁隣の様子に、もらい笑いをしたことだ、早朝から。春「七草」。

【語釈】○合壁　壁を隔てた隣。○七草　一月七日の早朝やその前夜、「七草なづな、唐土の鳥が、日本の土地へ渡らぬ先に、七草なづな手に摘み入れて」などと唱えながら菜を刻み、粥を作る。○あさつ腹　朝の早い時間。

一一九　花ちりてよい古びなり一心寺
　　　坂松山《ばんしようざん》　（同）

【句意】花が散ってよい具合に古雅な趣を見せている、この一心寺は。春「花」。

【語釈】○坂松山　一心寺の山号。○一心寺　現在の大阪市天王寺区にある浄土宗の寺で、慶長（一五九六～一六一五）初年の再興とされる。一二六二の句を参照。

一二〇　飛《とぶ》ほどのはたるやとどく天《あま》の原　（同）

【句意】飛んでいくホタルはすべて、あの大空まで届いて星になるのだろうか。夏「ほたる」。

【語釈】○飛ほどの　飛ぶものは皆。○天の原　広く大きな空。

一二一　蚊が入《いり》て蚊屋ふる《う》ふたりや夜《よ》が明《あけ》た　（同）

【句意】カが中に入ったので、蚊屋を振るっている内に夜が明けた。夏「蚊・蚊屋」。

【語釈】○ふるふたりや　振るっていたら。口語的な言い方で、発音はフルータリヤ。

一二二　暑けれどはだか身《み》は見ず船《ふな》まつり　（同）
天満川《てんまがわ》

【句意】暑い最中ながら、神事なので裸身になっている者など見られない、天満川の船祭りでは。夏「船まつり」。

【語釈】○天満川　現在の大阪市を流れる大川の天満橋より下流の呼称。○船まつり　六月二十五日（現在は七月二十五日）に大坂の天満宮で行われた夏の大祭で、夕刻から船渡御の神事がある。

行平《ゆきひら》の家にてなり平のよみ玉ひし《い》瓶《かめ》の藤は、しなひ《い》三尺六寸ばかりとかやかきし。過《すぎ》し秋、芦角《ろかく》があるじまうけせし《もう》には、ちいさき座敷に萩のいとながきをつり、花いけにながしかけて、れいの出来口《できぐち》まじくらに、これみやぎ野のなどたはぶれしも一興になりて、酔《よい》のあまりのねだりごと

一一三　花いけて人よせつけぬ合点《がってん》か　（『梅の嵯峨』元禄12）

【句意】この花をもらい受けて生け、人は寄せ付けず一人で楽しもうと思うが、ご承知か。秋「句意による」。

【語釈】○行平　平安時代前期の公卿、在原行平。業平《なりひら》の兄。○なり平のよみ玉ひし瓶の藤　業平の「咲く花の下に隠るる人を多みありしにまさる藤の陰かも」（『伊勢物語』）をさす。○しなひ　しなやかに曲線をなしていること。○芦角　京・大坂に在住の蕉門俳人。○出来口まじくらに　思いつきの口上をまじえ。○ねだりごと　強請事。ねだって言う言葉。○花　ここは前書きを受けて「萩の花」を意味し、これで秋季となる。

【備考】前書きの大意は、「行平の家で業平が詠んだフジは三尺六寸ほどにしなっていたという。去年の秋、芦角亭の小座敷に長いハギを飾り、宮城野のハギもかくやなどと戯れ、酔った上でのねだりごとに」といったもの。

情ある男にて、この草にのみ心をよせて、今は庭ひろく長持《ながもち》で社《こそ》はこばね、ところどころの名花をうつしよろこぶのあまり、人々のほつ句を乞《う》ふ。野翁《やおう》も漸《ようやく》此序《このついで》に《お》をくりぬ

一一四　萩さかば鹿のかはり《わ》に寐《ね》に行《ゆか》ん　（同）

【句意】ハギが咲いたならば、シカの代わりに寝に行くとしよう。一一三の句文に続く。秋「萩・鹿」。

【語釈】○情ある男　風流を解する人。芦角をさす。一二三の前書きを参照。○長持で社はこばね　橘為仲《ためなか》が陸奥守《むつのかみ》の任を終えて上京する際、宮城野のハギを長持に入れて土産にしたという故事（『無名抄』）を踏まえる。○ほつ句を乞ふ　芦角はハギの発句を人々に求めて『萩の百よせ』という俳書を編んだという。その伝本は未詳で、『仏兄七久留万《さとえなくるま》』に鬼貫《おにつら》による「萩の百よせの序」が記録される。○野翁　老いた自分を卑下しての称。○鹿のかはりに　ハギの原がシカの臥所《ふしど》として和歌に詠まれてきたことを踏まえ、この庭のハギも咲けばシカが来るだろうが、その代わりに私が寝に来たい、と興じたもの。

【備考】前書きの大意は、「芦角は風流人でハギに心を寄せ、広い庭に長持で運ぼうと、あちらこちらの名花を移して喜び、人々に発句を求めたので、私もこの機会に詠んで贈った」といったもの。一二三と一連をなす。

一二五　山を出て海にもつかずけふ《きょう》の月　（同）

【句意】山の端を出て、まだ海に沈むということもない、今日の名月であることよ。秋「けふの月」。

【語釈】○海にもつかず　用例は未詳。あるいは、海に大きく映るということもない、の意か。○けふの月　八月十五夜の名月。

一二六　又降《ふる》はものうたがひ《い》のしぐれかな　（同）

【句意】またも降ってくるとは、もの疑いの時雨とも言うべきことであるなあ。冬「時雨」。

【語釈】○ものうたがひのしぐれ　藤原定家の「偽りのなき世なりけり神無月たがまことより時雨そめけむ《ん》」（『続後拾遺集』）を踏まえ、十月になれば時雨が降るのは人の誠の心によるとされるのに、何度も降ってくるとは、その誠を信じないでまた試そうとする、疑い深い時雨なのか、と興じたもの。「時雨」は初冬のにわか雨。

皆《みな》黒き土をかためたる器、一荷つゞ《ず》めて何ほどがものぞや。天性がなす所《ところ》是非に及《およば》ぬかな。こゑ《え》はせなかにくゞもりて、しかじかあゆむともえせず。黄昏茅店帯星入《こうこんぼうおくほしをおびている》とつくりしも

一二七　火桶売《ひおけうり》おのれが老《おい》は覚《おぼえ》ぬ歟《か》　（『梅の嵯峨』元禄12）

【句意】火桶を売って歩く者よ、自分の老いた身のほどは自覚していないのか。冬「火桶売」。

【語釈】○つゞめて　まとめて。○こゑ　声。○くゞもりて　声などが中にこもってはっきりしないこと。○黄昏茅店帯星入　出典未詳。たそがれ時に星の光を受けつつ、粗末なわが家に帰る、といった意か。○火桶売　木製の丸い火鉢を売り歩く人。

【備考】前書きの大意は、「黒土による器は一荷まとめてもいかほどの値か、それも天命に従っての仕事ならばしかたないか、声は背中のあたりにこもり、しっかり歩くこともできず、「黄昏茅店帯星入」の句もあるが」といったもの。

一二八　咲《さく》時はどれも梅なり濃《こき》薄き　（『小弓誹諧集』元禄12）

【句意】咲く時にはどれも同じウメなのである、色の濃いか薄いかの違いはあっても。春「梅」。

【語釈】○濃薄き　『枕草子』三七段の「こきもうすきも紅梅」を踏まえるか。

一二九　麦の風粉糠《こぬか》だらけや馬の顔　（同）

【句意】ムギの中を風が吹き渡る中、粉糠《こぬか》だらけであるよ、餌を食べるウマの顔は。夏「麦」。

【語釈】○粉糖　穀類の精白時に表皮などが砕けて生じる粉、「粉糠」の誤り。ここは餌に混ぜてあるのであろう。

【備考】蘭道《らんどう》編『ふたつ物』（元禄14）や真蹟の句形「夏風や粉糠だらけな馬の顔」は再案と考えられる。

一三〇　名月や草ともみえず大根畑《だいこばた》　（同）

【句意】名月が明るく照らしている、なので草と見間違えることもない、このダイコンの畑を。秋「名月」。

【備考】布門《ふもん》編の来山十七回忌追善集『誹諧葉ぐもり』（享保17）によれば、来山と三以《さんい》が二人で連句を巻いた折の立《たて》句《く》（第一句）であったという。

一三一　花ならば花野の華にわけがあろ　（『暁山集』元禄13）

【句意】花ならば花野の花に親しみがあるであろう。花が睦まじげに咲き乱れているさまか。秋「花野」。
【語釈】○花野　秋草が咲いている野原。○わけ　特別な事情・関係・交情。

一三二　此《この》いとし身をしかられて薬喰《くすりぐい》　（『金毘羅会』元禄13）

【句意】このいとしい身体を気づかうようしかられて、獣肉を食べる。冬「薬喰」。

【語釈】○薬喰　冬の滋養や保温のため、普通は食べないシカ・イノシシなどの肉を、薬と称して食べること。

一三三　賃《ちん》とつて灸居《やいとすえ》たも二月かな　（同）

【句意】代金をとって人に灸をすえたのも二月であることよ。春「灸…二月（二日灸《ふつかきゅう》）」。

【語釈】○灸　キュウとも。モグサなどの温熱刺激による療法。ここは二月二日に行う二日灸のこと。

一三四　是《これ》ほどの三味線《しゃみせん》暑し膝《ひざ》の上　（同）

【句意】これっぽっちの三味線でも暑くてならない、膝の上に置いていると。夏「暑し」。

【備考】真蹟に「納涼」、伴自《ばんじ》編『まひのは』（元禄14）に「涼み船にて」の前書き。納涼船での場面と知られる。

一三五　はづ《ず》かしや十六夜《いざよい》までの二《ふた》ごころ　（同）

あかずむかふ《う》月の前

【句意】恥ずかしいことだ、名月ばかりか十六夜までをも求める自分の浮気な心が。秋「十六夜」。
【語釈】○あかずむかふ　飽きずに対面する。○十六夜　八月十六日の夜に見る月。○二ごころ　二通りの心を同時にもつこと。浮気な心。ここは名月と十六夜の両方を楽しもうとする欲張りな心のこと。

一三六　鳥も啼《なく》鐘は花よりとつとうへ《え》　（『続古今誹諧手鑑』元禄13）

【句意】鳥も鳴いている、鐘の音は花よりもずっと上で響いている。山寺のさまであろう。春「花」。
【語釈】○啼　ナキとも読める。○とつと　時間的や空間的にとても離れていること。

一三七　秋たつと夕暮月《ゆうぐれづき》やつゐ《い》三日　（『ふたつもの』元禄14）

【句意】秋になったなあと夕暮れの月を眺めることだ、それもはや三日目となった。秋「秋たつ・夕暮月」。

【語釈】○夕「言ふ《う》」と掛けるか。○つゐ　時間・距離・数量などがわずかであるさま。すぐに。わずか。

一三八　船あがり
伏見気《け》で今朝《けさ》大坂の時雨哉《しぐれかな》　（同）

【句意】まだ乗船した伏見にいる気分のまま、目覚めると今朝の大坂は時雨ていることだ。冬「時雨」。
【語釈】○船あがり　船から上がること。ここは淀川の定期航路をさし、伏見京橋を夜に出ると大坂八軒屋へは朝に着いた。○伏見気　伏見にいるような気分の意か。○時雨　初冬のにわか雨。

一三九　雪までの馴染《なじみ》を竹の時雨哉《かな》　（『ふたつもの』元禄14）

【句意】雪の時期までの馴染《なじ》みとして、タケに降る時雨をしみじみ味わうことだ。冬「時雨」。
【備考】出典の蘭道編《らんどう》『ふたつもの』にはこれを立句《たてく》（第一句）とした三人による半歌仙（十八句からなる連句）が掲載される。

一四〇　顔見世《かおみせ》や戻りにそしる雪の寸《すん》　（『乙矢集』元禄14）

【句意】顔見世芝居を見て、その帰路にけなすのは積もった雪の寸法のことだ。冬「雪」。
【語釈】○顔見世　歌舞伎の興行で、十一月から新加入の役者を加え一座総出演で行う顔見世芝居。三の句を参照。○そしる　非難して悪く言う。○雪の寸　雪の積もった高さ。「寸」は長さの単位で、一寸は約三センチ。

一四一　むしつてはむしつては捨《すて》春の草　（『われ貝』元禄15）

【句意】むしっては捨て、むしっては捨てることだ、春の草を。春「春の草」。
【語釈】○むしっては　引き抜いては。同語を反復して、それが無心の行為であることを強調する。

一四二　来る秋を帆にふくんだはどこ船ぞ
　　渡辺橋へは十歩にたらず。朝暮《ちょうぼ》の遠見《えんけん》　　（『野がらす』元禄15）

【句意】到来した秋の風を帆に受けているのはどこの船であろうか。秋「来る秋」。
【語釈】○渡辺橋　旧淀川本流の部分名称である堂島川に架けられた橋。「十歩にたらず」というように、来山は一時期この近くに住んだ。一六四の句の前書きを参照。○遠見　遠くを見ること。

一四三　夏草の何からなつて新《しん》づつみ
　　新地栄陌《しんちえいはく》　　（『古園誹格』元禄15）

【句意】夏草は何から生じて、この新しい堤に茂っていることか。草に寄せて新地の繁栄を表現する。夏「夏草」。

【語釈】○新地　元禄元年（一六八八）に開発された堂島《どうじま》新地（現在の大阪市北区の一部）。繁華街で遊女もいた。○栄陌　にぎやかな巷《ちまた》。栄えた街。○新づつみ　曾根崎川に新しく築かれた堤。

【備考】出典の盤谷《ばんこく》編『古園誹格《こえんはいかく》』にはこれを立句《たてく》（第一句）とする表六句（三十六句からなる歌仙の最初の六句）を収録。出典の書名は「桑枝格」とも。

一四四　神のもの早稲《わせ》そぐり出せかざり藁《わら》

（『誹諧かざり藁』元禄16）

【句意】神への供え物として、早稲の皮などをきれいに取り除きなさい、飾りワラを作るために。春「かざり藁」。

【語釈】○そぐり　ワラなどのはかま（植物の節や茎を包む皮）の部分を取り除いてきれいにする。○かざり藁　ワラで作る正月の飾り物。

【備考】出典の『誹諧かざり藁』は雑俳撰集で、来山の序に「かざりわら」の書名を提案したとしてこの句を載せる。よい作品を集めて立派な撰集にしなさい、の意を込めていよう。

一四五　若隠居見限り切《きっ》た花とはむ《わ》

（『岨の古畑』元禄16）

【句意】若く隠居し、見限りきったはずの花ながら、それを見に出かけるとしよう。春「花」。

【語釈】○若隠居　若くして家業を譲り隠居すること。○見限り切た花とはむ　花街（遊里）のことなどすっかり忘れている、との意を込めつつ、現実の花見に行こうという思いを示したのであろう。

一四六　きらきらと若ばや花のおもわすれ

（同）

【句意】きらきらと若葉が輝いている、なのでこの間まで咲いていた花の面影を忘れてしまう。夏「若ば」。

【語釈】○おもわすれ　他人の顔を見忘れること。ここは「花のおも（面）」で花を擬人化している。

無二亦無三《むにやくむさん》

一四七　花いけてそこに丸ねやかたな鍛冶《かじ》　（同）

【句意】花を生けてそこにそのままごろ寝をしていることだ、刀鍛冶が。春「花」。

【語釈】○無二亦無三　無二無三。成仏の道はただ一つ、一乗（仏の悟りに達するための唯一の教えで、とくに『法華経』をさす）のほかになく、二乗でも三乗でもないということ。転じて、ただ一つで他に類がないこと。ここは、刀鍛冶の無心のさまがそのことを感得させるというのであろう。○丸ね　丸寝。衣服を着たまま寝ること。○かたな鍛冶　鉄を打って鍛え刀を作る職人。

瑞龍寺《ずいりゆうじ》のかへ《え》るさ

一四八　転《ころ》び寝や我《わが》葉を敷《しい》てゆふ《う》顔《がお》の　（『青すだれ』元禄16）

【句意】うたた寝をしていることだ、自分の葉を敷いてユウガオが。ユウガオの実を擬人化した。夏「ゆふ顔」。

【語釈】○瑞龍寺　摂津国《せつつのくに》難波村（現在の大阪市浪速区）にある黄檗宗《おうばくしゆう》の寺。○かへるさ　帰り道。○転び寝　衣服を着たまま寝床以外の所で寝ること。○ゆふ顔　夕顔。ウリ科の一年草で、実はかんぴょうの原料となる。

達磨《だるま》の賛

一四九　枯木《かれき》にも着《ちやく》あり木々の帰り花

（『ものいへば』元禄16）

【句意】枯木にも衣服をまとったものがある、それが木々の帰り花である。達磨大師の絵に賛をした句であり、「枯木に花」の俚諺を踏まえつつ、禅の公案（課題）に応じる句体にしたものか。冬「帰り花」。

【語釈】○達磨　インドから中国に渡り、禅宗の始祖となった達磨大師。○賛　絵に対して書き付けた詩歌や文章。○着　衣服などを身に付けること。○帰り花　開花の時期を過ぎた後に再び季節はずれの花が咲くこと。

二十年の因《ちな》みもさむれば一念に滞《とどこお》らず。惜《おし》いかな、春色《しゆんしよく》、我道《わがみち》の友としては浅からざりしものを、世の定《さだめ》とて名ばかりぞ残す。遠からぬ国ながら、はるか後にきいて、せめてのこと葉を叔弟桃川子《しゆくていとうせんし》のもとへ

一五〇　花に鳥なんぼか来たがものいはず《わ》

（『花皿』元禄16）

【句意】花に鳥が何羽か来たものの、何も言ってくれなかった。死の報に逢わなかったことを含意する。春「花」。

【語釈】○春色　播磨《はりま》の僧侶で俳人。元禄十五年（一七〇二）十一月十四日に五十七歳で没。出典はその一周忌追善集。○淑弟　美徳のある弟。○桃川子　春色の実弟。「子」は敬称。出典の『花皿』はこの人が桃源川の名で出版したもの。

【備考】前書きの大意は、「二十年の関係も、覚めてみれば一つの思いにとどまるものではない。惜しいことに春色は、

わが俳諧の友として浅からざる仲であったけれど、世の常とて生を終え名ばかりを残した。その国は遠くもないのに、死去の報ははるか後に聞き、せめてもの言葉を弟の桃川のもとに遣わす」といったもの。

一五一　としの花鶯《うぐいす》までは気も付《つか》ず　（『柏崎』元禄16）

【句意】花の春を迎えたことで満足し、ウグイスの音を聞きたいとまでは思いも寄らなかった。春「としの花」。

【語釈】○としの花　新春。「花」は華やかさを表し、「花の年」としても同意。○鶯までは　壬生忠岑「春きぬと人はいへ《え》ども鶯の鳴かぬかぎりはあらじとぞ思ふ」（『古今集』）など、和歌の伝統を念頭に置きつつ、これを翻したか。

昼鴞《ひるのふくろう》

一五二　木がらしや手さへ《え》届かぬ堂の椽《えん》　（『うつぶしぞめ』元禄17）

【句意】外は木枯らしが吹き荒れている、手も届かないお堂の垂木《たるき》でフクロウがじっとしている。冬「木がらし」。

【語釈】○鴞　梟。夜行性である猛禽類のフクロウ。○椽　屋根面を形成するため棟から桁へ渡す木材の垂木。本来の読みはテンであるが、「縁」と通用させることも多く、これもエンと読ませるものかと推測される。

一五三　ちいさげな舟は時雨《しぐ》る岡の松　（『たころがさ』元禄17）

【句意】小さそうな舟が時雨に逢っている、岡のマツから遠くを眺めやるに。冬「時雨る」。
【語釈】○時雨る　時雨を浴びて濡れること。「舟」だけでなく、「岡の松」にも掛かるか。「時雨」は初冬のにわか雨。

一五四　眠る蝶それなりに散牡丹《ちるぼたん》かな　（『たころがさ』元禄17）

【句意】チョウがそこにとまって眠っている、そのままの姿でボタンが散ることだ。夏「牡丹」。
【語釈】○眠る蝶　『荘子』「胡蝶の夢」の故事を踏まえていよう。○それなりに　そのままの状態で。艶士《えんし》編『分外《ぶんがい》』（宝永1）等では「それともに」とある。○牡丹　付合語辞書の『類船集』で「蝶」の付合語《つけあい》に「牡丹」があるように、ボタンとチョウは縁が深い。四八四・五二〇の句を参照。

一五五　ほつつほつ古歌《こか》でほどいて芦粽《あしちまき》　（同）

【句意】ゆっくり古歌を味わいながらほどいていく、アシで巻いた粽の葉を。夏「芦粽」。
【語釈】○ほつつほつ　ほつほつ。急がずに少しずつ物事を進めるさま。○古歌で　飯田『俳句解』は「「むかし、をとこありけり。人のもとよりかざり粽おこせたりける返事に、あやめ刈り君は沼にぞまどひける我は野に出でてかるぞわびしき、とて、雉をなむやりける」（伊勢物語・五二段）などを思い寄せたか」と指摘する。○芦粽　アシの葉で巻いた粽。「粽」は糯米《もちごめ》などで作った餅を葉に巻き蒸したものをさし、主として端午の節句に食する。

一五六　ほととぎすぬれてかたびらひとつなり　（同）

【句意】ホトトギスが鳴き過ぎた、私は雨に濡れて帷子《かたびら》一枚のありさまである。濡れながらもホトトギスの音を求めてやまない、風狂の姿勢を示したものであろう。夏「ほととぎす・かたびら」。

【語釈】○かたびら　帷子。麻・木綿・絹などで作った夏用の単《ひとえ》の着物。

一五七　限りなや蚊までもそだつ海の上　（同）

【句意】限りのないことだ、カまでも育って無数に飛び交っている、大海の上に。夏「蚊」。

【語釈】○限りなや　蚊が無数にいることと同時に、海の限りない広がりをも表現していよう。

【備考】真蹟等に「住吉奉納」といった前書きがあり、住吉大社に奉納した句と知られる。

一五八　飛《とぶ》ほたる暮《くれ》てもあれが天王寺《てんのうじ》　（同）

【句意】こちらではホタルが飛び交い、一方、向こうでは日が暮れてもあれが天王寺だとよくわかる。夏「ほたる」。

【語釈】○天王寺　現在の大阪市天王寺区にある和宗の総本山、四天王寺の略称。

一五九　桐の葉を膳《ぜん》によかろとゆふ《う》べかな　（同）

【句意】このキリの葉をお膳に使ったらよいだろう、などと言い合う夕べであることだ。子どもがふっと洩らすような言葉で一句を仕立てたものか、あるいはままごと遊びに取材したか。秋「桐の葉」。

【語釈】○桐の葉　「一葉落ちて天下の秋を知る」(『淮南子』)により、キリの葉が落ちることやその葉は秋の季語となる。○膳　料理などを載せる台や、そのできあがった飲食物。○ゆふべ　「言ふ《う》」と「夕べ」の掛詞。

一六〇　虫の音《ね》やしらず火うちの有所《ありどころ》　(『たころがさ』元禄17)

【句意】虫の音がすることだ、それに聞き入っていたら忘れてしまった、それまで火打箱《ひうちばこ》のありかを探していたことも。「しらす」と読めば、虫の音によって火打ち箱のありかを知った、という解釈になる。秋「虫の音」。

【語釈】○火うち　火を付けるための道具である火打石や火打金を入れた火打箱。

一六一　神明に奉《たてまつ》る
早稲晩稲《わせおくて》皆こちからの仕《し》むけ也《なり》　(同)

【句意】早稲にせよ晩稲にせよ、結果はすべて人間側からの働きかけ次第である。神への奉納句。秋「早稲・晩稲」。

【語釈】○神明　神。また、天照大神を祀った神社。○早稲　早く成熟するイネ。○晩稲　遅く成熟するイネ。○仕むけ　仕向け。取り扱い方、待遇の仕方。

一六二　小問屋《こどいや》に客のぬれ来る時雨哉《しぐれかな》　　（同）

【句意】小問屋に客が濡れて入って来る、そんな時雨であることだ。冬「時雨」。

【語釈】○小問屋　販売委託・買付委託を受けて規定の口銭を取り、倉庫業・廻漕《かいそう》業を兼ねる大問屋に対し、大問屋を通じて買い付けた品を売る小規模・小資本の経営者をいう。大坂では材木業者に多い。○時雨　初冬のにわか雨。

一六三　細工絵《さいくえ》を親に見せたる火桶《ひおけ》哉　　（同）

【句意】素人ながらに描いた絵を親に見せた、火桶を囲んでのことである。冬「火桶」。

【語釈】○細工絵　見よう見まねで素人が描いた絵。○火桶　木製の丸い火鉢。

【備考】座神《ざしん》編『風光集』（元禄17）にも同形で収まり、原本は「補訂」でそちらを出典とするように指示。

ひとゝせふたとせを、難波津や渡部橋《わたなべばし》のほとりにかりの住居《すまい》しけるも、さらに旅泊のこころなりしに

一六四　雪を汲《くん》であかとは舟の言葉哉　　（同）

【句意】雪水を汲んでもそれをあかというのは、舟にまつわる言葉なのであった。冬「雪」。

【語釈】○難波津　古代に難波にあった港。また、大阪湾の古名。○渡部橋　渡辺橋。旧淀川本流の部分名称である

堂島川に架けられた橋。一四二の句の前書きを参照。○旅泊のこころ　旅寝をしているような思い。前書きは、舟の見える地に仮住まいして、旅の思いを募らせるということか。○あか　淦《あか》。船底にたまる水。これに色の「赤」を掛け、白い雪の水でも「あか」と言う、と興じている。

一六五　こしらへ《え》の出来て春さくふかみ草　（『分外』宝永1）

【句意】花のしたくが早くもできて、春に咲くボタンがある。春「春さくふかみ草」。
【語釈】○こしらへ　準備。○ふかみ草　深見草。ボタンの異名。本来は夏の季語。

一六六　田蓑島《たみののしま》
早乙女《さおとめ》や男の蓑で間《ま》をあは《わ》す　（『たみの草』宝永1）

【句意】早乙女は男の蓑を間に合わせに着用し、拍子を合わせて歌いながら田植えをする。題詠句。夏「早乙女」。
【語釈】○田蓑島　歌枕で、平安時代以前に現在の大阪市西淀川区の一帯が海であったころ、佃《つくだ》のあたりにあったとされる島。○早乙女　田植えをする女性。○間をあはす　間に合わせる。これに、調子を合わせるの意を掛ける。

一六七　浦初島《うらのはつしま》
見あく程みてもはつ島雪のふる　（同）

【句意】見飽きるほどに見ても、初島に雪の降る光景はすばらしい。題詠句。冬「雪」。

【語釈】○浦初島　歌枕で、現在の和歌山県有田市の西方海上にある沖ノ島・地ノ島の総称。ただし、中世には摂津《せっつの》国《くに》の歌枕ともされ、尼崎の南浜あたりがそれと考えられた。

【備考】出典の潮白《ちょうはく》編『たみの草』では「浦初島」を題とする諸家の句が並べられている。

一六八
　　老《おい》たるは妻子を思ひ《い》やる
　万歳《まんざい》の夜《よ》歩行《ある》比《きごろ》やもらひ《い》溜《だめ》　（同）

【句意】万歳が夜も歩き続けて稼ぐ時期であることよ、もらっては溜め込んでいる。春「万歳」。

【語釈】○万歳　新年を祝う賀詞を歌い舞って歩いた二人組の芸能者。ここは大和万歳。○夜歩行　夜間に歩くこと。○比　「頃」に通用。○もらひ溜　人からもらっては蓄えること。

【備考】前書きは、「老いた万歳は妻子のことを思いやって夜まで稼いでいる」ということ。

一六九
　　年まさりにおもかげもなつかしく
　精進《しょうじん》すなといはれ《わ》し親のひがん哉《かな》　（同）

【句意】自分のために精進などするな、と言っておられた親をなつかしく思う、彼岸であることだ。春「ひがん」。

【語釈】○年まさりに　年を追って。○精進　魚や肉類を食べずに身を清めていること。それが死者への功徳となる。○ひがん　死者の霊魂を慰めるための仏事である彼岸会《ひがんえ》。春と秋にあり、普通は春のそれをさす。

一夏《いちげ》九旬《きゅうじゅん》
利も益もおもはねどすこしは腹をすかす

一七〇　其日《その》まで昼酒《ひるざけ》たたんほととぎす　（『たみの草』宝永1）

【句意】夏安居《げあんご》の果てる日までは昼酒を断つことにしよう、今はまだホトトギスの時期であるが。夏「ほととぎす」。

【語釈】○一夏九旬　四月十六日から七月十五日まで、僧侶たちが修行する夏安居の期間。

【備考】前書きの後半は、「利益を願うこともないけれど腹は少し減る、そんな凡俗の身だ」ということ。

一七一　科人《とがにん》に柿くはせたよお大名　（同）

【句意】処刑される前の罪人に、願いのカキを食わせたことだよ、あるお大名様が。秋「柿」。

【語釈】○科人　罪を犯した人。○大名　一万石以上を領有する幕府直属の武士の称。

一七二　織《おり》さした布ぬすまれて十夜哉《じゅうやかな》　（同）

【句意】織りかけの布を盗まれてしまった、十夜であることだ。宗教行事の間に窃盗の行われる皮肉。冬「十夜」。
【語釈】○十夜　浄土宗で、十月五日の夜から十五日の朝まで十日十夜にわたって営まれる念仏法要。

一七三　酔《よい》てさめて氷くだいて星をのむ　（同）
　　　臘八《ろうはち》　其苦暑寒《そのくしよかん》もしるやしらずや

【句意】酒に酔った後に醒め、氷をくだいて星の映った水を飲む。僧侶たちが苦行する日にも自分はこのていたらくだという、一種の自嘲なのであろう。「星をのむ」の表現が斬新。冬「氷」。
【語釈】○臘八　十二月八日、釈尊が成道した日として臘八会《え》を行い、禅宗では一日からこの日の朝まで臘八接心《せっしん》と称する座禅を行う。○暑寒もしるやしらずや　暑さ寒さも知ってか知らずか、ただ苦行を続けるということ。

一七四　星の夜の寐《ね》られぬ罪や蚊は入る　（『頭陀袋』宝永1）

【句意】星の輝く夜、私が寝られないのはこいつの罪であるなあ、カが蚊帳の中に入っている。夏「蚊」。

一七五　年の尾の出るは中《ちゅう》から下《した》なもの　（『何枕』宝永2）

【句意】この歳の瀬にぼろを出し、算段がつかなくなるのは、中流以下の者たちだ。冬「年の尾」。

【語釈】○年の尾　歳暮・歳末。○尾の出る　隠していた実態が表面に表れる。ここは家計のやりくりの破綻。「年の尾」に「尾の出る」と言い掛けている。○中から下　中等より下等にかけて。

一七六　座所《ざどころ》は花の指図《さしず》やぼたん講　（『夢の名残』宝永2）

【句意】どこにすわるかは花の指図によるものだ、このボタン愛好会では。夏「ぼたん」。

【語釈】○座所　すわる所。○花の指図　花のよく見える場所を銘々が選んだことを、花がそのようにし向けたとして擬人的に表したもの。○ぼたん講　ボタンを愛でる仲間の会をいうのであろう。

一七七　香箸《こうばし》に菊の虫とる縁でこそ　（同）

【句意】香箸でキクに付いた虫を捕っている、縁側《えんがわ》であることよなあ。秋「菊」。

【語釈】○香箸　香をたく際、香木《こうぼく》をはさむのに用いる小形の箸。○縁　縁側。○こそ　「こそあれ」の省略形。

一七八　みじか夜や高い寐賃《ねちん》を出した事
　　　　しろじろと見れば余所《よそ》の天井也《なり》　（同）

【句意】夏の短夜であるよ、そう考えると高い宿泊代を払ったことだ。遊里での感慨か。夏「みじか夜」。

【語釈】○しろじろと　夜の明けるさま。○余所の天井　自宅ではない家の天井。○寐賃　泊った代金。

一七九　春雨《はるさめ》や降《ふる》ども しらず牛の目に　（同）

【句意】春雨だなあ、降るとも知れず静かに降りながらも、牛の大きな目に潤《うるお》いを与えている。春「春雨」。

一八〇　床縁《とこぶち》は枕にひくし ほととぎす　（同）

【句意】床縁は枕にするには低いものだ、ホトトギスよ早く鳴け。ホトトギスの初音を待ちわび、少し横になってみたのであろう。ちょうどホトトギスが鳴いた、と解することもできる。夏「ほととぎす」。

【語釈】○床縁　床の間の畳や板の前端を隠すために用いる飾りの横木。

夢遊居

肖柏《しょうはく》花老の清隠風流、草山上人の伝に記し残されしを見るにも、後は池田の幽栖《ゆうせい》に住《すめ》るとぞ、名のみ夢庵にのこりてなつかし。それをしたふ《う》ものは誰ぞや、今の海棠《かいどう》の誹士《はいし》也。世々につづきて此家《この》にとどまるを、なかんづ《ず》く祖父夢遊居士たのしみとせられしより、風月に吟弄《ぎんろう》し、農商を事とせず、しかも家富《とめ》り。その富るに乗ぜずして、生涯無妻・無子を悦《よろこ》び、烏髪・剃髪も物に似てむつかしとて、中鬢《ちゅうびん》にして常のまじはり《わ》をこのむは、是ぞ市中の隠士ともいふ《う》べしや。偶《たまたま》京師《けいし》にあそぶ時も、東山や北谷の花・紅葉に心をそめかえ、淀舟の楫枕《かじまくら》には、遠くも宗鑑《そうかん》が跡を眺《ながめ》り。梅の翁の難波はすむ所より程《ほど》ちかければ、よりより会合して、よしあしのふしもいひ《い》なぐさむより、むかし今の一集を思ひ《い》よりぬとや。先祖の志《こころざし》を崩さず、其《その》道を尊するは孝なるや。棠子一句をつくつて、もつて家の久しきを祝す

一八一　玉椿《たまつばき》柱も石になりかかり

（『夢の名残』宝永2）

【句意】ツバキの咲くこの家は永く受け継がれ、その永遠性を示すように、柱も石になりかかっている。春「玉椿」。

【語釈】○夢遊居　出典の『夢の名残』の編者である海棠の祖父夢遊が住んだ隠室の名で、海棠がこれを受け継いだ。○肖柏　大永七年（一五二七）に八十五歳で没した連歌師。別号に牡丹花・弄花老人など。○海棠　摂津国《せっつのくに》池田の俳人。坂上氏。○宗鑑　肖柏と同時代の連歌師。『犬筑波集』を編んだとされ、俳諧の祖と言われる。○梅の翁　天和二年（一六八二）に七十八歳で没した連歌師で、談林俳諧の頭目と仰がれた西山宗因。梅翁はその別号。○玉椿　椿の美称。『荘子』に見える伝説上の大木である「大椿」の意を込め、長く久しいことを祝う心を示したと見られる。

【備考】出典の『夢の名残』は海棠が編んだ肖柏の百八十回忌追善集。前書きの大意は、「肖柏老人の清隠風流のさまは、後に池田に移り住んだ夢庵の名に残って懐かしい。それを慕う海棠は、祖父の夢遊が住んだこの家を継ぎ、風流韻事をもっぱらにして豊かに暮らし、妻子をもたず市中の隠士として過ごしている。京の花や紅葉に遊び、淀の舟旅で宗鑑の屋敷を慕い、梅翁宗因の住んだ所も近いので、しばしば風雅の会合をもち、この撰集を発企したという。先祖の思いを伝え、この道を尊ぶのは孝というもの。海棠への一句を作り、家の久しいことを祝賀する」といったもの。出典はこの句を立句《たてく》（第一句）とする海棠と二人で巻いた表六句《おもてろっく》（三十六句からなる歌仙の最初の六句）を収録。

一八二　けふ《きよう》の月をけふと思ふ《う》ぞ気の弱み　（『銭龍賦』宝永２）

【句意】待ちに待った今日の名月が今日のことかと思うと、張り詰めた気がゆるんでくる。秋「けふの月」。

【語釈】○けふの月　八月十五夜の名月。○気の弱み　緊張が解けて気の弱くなった状態。

【備考】来山真蹟の『十四季』に「けふの月と思ふも今日ぞ気のよはみ」とあり、それが再案か。

一八三　小雨《こさめ》して竹に鶯《うぐいす》なよ竹に　（『やどりの松』宝永４か）

【句意】小雨が降って、タケにウグイスが鳴いている、なよやかなタケのところで。春「鶯」。

【語釈】○なよ竹　細くしなやかなタケ。「竹に」「なよ竹に」とくり返した点が効果的。

一八四　こちの名もやがてぞ秋の古懐紙《ふるがいし》　（『こころ葉』宝永３）

【句意】私の名もやがて忘れられることであろう、秋に巻いた歌仙の懐紙も反古《ほご》となって。秋「秋」。

【語釈】○こちの名　私の名。○やがてぞ　「やがてぞ忘れられむ」などの省略形。○懐紙　たたんで懐中に携行する紙。百韻の興行では四枚、歌仙の興行では二枚の懐紙を使って作品を記録する。

【備考】宝永二年（一七〇五）八月十日、西鶴十三回忌追善の五人による歌仙が興行された際の立句《たてく》（第一句）で、諸行無常の理を込め追悼の意を示す。出典の『こころ葉』は西鶴門の団水《だんすい》が発起・編集した西鶴十三回忌追善集。

一八五　馬方《うまかた》に請《うけ》なし扨《さて》もけふ《きょう》の月　（『猫筑波集』宝永３）

【句意】馬方には受けが悪い、それにしても今日のこの名月は。名月のために客がいないのであろう。秋「けふの月」。

【語釈】○馬方　人や荷を馬に乗せて運ぶ者。○請　反応・評判。○けふの月　八月十五夜の名月。

播磨《はりま》より信濃《しなの》へ所がへ《え》して仕官のもとへ

一八六　散《ちる》はなや雪の稽古を馬の上　（『心ひとつ』宝永３）

【句意】花が散ることよ、この落花を雪と見なし、雪中を行く稽古を馬上でなさいませ。春「散はな」。

【語釈】○所がへして　領地替えとなって。真蹟には「所がえして行《ゆく》」とある。宝永三年（一七〇六）一月二十八日、永井伊賀守《ながいいがのかみ》直敬が播磨国《はりまのくに》赤穂から信濃国《しなののくに》飯山に転封となっている。○仕官　大名などに召し抱えられている武士。

端午《たんご》

一八七　こころよやけふ《きょう》の湯あみに蚊が逃る《にぐ》　（『元の水』宝永３）

【句意】心地よいことだ、端午の節句である今日、ショウブの湯につかるとカが逃げていく。夏「蚊」。

【語釈】○端午　五月五日の節句。○湯あみ　入浴。ここはショウブ湯。ショウブの葉は邪気・厄災を祓うとされる。

菊が人欺《か》人が菊欺

一八八　我《わ》が年を花にたしけり菊作《きくづくり》　（同）

【句意】自分の年を花の齢《よわい》に足したことだ、キクの栽培人は。それだけ丹精を込めて育成するのである。秋「菊作」。

【語釈】○菊が人欺人が菊欺　キクが人の寿命を延ばすのか、人が上手に育ててキクを長持ちさせるのか、の意であろう。キクは長寿を象徴する花であり、キクに付いた露は不老不死の薬とも言われる。○菊作　キクを栽培する者。

酔《よい》て井筒屋が高楼にのぼる

一八九　楊貴妃《ようきひ》や踏皮《たび》迄ぬがすたいこ持《もち》　（同）

【句意】楊貴妃のようであることだ、あの遊女は足袋《たび》まで脱がせてもらっている、太鼓持ちに。冬「踏皮」。

【語釈】○井筒屋　大坂の遊廓である新町にあった揚屋《あげや》（遊女を呼んで遊ぶ店）。○高楼　高く造った建物。○楊貴妃　唐代の中国で玄宗皇帝に寵愛された美女。ここは廓の太夫の見立て。○踏皮　足袋。○たいこ持　宴席で客の遊びを盛り上げる男の芸人。幇間《ほうかん》ともいう。

一九〇　春雨やもらぬ家にもうどん桶《おけ》　（真蹟詠草A・宝永3）

【句意】春雨が降り続くことだ、雨漏りのしない家でも用心にうどんの桶を備えている。春「春雨」。
【語釈】○うどん桶　うどんを入れて運ぶ桶。また、うどんを盛るための大ぶりの桶。

一九一　何所《どこ》ひとつ片輪《かたわ》でもなし衣更《ころもがえ》　（真蹟詠草A・宝永3）

【語釈】○片輪　身体の一部に障害のあること。○衣更　四月一日に冬の綿入れから夏用の袷《あわせ》に着替えること。
【句意】どことい って一つも身に欠けるところがない、そして今日の衣替えを迎えた。夏「衣更」。

一九二　卯の花やうこんのものは陰《かげ》にほす　（同）

【句意】ウノハナが咲くことだ、そのそばで鬱金《うこん》の染め物は陰干しにする。色彩の対比が鮮やか。夏「卯の花」。
【語釈】○卯の花　ユキノシタ科の落葉低木、ウツギの別名。初夏に白い小花を咲かせる。○うこんのもの　鮮やかな濃い黄色である鬱金色に染めた布。○陰にほす　日光に当てず日陰で干す。

市原野《いちはらの》を過《すぐ》るとて
一九三　ほととぎす貴《き》ぶねへかよふ禰宜《うねぎ》ひとり　（同）

【句意】ホトトギスが鳴き過ぎる中、貴船神社へ通う禰宜が一人いる。市原野での寓目。夏「ほととぎす」。

【語釈】○市原野　現在の京都市左京区の地区名で、鞍馬街道沿いにある。○貴ぶね　現在の京都市左京区鞍馬にある貴船神社。○禰宜　神社に仕える神職の総称。古くは神主と祝《はふり》の中間に位置する職でもあった。

一九四　まねくたび人になしたき薄哉《すすきかな》　(同)

【句意】揺れて私を招くたびに、いっそこれを恋しい人の手にしてみたいと思う、ススキであることだ。秋「薄」。

【語釈】○まねく　和歌以来の常套的な表現として、ススキの穂が揺れる姿は人を招くと言い表す。

【備考】什山《じゅうざん》編の来山句文集『続いま宮草』(天明3)には「田鼠《でんそ》化してうづらとなれば、貧者の娘は傾城となる。されば爰に」と前書き。これによれば、客に手を振ってほしいと願う遊女の思いを詠んだものということになる。飯田『俳句解』は、柿本人麿「石見のや高角山の木の間よりわが振る袖を妹《いも》見つらむか」(『万葉集』)の俳諧化かとする。

一九五　秋かぜやことし生《うま》れの子にも吹《ふく》　(同)
　　天地平等　人寿長短《じんじゅ》

【句意】秋風が吹いている、今年になって生まれたばかりの子の上にも等しく吹いている。秋「秋かぜ」。

【語釈】○天地平等　天地の間の存在はすべて平等ということ。○人寿長短　人の寿命には長短があるということ。

一九六　鑓買《やりこう》てもどるに寒きしぐれ哉　(同)

【句意】槍《やり》を買って帰る道すがら、武士が寒い時雨に遭っていることだ。路上の所見であろう。冬「しぐれ」。
【語釈】○鑓　武具の槍。本人が持つのではなく、従者に持たせるのである。○しぐれ　時雨。初冬のにわか雨。

一九七　なかなかに火燵《こたつ》があいて広い哉《かな》
わかき人の妻にわかれしを問《とい》よりて
（真蹟詠草Ａ・宝永３）

【句意】かえって火燵をあけたために、部屋が広く感じられることだ。いるべき人がいないことの実感。冬「火燵」。
【語釈】○わかれし　死に別れた。○問よりて　弔問して。○なかなかに　かえって。○火燵があいて　畳の一部とその下を空けて火を入れ、掘火燵《ほり》を設置して。火燵の設置は十月の中の亥《い》の日に行い、愛宕の神を祀った。

一九八　打鍵《うちかぎ》に揚《あげ》た魚《うお》見る火燵哉
（同）

【句意】魚屋が打鍵に掛けた魚を高く掲げているのを見ている、火燵の中であることだ。冬「火燵」。
【語釈】○打鍵　鉄の鉤《かぎ》に短い柄《え》を付けた道具で、魚を引っ掛けて提げ持つのに使う。

一九九　あれも是《これ》もどこへか雪のかかり船
眺望
（同）

【句意】あの船もこの船もどこかへ行くのだろうな、今は雪に停泊中の船であるけれど。冬「雪」。
【語釈】○どこへか　「どこへか行かむ」などの省略形。　○かかり船　停泊している船。

二〇〇　大坂も大坂まん中にすんで
　　お奉行《ぶぎよう》の名さへ覚《おぼえ》へずとしくれぬ　（同）

【句意】お奉行様の名さえ覚えないまま、今年も暮れようとしている。浮世離れした自身の再確認。冬「としくれぬ」。
【語釈】○大坂も大坂まん中にすんで　来山は大坂の中心地、淡路町《あわじまち》（現在の大阪市東区）に住んでいた。○奉行　江戸時代の裁判を担当した寺社・町・勘定の三奉行の内、とくに町奉行をいう。宝永元年（一七〇四）十一月に大久保忠香《ただか》が大坂の西町奉行になっており、このことに取材したものかと見られる。

二〇一　　年内の立春
　　日を八日名染程《なじむほど》あり今朝の春　（真蹟詠草B・宝永3）

【句意】春の日ざしを立春から八日も浴び、なじむほどになった、今日の元旦を迎えるまでに。春「今朝の春」。
【語釈】○年内の立春　元日よりも前に来る立春。　○日　陽光。　○八日　前書きと合わせると、立春を過ぎて八日の意。立春から八日で元日となった年に、元禄十一年（一六九八）がある。　○今朝の春　元旦を祝っていう語。

二〇二　木に草に麦に先《まず》とる初日《はつひ》哉《かな》　（真蹟詠草B・宝永3）

【句意】木に草にと、そしてムギに何よりもまずはと、取り入れる初日であることだ。春「初日」。

【語釈】○初日　元旦の朝日。　○とる　草木やムギ畑に日が射しているのを、それらの上に取ると言いなしたもの。

二〇三　熊野から南はどこぞけふ《きょう》の月
　　　　二千里の外《ほか》ともかぎりなし　（同）

【句意】熊野から南は何という地なのであろうか、今日の名月が海を照らしている。熊野の南方、はるか向こうの海上には補陀落《ふだらく》（観音の住む浄土）があるはずという意を、裏に込めているのであろう。秋「けふの月」。

【語釈】○二千里の外　はるかな遠方。白居易の漢詩の中にある「三五夜中新月の色、二千里外故人の心」（『和漢朗詠集』等）による。「二千里」はニセンリともジセンリとも発音する。　○熊野から南　熊野には補陀落信仰があり、南海の彼方に観音の浄土があると考えられた。　○けふの月　八月十五夜の名月。

二〇四　ふしておがむ時にはなにもしらあふぎ《おう》　（同）
　　　　神明に奉《たてまつ》る

【句意】神前にひれ伏して拝む時は、何も迷いなどは知らず、白扇を前に拝んでいる。夏「しらあふぎ」。

【語釈】○神明　神。○しらあふぎ　白い扇。これに「なにも知らず」の意を掛ける。

題宮裏白桜《きゅうりのはくおうにだいす》

二〇五　さくら咲《さい》て此宮《このみや》はやう《よう》夜《よ》が明《あく》る　（同）

【句意】サクラが咲いて白々としており、この宮はほかより早く夜が明けるようだ。春「さくら」。

【語釈】○題宮裏白桜　お宮の境内にある白いサクラを題にして詠んだ、の意。「宮裏」は一般に宮廷の中の意ながら、ここは神社の境内をさす。

【備考】宝永二年（一七〇五）十一月十三日、河内国布忍《かわちのくにぬのせ》（現在の大阪府松原市内）の布忍神社（四一四の句参照）に奉納された絵馬が現存し、それに「桜咲て此宮はやう夜の明る」の句形で載る。「さくら咲て此宮ばかり夜明かな」の真蹟もある。

草庵の起《おき》ふしをとは《わ》れて

二〇六　蚊ののちも紙帳《しちょう》にたのむよさむ哉　（同）

【句意】カの時期が過ぎた後も、紙製の蚊屋《かや》を頼りに夜寒をしのぐことである。前書きによれば、草庵の暮らしぶりを問われたことに対する返答、ということになる。秋「よさむ」。

【語釈】○紙帳　紙で作られた蚊帳《かちょう》（蚊屋）。○よさむ　夜寒。秋も深まって感じられる夜の寒さ。

二〇七　更行《ふけゆく》や紙衣《かみこ》に見ゆる老《おい》のわざ　（真蹟詠草B・宝永3）

【句意】夜が更けていくことだ、紙子を着たわが身に見えるのは老人らしい所作である。冬「紙衣」。

【語釈】○紙衣　紙子。紙製の安価で粗末な衣服。○老のわざ　老いたことによるふるまい・ありよう。

神明奉納　巻軸

二〇八　白黒《しろくろ》の名の無ひ《い》さきも雪ぞ降《ふる》　（同）

【句意】白か黒かの名もない、太初のころから雪は降っていたのだ。神社に奉納した巻軸の句。冬「雪」。

【語釈】○神明　神。○巻軸　書物や巻物の最後に記された漢詩・和歌・発句などの作品。○白黒の名の無ひさき　是と非、善と悪、天と地、陰と陽などが明確に分かれる以前、天地開闢《かいびゃく》の以前ということであろう。

二〇九　湯や迄《まで》はぬれて行《ゆき》けり春の雪　（『幸かな』宝永3）

【句意】湯屋まで濡れて行ったことだ、この春の雪の中を。春「春の雪」。

【語釈】○湯や　湯屋。風呂屋。銭湯。

二一〇　あつあつの豆腐来《き》にけりしぐれけり　　（『逢壺集』宝永3）

【句意】熱々の豆腐ができてきた、時雨が降ってきた。室内と屋外を対比的に表現。冬「しぐれ」。

【語釈】○あつあつ　料理などができたてで熱いことをいう口語的表現。○しぐれ　時雨。初冬のにわか雨。ここは、その動詞形「しぐる」の連用形。

二一一　淀《よど》め淀めそれでに華の玉川ぞ　　（『津の玉川』宝永3）

【句意】淀川に劣らずどんどん淀むがよい、それでこそ花の玉川というものであるぞ。春「華」。

【語釈】○それでに　それだからこそ。○華の　美しく華やかな。○玉川　ここは六玉川の一つで、ウノハナによって知られる津の玉川。淀川の北を流れて淀川に合流する。出典の『津の玉川』はその「津の玉川」を書名とする。

【備考】出典の『津の玉川』はこれを立句《たてく》（第一句）とする五人による歌仙を収録。小さな川でも大きな川に負けるなの意を込め、この土地に住む同書の編者、生水《せいすい》に対する応援の意を込めた発句なのであろう。

二一二　焔魔《えんま》堂に雨《あま》やどりして
郭公《ほととぎす》こちもよつぽど啼下地《なきしたじ》　　（同）

【句意】ホトトギスの鳴き声を聞いて泣くとは、私もよっぽど天性の泣き上戸である。閻魔大王は罪人の舌を抜くというところから血を連想し、血を吐いて鳴くとされるホトトギスのイメージを導いたものか。夏「郭公」。

【語釈】○焔魔堂　焔魔大王の像を祀った堂。○こち　自分。私。○下地　生まれつきの性質。「啼下地」で涙もろい性質であることを言ったものであろう。

二一三　歌にだも女の打《うつ》で碪也《きぬたなり》　（『津の玉川』宝永3）

【句意】和歌においてさえ、女が打つことであわれ深いものとされてきた砧《きぬた》なのである。秋「碪」。

【語釈】○碪　砧。台の上で布を槌で打ち、柔らかくしつやを出すこと。詩歌では、女が離れた地の夫などを恋しく思いつつ打つなど、閨怨《けいえん》の情（独り寝の淋しさ）とともにする業として詠まれることが多い。

二一四　降《ふる》ほどの霰《あられ》こけけり新堤《しんづつみ》　（同）

【句意】降ってくる霰という霰はみな転がっていった、新たにできた堤の上を。冬「霰」。

【語釈】○降ほどの　降ってくるだけの。○こけけり　転がり落ちていった。○新堤　新たに作られた堤。

二一五　たくましき樋《ひ》の蓋《ふた》とづる氷哉《かな》　（同）

【句意】頑丈な樋の蓋といった恰好で、樋を閉じてしまった氷であることだ。樋の中で水が凍ったことを、蓋を閉じたようだと見立てたものであろう。冬「氷」。
【語釈】○樋　水を導き送るための木やタケなどによる長い管。

二一六　ほのかなる黄鳥《うぐいす》ききつ羅《ら》生門《しょうもん》　動情
（『海陸前集』宝永4）

【句意】かすかなウグイスの音を聞いている、この羅生門で。春らしさの勃興を表した句。春「黄鳥」。

【語釈】○動情　心が動くこと。○黄鳥　コウライウグイスの別名。○羅生門　平安京の都城の正門で、朱雀大路《すざくおおじ》の南端にあった。ラジョウモンとも発音し、「羅城門」とも書く。

二一七　出るに入《いる》無地の帆《ほ》もなし霞《かすみ》つつ　今宮戎《いまみやえびす》奉納
（同）

【句意】出たり入ったりする船に無地である帆のものはない、あたり一帯に霞が込めている中で。帆も鮮やかな大船が行き交う、大坂の繁栄を謳歌したもの。春「霞」。

【語釈】○今宮戎　現在の大阪市浪速区恵美須西に鎮座する今宮戎神社。エビスは商売繁盛の神として知られる。○無地の帆もなし　どの船の帆にも紋様があるということ。各藩御用でその紋などを帆に染めているのであろう。

山を鋳《い》て銭となし、海を煮て塩をとる。此一茎《このひとくき》もその類《たぐ》ひならんか。ことに秋田より出《いず》るを最上として、
その問丸《といまる》に夥《おびただ》し

二一八　紫の塵編《ちりあみ》ほして小判かな　　（『海陸前集』宝永4）

【句意】ワラビの芽の干して編んだような形のものを集め、小判をかせぐことだ。春「紫の塵」。

【語釈】○秋田より出る　秋田産の。秋田のワラビは名産であった。○問丸　問屋。○紫の塵　ワラビの芽。

【備考】前書きの大意は、「山から掘ったものを鋳て銭とし、海の水を煮て塩を取る。このワラビの茎もそれと同類であろうか。ことに秋田から出るものを最上とし、問屋に干したワラビがおびただしく積まれている」というもの。

二一九　見せばやな浦の蛤《はまぐり》鎌《かま》でとる　　（同）

【句意】見せたいものだ、浦のハマグリは鎌で掘って取る。春「蛤」。

【語釈】○ばやな　願望の終助詞「ばや」に詠嘆の終助詞「な」が付いたもの。○鎌　草など刈るための道具。

二二〇　仕舞《しまい》には花につなぐ歟《か》藤の銭《ぜに》　　（同）

【句意】ついには花にもつなぐことになろうか、フジの棚でフジの木につなぐ賽銭を。春「藤」。

【語釈】○仕舞　終わり。　○藤の銭　ここは境内にフジの棚がある寺での賽銭。飯田『俳句解』は、大坂三十三所観音巡礼の第十六番札所、和称院（通称「藤之棚観音」）をさし、観音めぐりが盛んであったことを詠んだかとする。

金鉄《きんてつ》の囲《かこい》をなして遁《のが》るるに所なきはさだまらぬ世、さらにいふ《う》べくもあらず。只《ただ》その人をしたふ《う》物から、武江《ぶこう》に於《おい》ては晋其角《しんきかく》、それ程ならぬ年より道に生《うまれ》つき、高名を残し、ことしの花に先だちぬるよし。惜《おし》むべし、惜むべし。誹因《はいいん》の浅からぬを知《しり》て、稲津《いなつ》氏のもとへせめてに申《もうし》つかは《わ》しける

二三二　霞《かすみ》けり消《きえ》けり富士の片相手《かたあいて》

（『類柑子』宝永4）

【句意】かすんでしまった、消えてしまった、その富士山の相手にもなるべき其角は世を去ってしまった。春「霞」。

【語釈】○武江　江戸。　○晋其角　江戸蕉門を代表する俳諧師、宝井《たからい》其角。別号に晋子があり、晋其角とも称した。宝永四年（一七〇七）二月二十九日、四十七歳で没。　○稲津氏　大坂出身で其角門に入った俳人、稲津青流《せいりゅう》（後の祇空《ぎくう》）。二五五の句を参照。　○消けり　富士が霞に消えたことを述べつつ、其角の没したことを含意させる。　○片相手　一方の相手。それ（富士山）と釣り合うほどの存在であることを意味させている。

【備考】出典の『類柑子』は沾洲《せんしゅう》と青流の編。宝永四年の跋をもち、其角の遺稿や其角への追悼句を集める。前書きの大意は、「金属の囲いによっても死から逃れられないのは、定めなき世の決まりごとで、言うべき言葉もない。慕うべき人として、江戸の晋其角は若い時からこの道で才を発揮して名を上げ、今年の春に亡くなったそうで、惜しいことだ。俳諧の縁も浅くないので、せめてものことにこの句を稲津氏へ申し遣わす」というもの。

草類不論四季前後

二一二　春草の橋をかぎつて酒屋なし　（『萱野草』宝永5）

【句意】春草が橋のところまで生い茂って、このあたりには酒屋が一軒もない。散策をした折、疲れて酒が飲みたくなったのに、酒屋が見あたらず残念だというのであろう。春「春草」。

【語釈】○草類不論四季前後　四季の順とは関係なく草類の句を掲げる、の意であろう。諸家の句群の前に置かれた題と見られる。○かぎつて　限って。範囲を規定して。ここはその辺まで茂っているの意。

望夜之先韻

二一三　雨の色これらは月のとはじ《わ》かは　（同）

【句意】雨の気配である、こんなことは月が問題にしないものだろうか、晴れるよう問わずにはおられまい。月を擬人化したもので、雨の名月となることを嘆く思いが込められている。秋「月」。

【語釈】○望夜之先韻　名月の夜に先駆けて詠んだ句の意。言水《ごんすい》句の前にあり、諸家の句群の前に置かれた題と見られる。○とはじ　問はじ。問うことはあるまい。○かは　反語の係助詞「か」に強意の係助詞「は」が付いたもの。

二一四　羽帚《はぼうき》ではいたやう《よう》なり夏坊主　（『一枚起請』宝永5）

【句意】まるで羽箒《はぼうき》ではいたようにさっぱりと涼しげである、夏坊主の頭や身なりは。夏「夏坊主」。
【語釈】○羽帚　羽箒。鳥の羽毛で作った小さな箒。　○夏坊主　夏の僧侶。

二一五　頼政《よりまさ》がはね箸《ばし》したり菰粽《こもちまき》　（『こがね柑子』宝永7）

【句意】頼政が箸でよけたことだ、端午の節句のコモで巻いた粽を。頼政が菖蒲という美女に恋をし、帝から賜ったという説話（『源平盛衰記』）を踏まえ、ショウブならぬコモの粽には興味を示さないと興じた一句。夏「菰粽」。
【語釈】○頼政　平安時代後期の武将、源頼政。平家打倒の計画が発覚して自刃した。謡曲「頼政」で名高い。三四四の句を参照。　○はね箸　食べたくないものを箸でのけること。えり好みをすること。　○菰粽　マコモの葉で包んだ粽。

二一六　卯の花のうへ《え》を月夜でぬりにけり　（同）

【句意】白いウノハナの上を月夜の光で白く塗り重ねたことだ。夏「卯の花」。

【備考】古道《こどう》編の来山句文集『津の玉柏』（享保20）には「鈴木氏藁砧《こうちん》のぬしは和漢の好士」の前書きがあり、これによれば、藁砧の学才がきわめて高いことを誉めた句ということになる。

二一七　春の日に見よ半輪《はんりん》の橋の雪　（『海陸後集』宝永7）
住吉に滝めり

【句意】この春の日に、見たまえ、半輪形の反《そ》り橋には残雪が積もっている。春「春の日」。
【語釈】○住吉　現在の大阪市住吉区にある住吉大社。境内に滝がある（現在は水が流れていない）。○半輪の橋　中央を高く弓状に作った橋。

二二八　　老楽《ろうらく》
　昼過《ひるすぎ》に起《おき》て鶯《うぐいす》梅の花　　（『海陸後集』宝永7）

【句意】昼過ぎに起きて、ウグイスがウメの花で鳴くのを味わう、気楽な身分である。春「鶯・梅の花」。
【語釈】○老楽　ロウラクと読めば年老いての安楽さ。オイラクと読めば年老いたこと、転じて、老いての安楽についてもいう。

二二九　　阿陽《あよう》芦桶《ろよう》下向に送《おくる》
　神風《かみかぜ》やせめて桜の噂《うわさ》でも　　（同）

【句意】神風が吹いたということだ、後はせめてサクラの噂なりとも聞いてみたい。春「桜」。
【語釈】○阿陽　阿波国《あわのくに》（現在の徳島県）。○芦桶　阿波の人で来山の門人。○下向　帰ること。○神風　神の威徳によって吹くとされる風。飯田『俳句解』は、「伊勢参宮の意を利かせた。参宮の土産話をいろいろと伺ったが、国に帰られたら、今度はせめて櫻の噂でも聞かせていただきたい、と芦桶の帰国に際して挨拶」と指摘する。

おのが浦々と読《よみ》し

二三〇　衣がへ《え》あれが明石地《ち》須磨の波　（同）

【句意】衣替えに明石縮《ちぢみ》を身に付ける、見ればあれが明石の地で、こちらには須磨の浦の波が立つ。夏「衣がへ」。

【語釈】○おのが浦々　人麿の和歌「白波はたてど衣にかさならず明石も須磨もおのが浦々」（『拾遺集』）をさす。○衣がへ　四月一日、綿入れから袷《あわせ》に替えること。○明石地　明石の地。これに明石産の布地、明石縮を掛ける。

懐旧　前書略

二三一　七年の夢吹《ふさ》ます若葉哉《かな》　（同）

【句意】七年の夢を覚ますように風が吹き、若葉をそよがせていることだ。夏「若葉」。

【語釈】○七年の夢　ここは親しい人が亡くなって夢のように七年がたったことをいう。

【備考】古道編の来山句文集『津の玉柏』（享保20）には前書きがあり、そのおおよその意味は、「友人のもとで故人となった人の息子と会い、明日が命日だという日を前にして会ったことに因縁を感じて」というもの。

蓴《ぬなわ》の一鉢を得たり。めづらか成物《なる》よなどと女《め》の童《わらべ》の問《とい》あへ《え》るもおかしくて、隠してよめる

二三二　聞《きき》もつけぬ名は呼《よび》にくき水草《みくさ》かな　（『海陸後集』宝永7）

【句意】聞きつけないだけに名が呼びにくい、この「ぬなは」という水草であることよ。夏「ぬ名は（蓴）」。

【語釈】○蓴　ジュンサイの別名、ヌナワ。○隠してよめる　「つけぬ名は」に「ぬなは」を詠み込んだこと。

【備考】前書きの大意は、「ヌナワの鉢を得て、珍しいと少女らが言っているので、隠し題に詠んだ」というもの。

追悼

このかみにながき別《わかれ》せし鳥路斎《ちょうろさい》のもとへ、悔《くやむ》にも詞《ことば》たらず。我迚《われとて》も、四《よっ》とせ跡の水なし月に、下枝をもがれて、涙今更《いまさら》におもひ《い》やられて

二三三　啼事《なく》もなんで鰒《か》蟬の片羽《かたはかな》哉　（同）

【句意】鳴くことも何のためなのか、セミが片羽をもがれていることである。兄を亡くした鳥路斎（文十《ぶんじゅう》）へ贈った追悼句で、貴殿は片羽をもがれた思いで泣いておられるであろう、と思いやったもの。夏「蟬」。

【語釈】○このかみ　長兄。○ながき別　死別。○鳥路斎　来山門の俳人、高橋文十の別号。○四とせ跡　四年前。○水なし月　水無月。六月。○下枝をもがれて　弟を失ったことをこう言った。○片羽　片方の羽。

【備考】前書きの大意は、「長兄と死別した鳥路斎のもとに、悔やみの言葉を遣わすにもうまく言い表せない。私も四年前の六月に弟を亡くし、その時の涙が今さらながら思いやられて」というもの。

二三四　秋立《たつ》とゆふ《う》べもしらずたばひ《い》物
世を千年《ちとせ》とをれ《お》とは大福長者のこと葉《ば》　（同）

【句意】秋になってもその夕暮れの情趣を味わうことなく、蓄え物に精を出している。秋「秋立」。

【語釈】○世を千年とをれ　千歳までも長生きをせよ。○大福長者　とても富裕な人。○ゆふ「夕」に「言ふ」を掛けるか。○たばひ物　蓄えてあるもの。

【備考】出典の文十編『海陸後集』にはこれを立句《たてく》（第一句）にした五人による二十二句が収められる。

二三五　来る秋や仕《すみ》よし浦の足の跡　（同）
宵に神輿《みこし》の海よりかへ《え》り入《いら》せます賑《にぎわい》ひ、数《す》千万人の供奉《ぐぶ》参詣、扨《さて》こそ夥《おびただ》しき御祓《おはらい》也。余波《なごり》を今朝にうち見やれば、さながら秋は爰《ここ》ら程《ほど》よりとおもひ《い》よるさへ《え》なまめきたり

【句意】秋になったことだ、住吉の浦には昨日の祭礼に訪れた人々の足跡が残っている。秋「来る秋」。

【語釈】○共奉　行列に供として加わること。○御祓　諸人の罪や穢れを祓い清めるための神事。ここは六月晦日に住吉大社で行われる大祓《おおはらえ》の祭礼。○住よし浦　摂津国《せっつのくに》住吉の海で、住吉大社の付近に相当する。

【備考】前書きの大意は、「宵に神輿が戻ってくる賑わいに、供奉参詣の人々は数千万を数え、さてさて盛大な御祓である。今朝その名残を眺めると、秋はこのあたりから来たのではと思われて、あわれが深い」というもの。

二三六　猪《いのしし》は季をこそ持《もた》ね冷《すさま》じき　（『海陸後集』宝永7）

【句意】イノシシは季をもつ詞ではないものの、その恐ろしげな様子は「すさまじき」とも言うべきだ。秋「冷じき」。

【語釈】○冷じき　恐ろしい。「すさまじ」は冷え冷えとしたさまを表すことから、秋の季語として扱う。

二三七　蒦《わく》の鼻《はな》身をちぢによる月見哉《かな》　（同）
浪速国《なにわのくに》の汐ざかひ《い》川舟遠く漕出《こぎいだ》しては

【句意】悲しみに身を千々《ちぢ》によじらせる、月見であることよ。難波《なにわ》の潮境《しおざかい》まで舟を漕ぎ出しての吟。秋「月見」。

【語釈】○浪速国　難波国。大阪の古称。○汐ざかひ　川水と海水の境。○蒦の鼻　綛糸《かせ》を巻き取る道具の先端部。ここは「縒《よ》る」を導くための措辞。○身をちぢによる　身が幾重にもねじれたようになる。大江千里《おおえのちさと》の「月見ればちぢに物こそ悲しけれわが身ひとつの秋にはあらねど」（『古今集』）を踏まえていよう。

二三八　菊はかえて同じ女郎《じょろう》ぞめでたけれ　（同）
十日菊　奇揚屋《あげやによす》

【句意】キクは生け直し、同じ遊女を独占して遊ぶのは、実に豪勢である。秋「菊」。

【語釈】○十日菊　九月九日のキクの節句（重陽）の翌日。遊里では後宴《ごえん》と称し、翌日も居続けて遊ぶのをよしとした。○奇「寄」の誤り。○揚屋　近世の遊里で、客が高級な遊女を遊女屋から呼んで遊興する店。○女郎　遊女。

二三九　宿老《しゆくろう》に夜番《よばん》の供《とも》やしぐれ降《ふる》　（同）

【句意】宿老に夜番の供がついて行くことだ、時雨が降っている中を。冬「しぐれ」。

【語釈】○宿老　町内の自治に関わる町役人。○夜番　夜の勤番。ここは町内の巡回。○しぐれ　時雨。初冬のにわか雨。

二四〇　我寐《わがね》たを首あげて見る寒さ哉　（同）

【句意】自分の寝た姿の影を首を上げて見る、何とも寒いことだ。冬「寒さ」。

貧家にうたたね

二四一　古火燵《ふるごたつ》又《また》足はさむ別れ哉　（同）

【句意】古火燵でうたた寝し、また足をはさむようにして、火燵との別れを惜しむことだ。春「火燵…別れ（火燵ふさぐ）」。

【語釈】○うたたね　寝るとはなしにうとうと寝ること。○別れ　ここは「火燵の別れ」で火燵をふさぐこと。「火燵ふさぐ」などに準じて、これで春季にしたのであろう。

二四二　茶碗竈《がま》煙や雪の坪《つぼ》のうち　（『海陸後集』宝永7）

【句意】茶碗竈から煙が上がっている、雪の積もった中庭の内で。冬「雪」。

【語釈】○茶碗竈　茶碗などを焼く窯《かま》のことか。○坪　建物の間や垣根の内側にある中庭。

二四三　寐《ね》すがたを仏の恥《はじ》やけふ《きょう》迄も　（『奈良ふくろ角』宝永7）

涅槃《ねはん》

【句意】この寝姿を仏の恥とも言うべきであろうよ、今日までもさらし続けて。春「句意による」。

【語釈】○涅槃　二月十五日の涅槃会《え》。釈迦の死を悼み、各寺院では釈迦入滅の涅槃像を飾る。

二四四　ものいはば《わ》人はけぬべし白《はく》ぼたん　（『花の市』正徳2）

【句意】何か言おうとしたら人など消え入ってしまうであろう、この白ボタンの前では。夏「白ぼたん」。

【語釈】○けぬべし　消ぬべし。消えてしまうだろう。「白露を取らば消ぬべしいざ子ども露に競《い》ひて萩の遊びせむ《ん》」（『万葉集』）などの表現を取り入れたものか。○白ぼたん　白い色のボタンの花。シロボタンとも発音する。

【備考】真蹟には「牡丹の記」と題された前文があり、この花についてのあれこれが記される。

二四五　いさましや風まで添《そえ》てのぼり売《うり》　（同）

【句意】勇ましいことだ、風まで添えて幟《のぼり》を売り歩く者がいる。「まるで軍陣を思わせるようで、いかにも勇ましい」（飯田『俳句解』）ということか。夏「のぼり」。

【語釈】○のぼり売　五月五日の節句に飾る幟を売り歩く商人。

二四六　文《ふみ》まくら星にかしたるかなの物　（同）

【句意】文枕《ふみまくら》にするよう、星に貸したかな書きの文である。七夕を前に天上へ思いを馳《は》せ、彦星が織女の夢を見られるよう、ちょっとした書き物でも貸してやろうか、と興じたもの。秋「星（星合《ほしあい》）」。

【語釈】○文まくら　恋しい人を夢に見ようと、枕の下に恋文などの手紙を入れること。○星　ここは牽牛《けんぎゅう》星をさし、七夕の夜に二星の会う「星合」を含意させ、これで秋季となる。○かなの物　仮名で書いたもの。

二四七　今宵の月小笹《むざさ》へぬけた人とはん《わ》　（同）

【句意】今宵の名月はすばらしい、小笹へと抜けて行った人を訪ねることにしよう。秋「今宵の月」。

【語釈】○小笹　大和国《やまとのくに》の大峰山《おおみねさん》で、奥の院がある小笹の泊り。「小笹へぬけた人」は山伏などの修験者《しゆげんじや》をさすか。

二四八　干網《ほしあみ》に入日《いりひ》染《そめ》つつしぐれつつ　（『千鳥掛』正徳6か）

【句意】干した網を夕日が染め付けながら、同時に時雨が降ってもきて。冬「しぐれ」。

【語釈】○干網　干してある網。○しぐれ　時雨。初冬のにわか雨。ここはその動詞形「しぐる」の連用形で、時雨が降ること。○つつ　二つのことが同時に行われていることを表す助詞。

二四九　あわせ出せ花さへ芥子《えけし》の一重《ひとえ》なる　（同）

【句意】袷《あわせ》の着物を出してくれ、花だってケシは一重で咲いているのだから。花の一重には及ばないにしても、早く綿入れから袷の衣服に着替えて、夏にふさわしい格好をしたいということ。夏「あわせ・芥子」。

【語釈】○あわせ　正しくは「あはせ」。裏地の付いた衣服で、近世には初夏と初秋に着るのが習わし。

二五〇　竹の子を竹になれとて竹の垣　（同）

【句意】タケノコをタケになれと言うかのように、タケの垣の近くでタケノコが放置されている。夏「竹の子」。

【語釈】○竹の垣　タケを使って編んだ垣根。「竹の子」「竹」「竹の垣」と同じ字を三つ重ねている。

【備考】古道《こどう》ら編の来山句文集『いまみや草』（享保19）に「竹子　そのものにして其《その》ものをそこなふ《う》」の前書きがあり、すべては自然のままの姿がすばらしく、こざかしい人智などは無用だ、との寓意を込めたものらしい。

二五一　雲水《うんすい》にあへ《え》られ物や雪の月　（『把菅』正徳3）

【句意】行脚僧によって和《あ》えられた物のようであることよ、雪を月が照らす地面の様子は。冬「雪」。

【語釈】○雲水　行雲流水のように諸国を行脚する僧。○あへられ物　和《あ》え物。野菜や魚介類を酢・味噌・胡麻などとまぜた料理。ここは「踏み乱した足跡は、まるで雲水が作った和物のように見える」（飯田『俳句解』）の意か。

二五二　蓬萊《ほうらい》やのしの高橋掛渡《かけわた》し　（『橋立案内志追加』正徳3）

【句意】蓬萊を飾ったことよ、そこには熨斗《のし》アワビが高い橋のように掛け渡してある。春「蓬萊」。

【語釈】○蓬萊　新年の祝儀として台の上にめでたい品々を乗せた蓬萊飾り。○のし　熨斗アワビの略。アワビの肉を薄くはいで、引き延ばして乾かしたもの。蓬萊飾りの中の一つ。

【備考】古道ら編の来山句文集『いまみや草』（享保19）等に下五「かけまくも」の句形で、これを立句《たてく》（第一句）とする三物（三句からなる連句）を収載。古道編の来山句文集『津の玉柏』（享保20）に「宝永七寅の歳旦」の前書きがあり、宝永七年（一七一〇）の歳旦吟と知られる。「かけまく」は心に思うこと、言葉にすること。

有非《うひ》の情《じよう》二つならずとかや。風声水音をのづ《おず》からなり。鉄石もうてばかならず響く。花雪のうるはし《わ》きにむかふ《こう》ては、人々おのれをわすれて欣笑《きんしよう》す。なにのなすわざぞ

二五三　是《これ》はとは朝戸《あさと》朝戸に雪の声

（『続八百韻』正徳3）

【句意】これはすばらしいと、朝、戸を開ける家ごとに雪を賛嘆する声がする。冬「雪」。

【語釈】○有非の情　有情と非情。感情をもつ人間や生類とそれ以外の存在。○欣笑　喜んで笑うこと。

【備考】前書きの大意は、「有情も非情も根源は一つとか。風声や水音にも自然の姿が備わる。鉄や石も打てば必ず音を響かせる。花や雪のうるわしさに向かう人は自分を忘れて笑顔になる。それは何のしわざなのか」というもの。

二五四　名の花よ彫《ほら》ず刻《きざ》まずいつまでも

其角《きかく》其角、いづ《ず》この空にかあととむらはん《わ》。七とせの夢とはいへ《え》ども、面《おも》かげ向ふ《むかう》がごとし

（『二のきれ』正徳4）

【句意】名だたる花にも比すべき其角よ、その名を墓標に彫ったり刻んだりすることなく、いつまでもこの世にいてほしかった。其角七回忌に当たっての追悼吟。春「花」。

【語釈】○其角　江戸蕉門を代表する宝井《たからい》其角。宝永四年（一七〇七）二月二十九日、四十七歳で没。二二一の句を参照。

【備考】出典の『二のきれ』は湖十《こじゆう》編の其角七回忌追善集。前書きの大意は、「其角よ、どの空に対して弔いをしたらよいのか。七年前に夢のようにこの世を去ったとはいえ、面影は今も向かい合っているように親しく感じられる」

というもの。

二五五　宗祇《そうぎ》の蚊屋に三年とは、ふるくもいひ伝《いつたえ》て、是等《これら》さへおかしきに、ことし稲津《いなつ》氏のぬし、ここふる郷《さと》にのぼり来《きた》る序《ついで》、早雲寺に馬よせさせて、旅衣ぬぎもあへ《え》ず、剃髪の本意を悦《よろこ》び、石上に坐して一偈《いちげ》を作る。陽々たりや陽々たりや。誠に工《たく》みてもたくまれじ。風情かな風情かな。其《その》因縁こそおかしけれ

旅櫛笥《たびくしげ》明《あけ》てえむらん神無月

（『みかへり松』正徳5）

【句意】旅の櫛笥を開けて剃髪を果たし、にっこり笑うことであろう、この神無月に。冬「神無月」。

【語釈】○宗祇の蚊屋　宗祇と同じ蚊屋に寝たことがあると、連歌師が嘘の自慢をする意の成句。転じて、風流韻事に見栄を張ることのたとえ。「宗祇」は室町時代を代表する連歌師。○稲津氏のぬし　大坂出身の俳諧師、祇空《ぎくう》。正徳四年（一七一四）十月、宗祇終焉の地である箱根の早雲寺で剃髪し、青流《せいりゆう》から祇空へと改号。出典の『みかへり松』はその際の記念集。○偈　仏徳の賛嘆や教理を述べた詩句。出典の『みかへり松』には数名の偈が載り、賦山《ふざん》の句の前書きには「剃髪の一偈まことに宜《むべ》なるかな」とある。○工みてもたくまれじ　技巧や工夫によって作ったのではないということ。○旅櫛笥　旅に携行する、櫛や化粧用の道具を入れた箱。○えむ　笑う。○神無月　十月の異称。

【備考】前書きの大意は、「宗祇の蚊屋に三年とは古くからの言い伝えでおかしいものだが、今年、稲津氏祇空は故郷へ帰るついでに早雲寺に馬を寄せ、剃髪の本意を果たし、石上で一偈を作った。陽々としたことだ。たくんでたくまれるものではない。風情のあることだ。その因縁がおもしろい」というもの。

二五六　汲溜《くみため》て玉に声あり花椿《はなつばき》　　（『名墨むかしの水』正徳5）

【句意】汲み溜めた井の水に玉のように美しい声がする、花ツバキが落ちたものだ。春「花椿」。

【備考】出典の長江《ちょうこう》編『名墨むかしの水』に跋文を求められて書いた、その末尾に据えた句。「玉に声あり」には「一集の成ったのを賀する意も籠めている」（飯田『俳句解』）と見られる。長江は奈良墨を商う古梅園の当主。跋文はそのことに触れ、長江が俳諧を好んで諸家の吟を集めていることを述べつつ、「金玉を埋《うず》み捨《すつ》るの罪すくなからんや」とも「幸《さいわい》すん所も名に高き椿井」とも記し、一句に「玉」や「椿」とあることの由来を知らしめる。

題各枕

枕言葉・歌枕などは和歌の余情《よせい》にして奥ものゆかし。枕鎗・枕屛風の類《たぐい》は枕上をのがさぬものからさもとこそ。只《ただ》事のよるべもなく物々に冠せらるるは、いかさま一器のほまれなるべし。儀枕・瀬枕・浪枕いふ《う》にかぎりなし。任佗《ままよ》、爰《ここ》によこほ《お》りふせるとは読《よみ》たれども、何国《いずく》を尾とも頭とも知《しれ》ざるは

二五七　雲霧《くもきり》や佐夜《さよ》の中山寐悪《いぎたなし》　　（『豹の皮』正徳6）

【句意】雲や霧が立ち込めている、この佐夜の中山は歌枕としては「いぎたなし」といったところか。秋「霧」。

【語釈】○歌枕　和歌によって知られる名所。○枕鎗　枕槍。枕元に置く護身用の槍。○任佗　「任他」の誤り。どうにでもなれ、という思いを表す。○よこほりふせる　横たわっている。『古今集』東歌の「甲斐がねをさやにも見しがけけれなく横ほ《お》りふせるさやの中山」をさす。○佐夜の中山　現在の静岡県掛川市の日坂から島田市菊川まで

の坂道で、著名な歌枕。「小夜」とも書き、サヤとも読む。○寐悪　寝穢《いぎたな》し。眠りをむさぼっているの意、また、寝相が悪いの意。歌枕の「枕」から連想したもので、前書きと合わせて読むと、横たわるとは詠まれているものの、この雲霧ではどちらが尾とも頭とも知れず、寝姿がよくないと言うべきだ、と興じたことになる。

【備考】出典の『豹の皮』は、編者の芦水《ろすい》が貞門の貞室《ていしつ》による文章「枕記」を入手したことに由来し、書名には「豹頭枕（邪気を避ける枕）」の意を込める。この句はその巻軸に配され、前書きの「題各枕」は巻頭の貞室「枕記」に対応する。前書きの大意は、「枕詞や歌枕は和歌に関連したもので奥ゆかしく感じられる。枕槍・枕屏風などは枕の近くに備えるところからの名称。枕との関連はないまま、名に枕と冠せられている物は、その器のほまれとも言うべきであろう。礒枕・瀬枕・波枕の類は挙げるに限りがない。佐夜の中山は「よこほりふせる」と詠まれた歌枕ながら、どこが尾でどこが頭とも知られないので」というもの。

二五八　今宮はむし所なり聾《つんぼ》也　（『木葉ごま』享保2）

【句意】今宮は虫の音のすばらしい所である、聾戎《つんぼえびす》で知られた所である。秋「むし」。

【語釈】○今宮　現在の大阪市浪速区恵美須町にある今宮戎《えびす》神社。俗に聾戎とも呼ばれ、「参詣者は社殿裏の羽目板をたたいて…呼ぶ習慣があった」（飯田『俳句解』）。○むし所　虫の鳴く音がよい所の意であろう。古道《こどう》ら編の来山句文集『いまみや草』（享保19）には「虫どころ」の表記。○聾　耳の聞こえないこと。

【備考】出典の李天《りてん》編『木葉《このは》ごま』は来山の百箇日追善集で、伴自《ばんじ》の序の中にこの句が引かれる。『いまみや草』には「今日今日是非に及ばず」の前書きがあり、来山が安寧の境にあったことを窺わせている。

二五九　今でさへ顔《え》なつかしや冬の梅　（『木葉ごま』享保2）

【句意】幼い今でさえその顔が慕わしいほどのかわいらしさである、この冬のウメのように。冬「冬の梅」。

【備考】予平《よへい》による来山追悼吟の前書きに出る句で、来山が予平の幼い娘について詠んだものと知られる。

二六〇　水踏《ふん》で草で脚《あし》ふく夏野哉《かな》　（同）

【句意】水を踏んで歩き、草で足を拭く、この夏野であることよ。夏「夏野」。

【備考】芦水《ろすい》による来山追悼吟の前書きに出る。真蹟には「此里に住《すみ》移りける比《ころ》、万《よろず》の上めづ《ず》らしく、あられぬかたまでさまよひまはり《いわ》て」の前書きがあり、正徳三年（一七一三）、市中から今宮に移り住み、あたりを逍遥した際の作と知られる。真蹟では上五が「水ふんで」の表記。

二六一　雨戸《あまど》越秋《こす》のすがたや灯《ひ》の狂ひ《い》　（同）

【句意】雨戸を越えて秋の気配が感じられることだ、室内の灯火は狂ったように燃えている。秋「秋」。

【備考】古道ら編の来山句文集『いまみや草』（享保19）に「寝あまるは老《おい》の常」の前書き。出典の『木葉ごま』では千及《せんきゅう》による追悼吟の前書きに「湛翁此《たんおうこの》秋の文通に」としてこの句が掲げられ、最晩年の老境を詠んだものと知られる。

二六二　しぐるるや時雨《しぐれ》ぬ中の一心寺　（同）

【句意】時雨が降ってきたことだ、時雨が降らない一帯の中に一心寺がある。冬「しぐるる」。

【語釈】○しぐるる　「しぐれ」の動詞形「しぐる」の連体形。下の「時雨」はその未然形。「しぐれ」は初冬のにわか雨。○一心寺　現在の大阪市天王寺区にある浄土宗の寺。一一九の句を参照。

【備考】夏雲《かうん》による来山追悼吟の前書きに出る句で、来山の代表作ともされる。真蹟の一つには「六字詰の念仏昼夜におこたらず、十二時の鐘声遠近の心耳をあらふ《う》」の前書きがある。

二六三　桃の花けふ《きょう》より水を肴《さかな》哉　（同）

【句意】モモの花が咲いている、この花のように、今日からは私も水を酒の肴にするとしようか。春「桃の花」。

【語釈】○肴　酒を飲むときに食べるもの。その読みのサカナは「酒菜」に由来する。

【備考】大椿《だいちん》による来山追悼吟の前書きに出る。古道ら編の来山句文集『いまみや草』（享保19）には「桃日／無才無能にして六十一歳、酔を常にして鼻もひかず」の前書きがあり、六十一歳で迎えた桃の節句吟と知られる。

二六四　折事《おる》も高根《たかね》の花や見たばかり　（同）

【句意】折ることもできない高嶺《たかね》の花である、ただ見るだけのことで。春「花」。

【語釈】○高根の花　高嶺の花。遠くから眺めるだけで、手に取ることができないことのたとえ。

【備考】出典の『木葉ごま』には「女人形の記」と題する俳文が掲載され、その末尾に置かれているので、この句が眺めることしかできない人形のことを詠んだものと知られる。その俳文では、焼物の女人形を愛蔵しているさまがユーモラスに描かれている。

二六五　逢《お》ふた時はなんにも夏の呼子鳥《よぶこどり》

（『遠千鳥』享保2）


【句意】会った時は何にもなくてそれでよい、折から夏のカッコウが鳴いている。夏「夏の呼子鳥」。

【語釈】○なんにも夏　「なんにもなし」と「夏」の言い掛け。○呼子鳥　古今伝授の三鳥の一。鳴き声が人を呼ぶように聞こえることからの名称で、一般にカッコウの異称とされる。これ自体の季は春。

【備考】阿波の一棟《いっとう》を迎え、潮白《ちょうはく》と三人で連句興行した際の立句《たてく》（第一句）で、前書きとともに三物（三句からなる連句）が布門《ふもん》編『誹諧襷《たすき》のの』（享保20）に掲載される。出典の文十《ぶんじゅう》編『遠千鳥《とおちどり》』では一棟による追善句の前書きに引かれる。何も話さなくても、会っただけで心が通じる、の意が込められていよう。

二六六　難波津《なにわづ》のさかえ、大川《おおかわ》・小川漕《こがわこぎ》ぬけるも一興なるものか
行月《ゆく》や舟でみるみる橋曇《ぐも》り

（『真砂月』享保2）

【句意】空を行く月よ、それを舟で見ていると、みるみる橋に月が隠されていく。秋「月」。

【語釈】○難波津　難波江（大阪湾の古称）にあった古代の港。また、港湾都市としての「難波」と同義でも使う。○行月　空を移りゆく月。○橋曇り　「月が橋の陰に隠れるのを…いった」（飯田『俳句解』）らしい。

二六七　帆柱《ほばしら》の角組《つのぐみ》見せむ《ん》なにはなる
　　　　先聖《せんせい》の目には花を雲とうたがひ《い》紅葉を錦《にしき》とよめり
（『土の餅』享保4）

【句意】角ぐむ芦ならぬ角ぐむ帆柱、すなわち、帆柱の数多く立っているさまを見せようではないか、ここは天下の難波なのである。「なには→芦→角組」の見立て」（飯田『俳句解』）による一句。春「角組」。

【語釈】○先聖　昔の聖人。ここは古き世の歌人たち。○帆柱　船に帆を張るための柱。○角組　草木の芽が出始めること。芦などについて言うことが多い。○なには　難波。大阪の古名。「難波の芦」は成語。

【備考】出典の何中《かちゅう》編『土の餅』にはこれを立句（第一句）とする三人による八句を収録。歌人は花を雲かと詠み、紅葉を錦かと詠んできたが、帆柱を上げた大船が並ぶさまを角ぐむ芦かと詠むのが今の俳諧だ、と揚言し、難波の繁栄を謳歌する。

菊

二六八　年なみのけふ《きょう》ぞ菊の瀬《せ》酒の淵《ふち》
（『続年矢俳諧集』享保13）

【句意】年ごとに来る今日の節句は、瀬となり淵となるキクの酒で大いに祝おう。秋「菊」。
【語釈】○年なみのけふ　年並の今日。毎年やって来る今日という日。ここは九月九日のキクの節句（重陽）をさす。○菊の瀬酒の淵　「瀬」は川の流れが速い所、「淵」は川の流れのよどんだ所で、ともに「なみ（波）」の縁語。重陽の節句にはキクの花を浮かべた酒を飲んで長寿を祝う。その「菊・酒」にそれぞれ「瀬・淵」を付けたもので、「菊の淵」は歌語。謡曲「枕慈童（菊慈童）」にも「雫も…淵ともなるや…菊水の流れ」などとある。

二六九　ふかれても風に破れぬ月夜かな

（『誹諧葉ぐもり』享保17）

【句意】吹かれても風に破れない、月の出ている夜であることよ。秋「月夜」。
【備考】出典の布門《ふもん》編『誹諧葉ぐもり』は来山の十七回忌追善集。

二七〇　冬年《ふゆとし》の声売戻《うりもど》す若菜かな

（同）

【句意】旧冬の売り声を戻した恰好で、若菜売りが若菜を売り歩くことであるよ。正月の三が日などは商人も商売を休むため、物を売り歩く声が聞こえなかった、ということを踏まえる。春「若菜」。
【語釈】○冬年　去年の冬。旧年の暮れ。○若菜　一月七日の七草粥に入れる春の菜。

二七一　虫ぞ鳴《なく》あのしはぶきはまた隣

（同）

【句意】虫が鳴いている、それに混じって聞こえるあの咳の声は、また隣家からである。秋「虫」。
【語釈】○虫　コオロギ・スズムシなど秋に鳴く虫。○しはぶき　咳をすること。

二七二　九重《ここのえ》も奈良茶がはやるさくら咲《さく》　（同）

【句意】都でも奈良茶飯《ちゃめし》が流行している、折しもサクラが咲いている。それらを一緒に楽しもうとの誘い。春「さくら」。

【語釈】○九重　宮中。また、皇居のある都。○奈良茶　奈良茶飯の略。煮出した茶にダイズ・アズキなどを加えて炊いた塩味の茶飯。奈良の東大寺・興福寺の僧坊で始まったことによる名称。

【備考】座神《ざしん》編『風光集』（元禄17）に「東山庵主に戯れて」の前書きで入集し、原本は「補訂」でそちらを出典とするように指示。飯田『俳句解』は鬼貫《おにつら》を訪ねた際の句と見て、「このように寛いだ挨拶のできる相手は、ほかにちょっと思い浮かばない」という。

二七三　いつからの真桑詞《まくわことば》ぞ一《ひと》かしら　（同）

【句意】いつからのマクワウリを数える際の詞だろうか、「一かしら」というのは。夏「真桑」。
【語釈】○真桑詞　「真桑瓜に関する詞」の意であろう。「枕詞」をもじったか。マクワウリはウリ科の一年草。その実が人の頭のようであることも踏まえていよう。○かしら　数詞で、ここは瓜を十個単位でかぞえる言い方。

二七四　抱籠《だきかご》や一年ぶりの中直《なか》り　（『誹諧葉ぐもり』享保17）

【句意】久々の抱籠よ、お前には夫人の名もあるのだから、一年ぶりの仲直りとも言うべきものだ。夏「抱籠」。

【語釈】○抱籠　竹で編んだ籠で、夏の夜に抱いて寝て涼をとる。別名、竹夫人《ちくふじん》。○中直り　「仲直り」に同じ。

二七五　猫の恋しや毛色《けいろ》にもよらぬなり　（同）

【句意】ネコが恋に忙しい季節、まったくめ、ネコの恋は毛色などには関わりないのである。春「猫の恋」。

【語釈】○猫の恋　ネコが交尾期にあること。○しや　しゃ。身体・衣服などに関する名詞や、副詞・動詞・形容詞の上に付け、侮蔑や罵倒の意を込めて使う接頭語。また、あざけりののしる際に発する語。ここは「しや毛色」という造語的表現か。いずれにせよ、うるさいネコへのいらだちを示すものであろう。

二七六　三味線《しやみせん》も小歌《こうた》ものらずうめの花　（『いまみや草』享保19）

【句意】三味線も小歌も合うことがない、このウメの花に対しては。春「うめの花」。

【語釈】○小歌　三味線を伴奏にした俗謡小曲の総称。上方では「小歌」、江戸では「小唄」と書くことが多い。

【備考】出典の『いまみや草』は古道《こどう》ら編の来山句文集。蛞平《りゅうへい》編『掃除坊主』（元禄10）に「中にも此一本《このひともと》は直《すな》ほにして」の前書きで入集。ウメの気品ある花を賞しての一句で、俗曲ではふさわしくないとしたところが、やや技巧的。

二七七　一時《いっとき》に散身《ちる》で花の座論《ざろん》かな　（『いまみや草』享保19）

【句意】一時に散る身の花でありながら、席次を争う座論の名を冠していることだ。春「花の座論（座論梅）」。

【語釈】○花の座論　ここはウメの栽培品種である「座論梅」をさす。実が熟さないうちに一つずつ落ちて行くのを座論にたとえての名称。「座論」は席順を論じること、また、座して論じること。

【備考】出典の『いまみや草』には「座論梅といふは」以下の前書きがあり、座論梅を詠んだことが明確になる。

住吉

二七八　若みどり神の浜松ひねたれど　（同）

【句意】新芽は若々しい緑色である、浜に近い神のマツは年をとっているけれど。春「若みどり」。

【語釈】○住吉　現在の大阪市住吉区住吉にある住吉大社。○若みどり　樹木の新芽や若葉の緑色で、とくにマツをさすことが多い。○神の浜松　神域にある浜に近いマツ。○ひね　動詞「ひねる」の連用形で、年を経て古くさくなることをいう。

二七九　おもたくと雪つけてこいわかな売《うり》　（同）

【句意】重たくても雪を付けたまま持って来い、若菜売りよ。その風情を買いたいということ。春「わかな売」。
【語釈】○おもたくと　重たくとも。○わかな売　七草粥に入れる若菜を売り歩く商人。

二八〇　飯蛸《いいだこ》のあはれ《わ》やあれではてるげな　（『いまみや草』享保19）
【句意】イイダコの哀れなことよ、あれで生を終えてしまうのだそうだ。春「飯蛸」。
【語釈】○飯蛸　マダコ科のタコ。○はてる　果てる。○げな　推測・伝聞の意の助動詞。

二八一　両方に髭《ひげ》がある也《なり》猫の妻　（同）
【句意】男女の両方に髭があるのだ、交尾期にあるネコは。春「猫の妻」。

【語釈】○猫の妻　交尾期のネコ。「猫の夫《つま》」とも書き、「猫の恋」に同じ。二七五の句を参照。

【備考】出典の『いまみや草』では句の後に「ちよつとは雌雄見わけがたし。恵比須どのと大黒殿とは女夫《めおと》とおもひ《い》つめし尼あり。いふ《う》て聞《きか》せても合点せず。両方に髭のある序《ついで》にふとおもひ《い》出して爰に書《かく》」と付記。

二八二　やはら《わ》かな水に角琢《つのと》ぐ田螺《たにし》かな　（同）

【句意】温んでやわらかそうな水に角を研《と》ぐような恰好で、タニシが角を出していることだ。春「田螺」。
【語釈】○琢ぐ　研いで磨きをかける。○田螺　タニシ科の淡水産巻貝の総称。

二八三　つくづくしたけたは誰も手にあはず《わ》　（同）

【句意】ツクシも長《た》けてしまったものは、だれも処置に困って手に取らない。春「つくづくし」。

【語釈】○つくづくし　スギナの胞子茎であるツクシの別称。○たけた　盛りの状態を過ぎた。ツクシが育ってスギナになると、食用にはならない。○手にあはず　手に余る。処置に困る。

【備考】出典の『いまみや草』では句の後に「此くさのみものかかぬ人の塚にも生《お》らんとおもふ《う》もおかし」と付記。

二八四　陽炎《かげろう》にむらなしどこが橋所《はしどころ》
　　　　長柄《ながら》　（同）

【句意】陽炎には濃淡のむらがない、どこが橋のあった所であろうか。春「陽炎」。

【語釈】○長柄　現在の大阪市西部、北区の淀川と新淀川の分岐点の西側一帯の地。かつては橋が架かっていたが、古くに流失し、渡し場になっていた。○むら　色の濃淡や物の厚薄があって一様でないこと。

【備考】出典の『いまみや草』では句の後に「わづ《ず》か三里にたらぬ所ながら旅の心地せられて何もかもめづ《ず》らし」と付記。「三里」は約十二キロメートルで、来山宅からの距離なのであろう。

二八五　くろい蝶あれでも花にめづ《ず》るかな　（『いまみや草』享保19）

【句意】黒いチョウは無愛想な様子で、あれでも花に愛情をもっているのだな。春「蝶・花」。

【語釈】○めづる　愛でる。対象に引かれて、愛着・熱中などの態度を示すこと。

高砂《たかさご》の塩竈《しおがま》を見て

二八六　いづ《ず》れとも雨のしほ《お》がま雨の藤　（同）

【句意】いずれの趣きが勝るとも決めかねる、雨の中の塩竈も雨の中のフジも。春「藤」。

【語釈】○高砂　播磨国《はりまのくに》高砂（現在の兵庫県高砂市）。○塩竈　海水を煮て塩を作るための竈《かまど》やその釜。

二八七　今更《いまさら》に土のくろさやおぼろ月　（同）

【句意】今さらのように土の黒さが目につくことだ、朧月《おぼろづき》の照らす下で。朧月を正面から賞美するのではなく、その光に照らされた黒土を中心に置いたところが、作者のねらいであろう。春「おぼろ月」。

【語釈】○おぼろ月　春の夜のおぼろにかすんで見える月。

二八八　秋たつやはじかみ漬《づけ》もすみきつて　（同）

【句意】秋になったことだ、ショウガを漬けた液体も澄み切っている。漬物の澄んだ水に秋の到来を看取した感性はみごとで、「来山の代表句の一としてよい」（飯田『俳句解』）もの。秋「秋たつ」。

【語釈】○はじかみ漬　ショウガの根茎を薄切りにして甘酢などに漬けた食べ物。

二八九　朝顔やむしに喰《くわ》るる花の運　（同）

【句意】アサガオが咲いていることよ、その中で虫に食われる花があるのも運というものだ。秋「朝顔」。

二九〇　行衛《ゆくえ》なき雲に組《くみ》して野分《のわき》かな　（同）

【句意】行方も知らず流れる雲の仲間になって、風が吹き荒れていることだ。秋「野分」。

【語釈】○組して　味方して。協力して。○野分　台風などによる秋の暴風。

【備考】出典の『いまみや草』では句の後に「むかむかと腹の立《たつ》やうな風なり。人のひが事するに付《つき》てはたくまず出《いで》くるなり。是《これ》を千腹の虎といふとかや《う》」と付記。「千腹の虎」は未詳。座神《ざしん》編『風光集』（元禄17）が初出で、原本は「補訂」でそちらを出典とするように指示。

重陽

二九一　栗の日や椎ももみぢ《じ》ものりこへ《え》つ　（『いまみや草』享保19）

【句意】クリの節句日であることだ、シイもモミジも乗り越えて、今日はクリが脚光を浴びている。同様に、「椎」に通じる四位や「紅葉」の色の五位の者も、今日は上位の気分で過ごすがよい、の意を含む。秋「栗の日」。

【語釈】○重陽　九月九日のキクの節句。○栗の日　九月九日のクリの節句で、クリを贈答しクリの飯を食べる。○椎　飯田『俳句解』は「栗」から色を主として「栗→梍《くり》→橡《つるばみ》（四位）」と連想。その「四位」を「椎」に転じたのであろう」とする。○もみぢ　飯田『俳句解』は「五位の衣袍「緋《あけ》」をたとえたものと思われる」とする。

【備考】出典の『いまみや草』では句の後に「五位・六位の蔵人勤《つとむ》るかぎりありてのちに地下《じげ》になりたるはわびしきものとや。さも社《こそ》おもひ《い》やらるれ。惣じて人倫のみにあらず、調度・喰《くい》もののたぐひ《い》につけても、其《その》ときにあへ《え》ば、おの《お》れがほにはえばえ敷《しき》ぞ」と付記。これに従い、句意を右のようにとった。

憶自他《じたをおもう》

二九二　酒買《かい》にあの子傘《かさ》かせ雪のくれ　（同）

【句意】酒を買いに行くあの子に傘を貸してやってくれ、雪の夕暮れであるから。冬「雪」。

【語釈】○憶自他　自分と他人の身の上を思う。買い物に行く子もあれば、それを眺める自分もいる、ということ。

二九三　海士《あま》の子の神子町《みこまち》に行汐干《ゆくしおひ》かな　（同）

【句意】漁師が神子町に遊びに出かけていく、大潮であることよ。春「汐干」。

【語釈】○海士の子　漁師の子。また、漁師自身をもいう。○神子町　巫女《みこ》の多く住んでいる町。ここは大坂の天王寺の北、谷町筋と北平野町筋の間の林町などをさす。口寄せや占いなどをしつつ、売色にも応じる巫女が多くいた。○汐干　海の潮が引くこと。ここは潮の引き方が最大になる三月三日の大潮で、漁は休みとなる。

【備考】出典の『いまみや草』では句の後に「もとよりけふ《きょう》は浦々のいとなみもせず、すみよし・天王寺のかたにむれむれたり」と付記。

二九四　むすび逢《あう》や花のかづ《ず》らきふぢゐ《じい》寺

葛井寺《ふじいでら》　（同）

【句意】仏縁を結び合うことである、花の葛城《かずらき》を遥かに望むここ葛井寺で。春「花」。

【語釈】○葛井寺　現在の大阪府藤井寺市にある真言宗御室派の寺。「藤井寺」とも記し、紫雲山三宝院剛琳寺《しうんざんさんぼういんごうりんじ》と号す。○むすび逢　ここは仏との縁ができること。○かづらき　葛城。現在の奈良県葛城市・北葛城郡・大和高田市・御所市などにわたる地域の古代の汎称。葛井寺からは東南の方向に眺められた。カツラギとも発音する。「むすび」と「かづら」「葛」は縁語。葛城のサクラを詠んだ和歌は多数ある。

追善之詞
落月庵《らくげつあん》とよばれて遠くも慕《したわ》れ、西吟《さいぎん》と名乗《なのり》してはちかくもしたしみ、年老《ねんろう》の誹哲《はいてつ》、世人よくしれり。此《この》春の花につれだつ余波《なごり》も、とし比《ごろ》のちなみおもひ《い》わすられず

二九五　今までは所の名なりさくら塚　（『いまみや草』享保19）

【句意】今まではただの地名であった、この桜塚は。そのサクラの脇に落月庵西吟の塚ができ、今からはその墓所として記憶されることになるだろう、というもの。春「さくら」。

【語釈】○落月庵　摂津国《せっつのくに》桜塚に住んだ俳人、水田西吟《みずたさいぎん》の庵号。宝永六年（一七〇九）三月二十八日に没。○さくら塚　現在の大阪府豊中市中部の地名で、花の名所として知られた。西吟はその桜のそばに庵を結んでいた。

【備考】「追善の詞」と題する前書きの大意は、「落月庵と呼ばれ、西吟と名乗って人々に慕われた老俳士。この春の花とともに逝ってしまった名残惜しさに、長年の交友も忘れられない」というもの。

きつね川をわたりて

二九六　宗鑑《そうかん》が託宣《たくせん》かけよほととぎす　（同）

【句意】宗鑑の託宣を表に出して大いに鳴いてくれ、ホトトギスよ。夏「ほととぎす」。

【語釈】○きつね川　狐川。現在の京都府八幡市と大山崎町の間にあった淀川の渡し場。○宗鑑　室町時代の連歌師で、俳諧の祖とも言われる山崎宗鑑。洛西の山崎に住していた。○託宣　神などによるお告げ。この「宗鑑の託宣」

は、宗鑑の作とされる「かしがましこの里過ぎよ時鳥都のたわけなれを待つらん」（『くるる』『かた言』等）をさす。○かけよ　口に出して言え。飯田『俳句解』は、時鳥が「てっぺんかけたか」と鳴くのを取りなし、「かしがまし」に掛けたのだという。伝宗鑑の和歌を翻した恰好で、興じているのであろう。

【備考】文十《ぶんじゆう》編『海陸後集』（宝永7）が初出。

端午《たんご》

二九七　幟《のぼり》出す南はせかず和田恩地　（同）

【句意】幟を出す、南の地にあって急《せ》くことのない和田・恩地の軍勢である。端午の節句に幟が出ているのを見て、軍陣の幟を想起し、軍記物語で知られる合戦の一齣《ひとこま》を思い描いたもの。夏「幟」。

【語釈】○端午　五月五日の節句。○幟　旗の一種で、軍陣・寺社・船首などに標識として用いる。ここは端午の節句に立てる五月幟のことをさす。○せかず　あわてない。○和田恩地　楠正行の家臣である和田氏と恩地氏。飯田『俳句解』によれば、この句は『太平記』「住吉合戦事」を踏まえたものであるという。

悼等珉子《とうみんし》

孝子潮白《ちようはく》にわかれ初《そめ》てよりは、ひととせにめぐれども、其《その》時の愁《うれい》は、老《おい》に煩《わずらい》をそゆるものをしらずや

二九八　手なし坊又《また》もや秋のたつか弓　（同）

【句意】手のない案山子《かかし》に付けられた、またもや秋の手束弓《たつかゆみ》である。淋しい叙景をもって追悼吟とする。秋「秋」。
【語釈】○等珉子　来山の弟子である潮白の別号。○手なし坊　手のない者。ここは「子を失ったことをたとえ、老いの悲しみを案山子に寄せておもいやったもの」（飯田『俳句解』）。○たつか弓　手束弓。手に握り持つ弓。
【備考】「等珉子を悼む」と題する前書きの大意は、「孝子とも言うべき潮白に死に別れて一年、その際の愁いが消えることはなく、さらに老いと煩いとが加わることになった」というもの。

重陽

二九九　けふ《きょう》の菊に袴《はかま》着て寝る狐哉《かな》　（『いまみや草』享保19）

【句意】今日のキクの節句に、袴を着たまま寝ている幇間《ほうかん》であることよ。酒を飲み過ぎてのさま。秋「菊」。
【語釈】○重陽　九月九日のキクの節句。○狐　ここは男の芸人である幇間（太鼓持ち）の異称。

明々百草頭

三〇〇　唐《とう》がらし茄子《なすび》にあけも奪《うば》れず　（同）
しかしながら、あへ《え》ものの比《ころ》にはさらにまじは《わ》る

【句意】トウガラシは、一緒に和《あ》えられたナスに朱色を奪われることもない。秋「唐がらし」。
【語釈】○明々百草頭　禅語。あらゆる草の葉先（転じて、森羅万象）がそのまま真理であり悟りである、の意。ここ

は、それぞれの草にそれぞれの性質が備わっているのは明白だ、の意であろう。○あへもの　和え物。野菜や魚介類を酢・味噌・ごまなどに混ぜ合わせて作る料理。○奪れず　偽物が本物を乱す意のことわざ「紫の朱《あけ》を奪う」を踏まえ、反転したもの。

三〇一　僧ひとり師走《しわす》の野道《のみち》梅の花　（同）

絶景に秀句なしとかや。其時《そのとき》のそのまま

【句意】僧が一人で十二月の野道を行く、ウメの花の咲く中を。冬「師走」。

【語釈】○秀句　秀逸な句。「絶景に秀句なし」は出典未詳。○其時のそのまま　その時に見たままに詠んだの意。○梅　ここでは寒中のウメをさす。

歳暮

三〇二　としの瀬や漕《こが》ず楫《かじ》せず行《ゆく》ほどに　（同）

【句意】年の瀬となったなあ、漕ぐことも楫をとることもせず、行くに任せている内に。人為的な計らいをせず、泰然自若として、あるがままの姿勢で生きるのをよしとするのである。冬「としの瀬」。

【語釈】○としの瀬　年の暮れ。年末。「瀬」と「漕」「楫」は川に関連する縁語。

【備考】古道編の来山句文集『津の玉柏』によって、宝永七年（一七一〇）の歳暮吟と知られる。

傾婦《けいふ》に寄す

三〇三　鰤《ぶり》の腹広し文箱《ふばこ》の入れ所《どころ》　（『いまみや草』享保19）

【句意】ブリの腹は広い、それと同じくらい、手紙の箱の入れ場所も広いことだろう。遊女のもとには馴染み客からの恋文がさぞ多く到来するのだろう、と興じたもの。冬「鰤」。

【語釈】○傾婦　「傾城」に同じく、遊女のこと。○鰤　スズキ目アジ科の海水魚。正月料理に欠かせないものとして、歳末に購入・贈答した。○文箱　書状を入れておく箱。

試筆

旧臘《きゅうろう》三日の五更《ごこう》夢想あらたなり。幸《さいわい》の事にして、鶏《とり》の旦《あした》の一句に祝す

三〇四　蓬萊《ほうらい》や升《ます》の中から山が出る　（同）

【句意】蓬萊飾りよ、升の中から蓬萊山の出る夢を見るとは、何とめでたいのだろう。春「蓬萊」。

【語釈】○試筆　新年に初めて毛筆で文字を書くこと。○旧臘　去年の十二月。○五更　一夜を五分した最後の時間帯。冬では現在の午前三時二十分から六時ころまで。○夢想あらたなり　霊験あらたかな夢である。○鶏の旦　鶏旦《けいたん》。元旦の異称。○蓬萊　中国の神仙思想で説かれる仙境の一つで、海のかなたにあり、不老不死の仙人が住むと伝えられる蓬萊山。また、これを模して作られる正月の蓬萊飾り。

【備考】出典の『いまみや草』はこれを立句《たてく》（第一句）とする三物《みつもの》（三句からなる連句）を収録。古道編の来山句文集『津の玉柏』によって、宝永八年（一七一一）の歳旦吟と知られる。

三〇五　蛙《かわず》々土のけて見ん歌の種　（同）
いまだ余寒《よかん》つよきは、是潤年《これうるうどし》のたのもしさ

【句意】カワズよカワズよ、土を取り除いて見てみよう、お前の歌の種が何であるのかを。春「蛙」。

【語釈】〇余寒　立春を過ぎて残る寒さ。〇潤年　「閏年」の表記違い。閏月を加えて一年が十三か月ある年。宝永五年（一七〇八）は一月の後に閏一月があり、ゆっくり春らしくなるのを「たのもしさ」と言ったのであろう。〇歌の種　歌声のもとになるもの。飯田『俳句解』が述べる通り、「水に住む蛙の声を聞けば、…いづれか歌をよまざりける」（『古今集』「仮名序」）を踏まえるとすると、歌を詠む代表である蛙の歌の根源を明らかにしたい、の意と見られる。

三〇六　道々の涼しさ告《つげ》よ土用東風《どようこち》　（同）
餞別
乾《いぬい》氏のぬし、ことし其《その》君に招《まねか》れ奉《たてまつ》りて、富士見る旅に趣《おもむ》くのよし。わざとも関の秋風に吹《ふか》れに行《ゆき》しなどおもへ《え》ば、こや浦山敷首途《うらやましきかどで》なるものを

【句意】道中の涼しさを告げて寄こしてくれ、さぞ土用東風が吹いていよう。夏「涼しさ・土用東風」。

【語釈】○乾氏のぬし　大坂住の俳人、乾昨非《さくひ》。○其君　「磐城平藩内藤家（露沾）か」（飯田『俳句解』）。○富士見る旅　関西から富士山を経て関東に赴く旅。○土用東風　夏の終わりの十八日間をさす土用に吹く東からの風。

三〇七　花の闇わる銀《がね》もつておつかける
　　題道成寺《どうじようじ》
　上河原《かみがわら》の水かさまさつて、くれなゐ《い》の前だれ翩奔《へんぽん》たり
（『いまみや草』享保19）

【句意】花の闇の中、悪銀《わるがね》をつかまされた女が追いかけて来る。赤い前垂れを翻す女は、祇園の茶屋に勤める者であろう。客が悪銀を使ったことに気づいて追うのであり、そのさまが道成寺の清姫さながらなのである。春「花」。

【語釈】○道成寺　現在の和歌山県日高郡川辺町鐘巻にある天台宗の寺。安珍に惚れて追いかける清姫が蛇体となって安珍の隠れる鐘を取り巻く、伝説の舞台として著名。○上河原　京の下河原（現在の京都市東山区下河原町通の東側）に対して、その北をさすのであろう。○翩奔　「翩翻」に同じく、風に揺れること。○花の闇　花の咲いている闇夜。○わる銀　品質の悪い銀貨、また、量の少ない銀貨。

三〇八　かいま見る山吹《やまぶき》ねたむ菜種《なたね》かな
　春興《しゆんきよう》
　垣の内外《うちそと》に同じ色をみだれたり。花の心をおもひ《い》やりて
（同）

【句意】かいま見るにつけ、垣の内側に咲くヤマブキをねたむナタネであることだ。春「山吹・菜種（菜種の花）」。
【語釈】○春興　春の興趣。○同じ色をみだれたり　垣の内ではヤマブキ、外ではナタネが、同じ黄色に咲き乱れていること。○菜種　アブラナの別名で、種子から油を採取する。その花（ナノハナ）が春季になる。

三〇九　萱草《かんぞう》の花とばかりやわすれ草《ぐさ》
　　　　藪の中に一《ひと》かたまりに咲出《さきいで》たるもめづ《ず》らしく　（同）

【句意】カンゾウの花とばかり覚えて、これがワスレグサでもあることを忘れていた。夏「萱草の花・わすれ草」。
【語釈】○萱草　ユリ科の多年草で、夏に橙赤色や橙黄色の花を咲かせる。○わすれ草　カンゾウの異名で、身に付けると憂さを忘れると考えられたことによる命名。これに動詞の「忘れ」を掛ける。

三一〇　年のいそぎ書《かく》とむなしや只《ただ》の状《じょう》
　　　　風雅はおのづ《ず》からの業《わざ》ともなれば問《とう》にこたへ《え》もこそすれ
　　　　としのくれ　（同）

【句意】この忙しい歳末に、書けば空しくなることだ、普通の手紙などは。前書きにある通り、風雅に関わるお問い合わせなら、喜んでお答えしよう、との意を込める。冬「年のいそぎ」。
【語釈】○風雅　風流韻事。○年のいそぎ　一年で最も忙しい年末。○只の状　ありきたりな手紙。

三一一　君子は器《うつわもの》ならず、おもしろのありさま
角《かど》もたぬ石ぞころころとしの波
(『いまみや草』享保19)

【句意】角のない石がころころと転がっていく、それと同じで、この歳末も成るがままに任せているだけだ。君子のように円満で、どこまでも転がる心境でいれば、すべてはおもしろい、ということ。冬「としの波」。

【語釈】○君子は器ならず『論語』「為政篇」に出る言葉で、君子は一技・一芸に偏らず円満であることのたとえ。○おもしろのありさま　世のありさまはおもしろいの意。○としの波　年の瀬。歳末。

盃《さかずき》の記

本町のかみなり、伊藤小太がのこせし大なると・小なると、爰元屋《ここもとや》が酒道楽、清四がうかむ瀬、是等《これら》は難波津の名盃にして今もなつかしきに、好人春家子《しゅんかし》のもとより懇書に一器を添《そえ》られたり。見せばやな、摺《すり》鉢《ばち》のいたいけしたるなり。そとは土色備《そなわ》って碧々《へきへき》たり。内は朱《しゅ》ぬりに明々として、金の沃懸《いかけ》仕《し》わたしぬれば、うつせの玉にむかふ《う》がごとし。さればこそ、雷盆ともかければ、我はそれによりて小鳴神《こなるかみ》と称号して、左《さ》をはなたず、老楽《ろうらく》の第一とするものをや

三一二　四日《よか》の月ゆふ《う》だち雲のはれ間より　(同)

【句意】四日の月が現れた、夕立を降らせる雲の晴れ間から。夏「ゆふだち雲」。

【語釈】○盃の記　盃にちなんで記した小文の意。○酒道楽　酒を好むことか。原本は「酒道閑」と翻字する。○ゆふだち雲　夕立を降らせる入道雲。○月　本来の季は秋。

【備考】前書きは、小鳴神と名付けた愛用の盃について記したもの。文中の「伊藤小太」「爰元屋」「清四」「春家子」などは未詳。「盃（さかづき）」を「月（つき）」に掛けるのは貞門以来の手法。ここは鳴神（雷）とともに降った夕立も上がったら、晴れ間からは月が出た、手には盃があると洒落たものであろう。原本は「土色」を「土器」と翻字する。

良夜

草庵の記

ことし此《この》夏、今宮といふ《う》所に堤《さげ》てものくべきほどの休み所をもとめてし。よは《わ》き足には道のほどすこし幅《へだた》りたれど、心のおもむきにまかせ、おりおり竹杖を嘶《せい》す。こよひ《い》はさらにとて、ひとりふたりさそひ《い》つれて、まだ日高きよりうかれ行《ゆく》。西は海ちかくして、地よりも浪高く、其《その》前は民屋所々にたちつづきたり。入日をあらふ《う》沖津しら波とよみし名古《なご》の浦は今の木妻《こづま》村とかや。時と代とうつりかは《わ》るもあは《わ》れなりや。住吉浦の夕ばえ、中々えもいは《わ》れず。漸《ようよう》として其所に膝行《いざり》あがりつつ、蒲《がま》のむしろ、藺《い》の枕、寝ながらの遠見、東南は雲をこすつて、山林・野村一目にたらず。つゐ《い》手の届く茶臼山《ちやうすやま》、一心寺の入相《いりあい》は常にもしたふ《う》ものから、月待《まつ》暮はひとしほ待久《おまちひさ》し。安井の聖廟木《こ》の間《ま》に森々として、茶臼山のかけ造りあけはなちて心よし。新清水《しんきよみず》の欄干には乱舞糸竹《しちく》の音こそ聞《きこ》えね、家々酔賞の最中ならんと詠《ながめ》やるもものめかし。下寺町の藪だたみも、いつしかに白壁になりかは《わ》りて、門々高くつづきて楼々崔々《ろうろうさいさい》たり。まして市中の繁栄、心ある人に見せばやな。それでも老《おい》は昔なつかし

三一三　名月や耳の山かぜ目の曇《くもり》　（『いまみや草』享保19）

【句意】名月であることだ、しかし、耳には山風のような音がして、目の曇りも晴れない。秋「名月」。

【語釈】○良夜　月の明るい夜、とくに八月十五夜の名月をいう。○耳の山風　耳鳴りのことであろう。

【備考】前書きは、今宮に草庵を結んであちこち逍遙し、そうして眺められるあれこれの景観を叙した後、老いてしまって昔が懐かしいと結ぶ。飯田『俳句解』は、「おほかたは月をもめでじこれぞこの積れば人の老となるもの」(古今・一七) などを背景とし、老いを歎く心ともした」と指摘する。

若葉の比《ころ》跋

なら坂や小坂氏の梅七、ことし東武につとむる事すみて、秋の末《すえ》帰郷のよし、さればこそ心まかせの旅すがら、さらにゆかしき人なるをや。さのみのいさをしもあらねど、自然の風雅、連に通じ誹《はい》に達し、八重に一重に花桜、古き都のひかりをかかげ、頃日の好士《くし》と世人よくしれり。任他《ままよ》、厚鬢《こうびん》したる能因法師、名のみしら河、問《と》に及ばず

三一四　関照《てる》や紅葉にかこむ箱根山　（同）

【句意】関は紅《くれない》に照り映えていたことであろう、紅葉に囲まれた箱根山は。秋「紅葉」。

【語釈】○若葉の比跋　小坂梅七《ばいしち》編の『若葉の比』という撰集に与えた跋文。同書は未刊に終わったか。江戸から帰った梅七を連歌・俳諧に通じた好士とほめる。○頃日　このごろ。○好士　風雅の道を好む人。○任他　ままよ。

どうであっても、といった思いで発する語。○厚鬢　鬢を広くふっくらと結うことで、上品とされた。○名のみしら河　能因が白河で「都をば霞とともに立ちしかど秋風ぞ吹く白河の関」(『後拾遺集』)と詠んだのは、実態の伴わない名ばかりのことであったということ。ここは梅七を能因にたとえ、あなたがどうかは問うまでもないと述べる。

　正徳四年歳旦

時こそ至れ、出生旧地の難波津をはなれ、今の今宮に幽居をしつらひ《い》、しばらくの齢《よわい》を貪《むさぼ》る。しかもことしは、古暦にかへ《え》る春をことぶきて

三一五　花の春命に枝や東うけ　(同)

【句意】花の春である、私の命にも長生きの枝が伸びてほしいものだ、花の枝が東を向くように。春「花の春」。

【語釈】○難波津　古代に難波にあった港。また、大阪湾の古名。○今宮　現在の大阪市浪速区にある地名。来山は正徳三年(一七一三)夏、ここに移居した。○古暦にかへる春　六十一歳の還暦を迎える春。これは正徳四年(一七一四)の新春。○花の春　華やかな新しい年。○東うけ　東の方に向いていること。

三一六　揉《もみ》にもむ歌舞妓《かぶき》の城《しろ》や大晦日　(同)

　せいぼ

のがれ出《いで》し市中のかしましさ、更に今宵ぞおもひ出《いいず》る。足を空にののめきわたり、小路・裏店までてう《ちょう》ちんの行《ゆき》かひ《い》、それも又半時《はんとき》にかは《わ》る大仕組《おおじくみ》、家々の春風太平をうたふ《う》

【句意】揉《も》みに揉んで初芝居の準備に大あわての歌舞伎小屋である、この大晦日は。冬「大晦日」。
【語釈】○せいぼ　歳暮。これは正徳三年（一七一三）の歳末。○かしましさ　やかましさ。○足を空　足が地に着かないほどあわて急ぐこと。○ののめき　声高に騒ぎ。○半時　一時《いつとき》（現在の約二時間）の半分。○大仕組　大がかりな構造。ここは半時で町の様子ががらっと変わること。○揉にもむ　盛んに争うこと。ここは準備に大わらわであること。○歌舞妓の城　「歌舞妓」は「歌舞伎」に同じ。歌舞伎の芝居小屋を城に見立てた表現。「揉にもむ」と「城」は戦に関わる縁語。

誹因《はいいん》をおもへ《え》ば四十年来、尋常ものにさからわずして禅《しずか》に終《おわり》を遂《とげ》られし由平《ゆうへい》老人の影前に向《むかい》て、其事《その》かの事更《さら》になつかし

三一七　有《う》の無《む》のといふ間《うま》も何も夏の月

（『いまみや草』享保19）

【句意】何やかやと言う間も何もないまま逝ってしまった、空には短夜の夏の月が出ている。夏「夏の月」。
【語釈】○誹因　俳諧に関してのつながり。○禅　真蹟に「禅カ」とあり、シズカと読むのであろう。○由平　宗因門下の大坂の俳人、前川由平。宝永（一七〇四〜一七一〇）ころの没。晩年は禅門に入ったとされる。○影前　故人の肖像画などの前。○有の無の　あるかないか。ああだのこうだの。有無を言わせぬ死に方であったということであろう。

良夜

三一八　酒硯《さけすずり》去年《こぞ》にもこりずけふ《きょう》の月　（同）

【句意】酒と硯を前に、去年の失態にも懲りず、今日の名月に対している。秋「けふの月」。

【語釈】○良夜　月の明るい夜、とくに八月十五夜の名月をいう。○酒硯　酒と硯を用意して、句作に備えるのであろう。あるいは、月見の俳席に招かれたとも見られる。○けふの月　八月十五夜の名月。

三一九　寝あまつて又《また》見る月や老《おい》の勝《かち》　（同）

【句意】眠りが余って寝つけずに再び見る月よ、これぞ老いの勝利というものだ。秋「月」。

【語釈】○寝あまつて　「夜中に眼が覚めて、寝られぬままに」（飯田『俳句解』）の意か。○老の勝　老人であるがゆえに勝ち得た特権、といった意味であろう。

初雪

ことしもまちかねて

三二〇　花とよむ雪につぼみはない事歟《か》　（同）

【句意】花にたとえて詠まれる雪には、花のようなつぼみはないことだろうか。早く予兆が見たいの意。冬「雪」。

【語釈】○花とよむ雪　雪の降るさまや積もった様子を花にたとえて詠むことは、和歌以来の伝統。
【備考】瓢水編《ひょうすい》『勝手がくれ』（宝永ころ）が初出で、「雪を待《まつ》ことば」以下のやや長めの前書きがある。

三二一
梅七子《ばいしちし》のもとへ
嘯《うそぶけ》ば時雨に香《か》あり菊屋酒《ざけ》　（『いまみや草』享保19）

【句意】何か口ずさんでいると、時雨にも香りのあることが知られる、菊屋の酒のよい香りが。冬「時雨」。
【語釈】○梅七子　出典である『いまみや草』の編者の一人。小坂氏で、別号は金英舎。三二四の句の前書きを参照。○菊屋酒　飯田『俳句解』によれば、奈良の銘酒で、梅七はその酒屋を営む菊屋長左衛門かという。

三二二
正徳申《さる》年鶏旦《けいたん》
十三絃を潤年《うるうどし》に表して
嶺《みね》の松調子揃《う》ふてことしより　（同）

【句意】琴の音に比される峰のマツに吹く風も調子が揃って、今年からますますめでたくなろう。和歌を踏まえ、十三か月の閏年を十三弦の琴になぞらえた上での作で、この年に没する来山にとって最後の歳旦吟。春「ことし」。
【語釈】○正徳申年　正徳六年（一七一六）で、六月二十二日に享保と改元。○鶏旦　元旦。○十三絃　琴の異称。弦が十三本ある。飯田『俳句解』は、「「琴・ことし」と掛けたか。「琴の音に嶺の松風通ふらしいづれのをよりしらべそめけむ」（拾遺・八）を踏まえる」とする。○潤年　「閏年」の表記違い。閏月があり一年が十三か月ある年。

病中の吟

三一三　たたみながら見やつたばかり衣《ころも》がへ　（同）

【句意】今まで着ていた衣類をたたみながら外を見やっただけの、今日の衣替えである。夏「衣がへ」。

【語釈】○衣がへ　衣装を替えること。多くは、四月一日から冬の綿入れをやめて袷《あわせ》に替えることをいう。

三一四　木も草も八日めきたる若葉哉《かな》　（同）

せめてけふ《きょう》は障子あけはなち、しばらく脇息《きょうそく》にたすけられて

【句意】木も草も夏になって八日が過ぎたというように若葉であることだ。病中に見た光景。夏「若葉」。

【語釈】○脇息　すわった際にひじを掛け、身体をもたせかけるのに使う道具。

三一五　はづ《ず》かしや医師《くすし》待身《まつ》にほととぎす　（同）

おもはぬ《わ》空に一声《ひとこえ》の聞《きこ》えけるを

【句意】恥ずかしいことだ、医者を待つ身で寝ながらホトトギスの一声を聞くとは。夏「ほととぎす」。

【語釈】○おもはぬ　思いがけない。病の身でホトトギスを期待する心も失っていた、ということであろう。

三二六　色に香《か》に江戸せぬ武士や花いばら
又《また》どこやらにあどなきところありて　（『いまみや草』享保19）

【句意】色にも香にも現れて、江戸詰めをしていない武士にはそれらしい気配がある、たとえて言うならば花イバラといったところだ。まだ出府経験のない年少の武士をイバラにたとえたもの。夏「花いばら」。

【語釈】○あどなき　無邪気な。あどけない。○江戸せぬ　江戸に詰めたことがない。○花いばら　花の咲いているイバラ。「いばら」はとげのある低木類の総称。その素朴な感じに着目したのであろう。

三二七　古沓《ふるぐつ》やくだいて入《いる》る瓜《うり》作り
田家《でんか》　（同）

【句意】古い沓《くつ》を砕いて畑に入れる、ウリ作りであることだ。肥料としての再利用。夏「瓜」。

【語釈】○田家　田舎の家。農家。○古沓　古びたくつ。ここは草履であろう。飯田『俳句解』が指摘する通り、「瓜田ニ履《くつ》ヲ入レズ、李下ニ冠ヲ正サズ」（『文選』等）を踏まえる。これを反転させたおかしさがねらいであろう。

三一八　蓬莱《ほうらい》に海松《みる》若布《め》はくまぬなまめける

宝永四亥《い》歳旦　（『津の玉柏』享保20）

【句意】蓬莱飾りに海藻のミルは組み入れられていないが、どこか情趣が感じられる。春「蓬莱」。

【語釈】○宝永四亥　宝永四年（一七〇七）の干支は丁亥。○蓬莱　正月の蓬莱飾り。○海松若布　ミル科の多年生海藻であるミルのこと。「見る目」を掛けるか。○なまめける　なまめかしく見える。優美で情趣が感じられる。

【備考】出典の『津の玉柏』は古道《こどう》編の来山句文集。

老若によらず世をはやくする人を御さいそこと称して、釈子は悦《よろこ》びとす。むべなるかなむべなるかな。

しかもきさらぎは三界《さんがい》の独聖《どくせい》涅槃《ねはん》の月

三一九　けふ《きょう》をけふ《きょう》とわすれぬための彼岸哉《かな》　（同）

【句意】今日の彼岸を今日だと忘れないために彼岸会《え》があることだ。釈迦でさえ入滅されたのであり、人は誰もいずれ彼岸に行くのだから、この日を大切にしなければいけない、ということ。春「彼岸」。

【語釈】○世をはやくする人　早く世を去る人。○御さいそこ　御催促。「仏が浄土に迎える意」（飯田『俳句解』）。○釈子　釈迦の弟子。また、出家して仏弟子になった者。○むべなるかな　尤もであることだ。○三界の独聖　釈迦を尊んだ言い方。○涅槃の月　釈迦が亡くなって涅槃に入った月。○彼岸　春分・秋分の前後の七日間に行われる法会である彼岸会。俳諧では春のものをさし、秋のものは「後の彼岸」「秋彼岸」などという。

なき床《とこ》にねむ《ん》君ぞ悲しき、とよみしにもことまさりて、まだいは《わ》けなきわすれがたみを身ひとりにもてあつかふ《う》大椿《だいちん》のぬしが男ごころ、いは《わ》ぬはいふ《う》にまさるとは今更のなみだ、さりとは愚痴《ぐち》とは思は《わ》れぬぞや

三三〇　木《き》男《おとこ》にもつれて蝶の是非もなし　（『津の玉柏』享保20）

【句意】武骨な木男にまつわりついて、チョウのどうにもしかたがない。妻を失って寡夫となった大椿に、幼ない子がチョウのように付いて離れないのであり、その大椿の心を思いやりながら詠んだ一句。春「蝶」。

【語釈】○なき床にねむ君ぞ悲しき　読み人知らず「声をだに聞かで別るる魂よりもなき床にねむ《ん》君ぞ悲しき」（『古今集』）をさす。○いはけなき　あどけない。○大椿　大坂の俳人か。○いはぬはいふにまさる　言うよりも言わない方がより悲しく感じられるということ。飯田『俳句解』は、『源氏物語』「末摘花」の「いは《わ》ぬをもいふ《う》にまさると知りながらおしこめたるは苦しかりける」を参考として挙げる。○木男　武骨な男。○もつれて　からみついて。

柳

三三一　吹《ふく》からに二度降《ふる》雨の柳哉《かな》　（同）

【句意】風が吹いてすぐ、二度めに降ってきた雨を受けるヤナギであることだ。春「柳」。

【語釈】○からに　ある原因から結果がすぐに生じることを示す。○二度降　再び降る。あるいは、枝葉に付いた雨

滴が落ちてきて、再び降ったようだということか。

阿波《あわ》の国佐古福蔵寺《さこふくぞうじ》観音奉納
慈意妙大雲《じいみようだいうん》のこころを

三三二　はるか也《なり》日に日に幅《みち》る花の雲　（同）

【句意】遙か遠くまで続いていることだ、日に日に咲き満ちていく花の雲は。その咲き広がる花の光景に、仏による広大無辺な慈悲の心を重ねて見たのであろう。春「花の雲」。

【語釈】○福蔵寺　現在の徳島県徳島市佐古町にある真言宗の寺。○慈意妙大雲　飯田『俳句解』が挙げるように、『法華経』「観世音菩薩普門品」に見える。「慈しみの意《こころ》は妙なる大雲のごとし」の意。○幅る　「「畐る」（満チル）か、あるいは「拡《ひろご》る」などの誤写か」（飯田『俳句解』）。○花の雲　花が一面に咲いて雲のように見えること。

終日《ひねもす》の雨

三三三　花は散《ちり》よい寐日和《ねびより》と名をつけて　（同）

【句意】花は散り、終日の雨でもあるので、よい寝日和と名を付け、休むとしよう。春「花」。

【語釈】○寐日和　寝ているのに都合がよい日、という意味の造語。

三三四　盃《さかずき》に余《よ》の塵《ちり》ならば花の雪
　　さかりは過《すぎ》たれど一日尋《たずね》て
　　　魚柳《ぎょりゅう》が庭の花　（『津の玉柏』享保20）

【句意】盃にほかの塵が入るならばいとわしいが、花の雪は大歓迎だ。春「花の雪」。
【語釈】○魚柳　大坂の俳人。○花の雪　雪のように舞い散る花。

三三五　二色《ふたいろ》の緑根《ね》づよし苔《こけ》の松
　　　佐太《さた》天神奉納　（同）

【句意】濃いと淡いと二色の緑を見せ、しっかり根付いている、このコケがむしたマツは。春「緑…松（松の若緑）」。
【語釈】○佐太天神　現在の大阪府守口市にある佐太天神宮。○二色の緑　濃い老《おい》マツの緑と若々しいマツの新芽の緑。『至宝抄』は「松の若みどり」を春季として「松のみどりとしては雑なり」と記す。ここもマツの新芽を含意させ、春の吟としたのであろう。原本は「線《(ママ)》」と翻字。○根づよし　根元がしっかりして動かない。○苔の松　コケの生えたマツ。

三三六　行春《ゆく》や藤はととへ《え》ば五七寸《ごしちすん》　（同）

【句意】春が過ぎ行くことだ、藤の花はどうかと問えば、五寸から七寸ほどになっているという。春「行春」。

【語釈】○五七寸　五寸か七寸ほど。一寸は約三センチ。「三五」「五七」など奇数を重ねるのは当時の常套的表現。

淀川の昼のぼり川船を見て
三三七　川づらや舟から人をいかのぼり　（同）
【句意】舟が上っていく川面であることよ、その舟を人が綱で曳いているさまは、まるで舟からまるごと人をいかのぼりにして揚げているようにも見える。意表をつく見立ての句。春「いかのぼり」。
【語釈】○淀川の昼のぼり　大坂から伏見に上る淀川の航路の昼便。○川づら　川のほとり。また、川の水面。○いかのぼり　空に揚げる玩具の凧《たこ》に対する上方での言い方。これに舟の「上り」を掛ける。

三三八　船かすむ海とや水子《かこ》の硯《すずり》ほる　（同）
おなじく

【句意】淀川を上るさまは船が海上にかすむようであるよ、それを曳く水夫は硯を切るような格好だ。春「かすむ」。

【語釈】○おなじく　三三七の句の前書きと同じの意。○水子　水夫。船乗り。○硯ほる　石や瓦を切って硯を作る、硯切《すずりきり》のことであろう。その作業をする姿勢が、上りのために川岸から船を曳く人の様子に似ているとした。

【備考】文十《ぶんじゅう》編『海陸後集』（宝永7）が初出で、「淀川昼登」の前書きがある。

行住坐臥《ぎようじゆうざが》の巻頭
三三九　重言《じゆうげん》を人ぞ囀《さえず》る百千《ももち》どり　（『津の玉柏』享保20）

【句意】同じことを人はくり返して言う、囀っているたくさんの鳥のように。春「百千どり」。

【語釈】○行住坐臥　歩く・止まる・すわる・臥すの四つで、日常の動作をいう。ここは俳諧撰集の名称らしいが、未詳。○重言　同じことをまた言うこと。○百千どり　数多くの小鳥。また、さまざまな種類の鳥。

平《ひら》の町御霊宮《まちごりようぐう》へ
三四〇　浪花女《なにわめ》や爰《ここ》な柳を見るめとも　（同）

【句意】浪花の女よ、ここにあるヤナギを見る様子であるそうな。音のおもしろさに興じた句。春「柳」。

【語釈】○平の町　現在の大阪市中央区平野町。○御霊宮　現在の大阪市中央区にある御霊神社。鳥井に「御霊宮」とある。○浪花女　大坂の女性。○見るめ　見ること。「見る目」に海藻の「海松布《みるめ》」を掛け、「浪花女」の「女《め》」と音を揃える。

水間寺観音《みずまでら》へ
三四一　玉照《たまてる》や椿の浄土南山《みなみやま》　（同）

【句意】玉のように照り輝いている、ツバキの浄土とも言うべき美しさの、南に山を望むここ水間寺である。飯田『俳句解』は、「「南山」を、本尊（観世音）の縁で、観音の浄土普陀洛に見立てた意もあろう」とする。春「椿」。
【語釈】○水間寺　現在の大阪府貝塚市水間にある天台宗の別格本山で、聖観世音菩薩を本尊とする。○玉照　玉が照り輝く。「玉椿」（椿の美称）の語より、「玉」と「椿」は縁語。

京北野へ
三四二　来て泊る梅にうぐひ《い》す見ずしらず　（同）
【句意】来てとまるウメに対してウグイスは、実は見ず知らずの関係なのである。春「梅・うぐひす」。
【語釈】○北野　現在の京都市上京区と北区にまたがる地域で、北野天満宮によって知られる。菅原道真を祀る天神社・天満宮の総社であり、道真の和歌「東風《こち》ふかば匂《におい》おこせよ梅の花あるじなしとて春をわするな」（『拾遺集』）によって、「梅」は天満宮や天神と密接な関係になる。

正山《せいざん》の好十《くし》ひさびさにて
三四三　玉椿《たまつばき》此前《このまえ》よりはひかりあり　（同）
【句意】玉のようなツバキがこの前よりもいっそう光り輝いている。正山をたとえたのであろう。春「玉椿」。

【語釈】○正山　俳人か。未詳。○好士　風雅の道を愛好する人。○玉椿　ツバキの美称。

源三位《げんさんみ》は三《み》たりの姿に引《ふき》ぞまよひし。それにもことまさりて

寄傾婦《けいふ》

三四四　見ぬさきに人わづ《ず》らはすあやめ哉《かな》　（『津の玉柏』享保20）

【句意】見ぬ前から、どれが最も美しいであろうかと人を煩わせる、花アヤメであることだ。源三位頼政の故事を踏まえつつ、ここは遊女をアヤメにたとえ、選択することの難しさを言ったもの。夏「あやめ」。

【語釈】○源三位　三位であった平安時代後期の武将、源頼政。三人の美女の中から恋する菖蒲の前を選びあぐねた末、「五月雨に沼の石垣水こえていづれかあやめ引きぞわづらふ」の歌を詠んで賜った故事が、『源平盛衰記』に見える。二二五の句を参照。○傾婦　傾城。遊女。○あやめ　花が美しいアヤメ科の多年草。

西国一番の川船、ことに水子《かこ》のはえばえしき

三四五　舟歌《ふなうた》や淀で隠岐殿《おきどの》ほととぎす　（同）

【句意】舟歌が聞こえる、淀で隠岐殿というその歌は、ホトトギスの鳴く声と響き合う。夏「ほととぎす」。

【語釈】○西国一番の川船　伏見と大坂を往復する淀川の船。○水子　水夫。船乗り。○はえばえしき　とても見ばえがよいこと。○淀で隠岐殿　飯田『俳句解』は、「淀城は、寛永二年（一六二五）松平定綱が築城を命ぜられ、…

定綱の父定勝…は隠岐守であった。…定勝の徳を称えた歌などがあったものか」と記す。

三四六　暁《あかつき》の雨を日に吐《はく》つばき哉　　（同）

【句意】暁の雨を日に吐くように、雫を垂らすツバキであることだ。植物のツバキに「唾《つばき》」の意を掛け、そこから「吐」の語を導いたもの。春「つばき」。

岡松花五といふ事を

三四七　花照《てつ》て五《いつ》つ五つや宵月夜《よいづきよ》　　（同）

【句意】花が照らされて、どちらが上ということもない、宵月の美しさと。春「花」。

【語釈】○岡松花五　岡のマツと半ば開いた花が混じっていることか。○五つ五つ　五分と五分。優劣の差がないこと。○宵月夜　ここは「宵月」に同じ。宵の間だけ出ている月で、「宵」は夜の中の早い時間帯。

天神奉納

三四八　宵月《よいづき》やくもらぬ梅に小雨《こさめ》して　　（同）

【句意】宵の月が出ていることよ、曇りもしないウメに小雨が降りかかって。春「梅」。

【語釈】○天神　現在の大阪市北区天神橋にある大阪天満宮か。「天神」と「梅」は縁語。○宵月　宵の間だけ出ている月。○くもらぬ　飯田『俳句解』は、大江千里「照りもせず曇りもはてぬ春の夜のおぼろ月夜にしくものぞなき」（『新古今集』）を踏むとする。

三四九　巣をくんで鳥にやどり木《ぎ》山久《ひさ》し
　　伊与《いよ》棚林《たなばやし》の薬師、深山大木《しんざんたいぼく》あり
（『津の玉柏』享保20）

【句意】鳥が巣を組み、宿り木が生い茂っている、まさに深山であることだ。「来山は伊預に赴いた形跡がないので、恐らく伊預の知人（あるいは羨鳥《せんちょう》など）に依頼されたものか」（飯田『俳句解』）。春「巣…鳥（鳥の巣）」。
【語釈】○伊与　「伊予」に同じ。現在の愛媛県。○棚林　現在の愛媛県西条市洲之内の地名。○薬師　西条市の薬師谷川周辺をいうか。○巣　「鳥の巣」が春の季語になる。○やどり木　他の植物に寄生する植物の総称。また、ヤドリギ科の常緑小低木。○山久し　山の深いことをいうか。付合語辞書の『類船集』でも「鳥」と「深山」は関連が深いものとして挙げられる。

三五〇　沖津《つ》かぜそろりそろりと人が干《ひ》る
　　汐干《しおひ》の余波《なごり》
（同）

【句意】沖から風が吹き、そろりそろりと海辺の人も減ってきた。干潮から満潮へと変わり始め、潮干狩りをしていた人々が一人また一人と上がっていくのを、「干る」としたところにおかしみがある。春「干る（潮干）」。
【語釈】○干る　ここでは潮の引くことが前提としてあり、前書きとも合わせ、それで春の句となる。

三五一　衣更《ころもがえ》じゆつない灸《きゅう》を覚えたり　（同）

【句意】衣替えをして、我慢できないほどの灸を据えて熱さを味わった。健康の促進を願ってのこと。夏「衣更」。
【語釈】○衣更　四月一日に冬の綿入れから袷《あわせ》に衣類を替えること。○じゆつない　術ない。手段・方法がなく、どうしようもない。ここはこらえきれないの意。○灸　もぐさを皮膚の上で燃やしてつぼを刺激する療法。○覚えたり　刺激などを身にしみて感じたということ。

木幡山《こわたやま》を越《こ》ゆるとて其労《そのろう》をすくふ
三五二　汗《あせ》流す馬をおもへ《え》ば歩行《かち》よりぞ　（同）

【句意】汗を流すウマのことを思えば、和歌で詠まれた通りに、この木幡山を歩行で行くことにしよう。飯田『俳句解』は、来山が宝永六・七年（一七〇九・一〇）ころ再婚して、「妻の実家を訪れた際のものとしてよかろう」と指摘する。夏「汗」。
【語釈】○木幡山　現在の京都市伏見区の桃山御陵付近の山で、歌枕。○其労　ここはウマの味わう苦労。○歩行よりぞ　柿本人麿「山科の木幡の里に馬はあれどかちよりぞ来る君を思へ《え》ば」（『拾遺集』）を踏まえる。

淀川を昼船にてのぼる

三五三　夏柳水よけの櫛《くし》まばら也　（『津の玉柏』享保20）

【句意】夏のヤナギが堤になびき、水をよけるための杭が櫛のようにまばらに打ってある。一句だけでは意味がとりにくいので、【備考】で触れる「船路の記」の前書きを参照して解釈した。夏「夏柳」。

【語釈】○昼船　大坂から伏見に淀川を上る定期航路の昼便。

【備考】出典の『津の玉柏』には、「船路の記」と題する摂津佐太宮奥観音参詣の句文が収められ、そこにも「もとより淀川の流れはげしければ、所々に杭うちて堤をかためたり。それも並びたるはうつくしきものとて」の前書きでこの句が重出。四三一を参照。

古戦場

三五四　血に泣《ない》て人をよごすなほとゝぎす　（同）

【句意】血を吐きながら鳴いて、人を汚さないでくれ、ホトトギスよ。古戦場で覚えた血なまぐさい感じを、折から鳴き過ぎるホトトギスと結びつけたものであろう。「血」と「よごす」は縁語。夏「ほとゝぎす」。

【語釈】○血に泣て　ホトトギスは血を吐きながら鳴くとされる言い伝えを踏まえる。

三五五　墨筆《すみふで》にむすびはじめて清水哉《かな》　　（同）

橋井氏の初会に

【句意】墨と筆による風雅の縁を結ぶ初会で、初めてすくう清水であることだ。夏「むすび…清水（清水結ぶ）」。

【語釈】○橋井氏　俳人らしいが、未詳。○初会　初めての俳席。○墨筆　ここは俳諧のことであろう。○むすび「墨筆に」を受けると同時に、「清水」にも掛かり、清水を手ですくう意を表す。「清水結ぶ」で夏の季語になる。

三五六　船《ふな》まつり此近付《このちかづき》のない事は　　（同）

天満川陸船《りくふね》の数《す》万人を見渡し、隠士の心安さ

【句意】天満の船祭り、この大群衆の中でも知る人に出合わないということは。これも隠士同然の身として生きる、気楽さというものであろう、というのである。夏「船まつり」。

【語釈】○天満川　現在の大阪市を流れる大川の天満橋より下流の呼称。○陸船　陸にいる人と船に乗っている人と。○隠士の心安さ　隠士のような自分の気安さ。○船まつり　六月二十五日（現在は七月二十五日）に大坂の天満宮で行われた夏の大祭で、夕刻から船渡御の神事がある。一二二の句を参照。○近付　知り合い。

三五七　荷を見れば雪に画《えがけ》りうちわ売《うり》　　（同）

【句意】持っている荷を見れば、雪を描いた絵柄など実に涼しげだ、団扇《うちわ》売りの荷は。夏「うちわ売」。

東武の好士古璉《くしこれん》のぬしにはじめて対顔の時

三五八　むすぶにも手の出しにくき清水哉《かな》　　（『津の玉柏』享保20）

【句意】手ですくおうにも、清らかでなかなか手の出しにくい清水であることよ。初対面の古璉を清水にたとえ、自分などは手を出しにくい清廉なお方だと賞した挨拶句。夏「むすぶ…清水（清水結ぶ）」。

【語釈】○東武　江戸。○好士　風雅の道を愛好する者。○古璉　江戸の俳人で、沾徳らに親しい存在。○むすぶ　ここは清水を手ですくうの意。「清水結ぶ」で夏の季語になる。

隔生即忘《かくしょうそくぼう》

三五九　昼酒やのむと其儘《そのまま》汗になる　　（同）

【句意】昼の酒は飲んだらそのまま汗になる。そして、すべてを忘れてしまうというのであろう。前書きとの間の落差がおもしろく、この自在さとたくまぬおかしさに来山句の一つの特色がある。夏「汗」。

【語釈】○隔生即忘　前世から現世へと生まれ変わった際に、前世の記憶はすべてなくなるということ。カクショウソクモウ・キャクショウソクモウなどとも発音する。

三六〇 けふこそは暑さもしらず膝と膝

周坊《すおう》の国小郡《おごおり》の住人長井氏の好人《こうじん》にとはれ《わ》て、まことに万里同風《ばんりどうふう》とて互《たがい》のいひ《い》すてなどかたりあひ《い》、漸《ようやく》時をうつす

けふ《きょう》こそは暑さもしらず膝《ひざ》と膝 （同）

【句意】今日こそは暑さも知らずに、膝と膝をつき合わせて語り合う。夏「暑さ」。

【語釈】○周坊「周防」の誤り。現在の山口県東部。○小郡 現在の山口県山口市の地名。○長井氏 俳人らしいが、未詳。○好人「好士」に同じく、風雅の道を愛好する人。○とはれて 訪ねられて。○万里同風 天下泰平であること。○いひすて 言い捨て。ここは詠んだままに放ってある句をさす。○漸 少しずつ。次第に。

三六一 このむ所の酒にあてられ、忌《き》とも禁ともなけれど

蚤狩《のみかり》に賤《しず》が朝戸《あさと》はくれにけり （同）

【句意】ノミを取るなどして過ごし、賤の身であるわが家の朝の戸を開けたきり、そのまま日は暮れてしまった。夏「蚤狩」。

【語釈】○このむ所の 好物の。○あてられ 害を受け。悪酔いをして。○忌とも禁ともなけれど 避けるのでも禁じるのでもないが。○蚤狩 ノミを取ること。○賤 身分の低い者。○朝戸 朝に開ける戸。

【備考】出典の『津の玉柏』では下五が「水にけ□」（□の部分は判読不能）となっている。「水」は誤写と判断し、什《じゅう》山《ざん》編の来山句文集『続いま宮草』（天明3）に「暮にけり」とあるので、これに基づいて直した。

三六二　今寺《いまでら》や後ともいはず《わ》花の伝《つて》
　　　　明石の下、呼《よぶ》とも招《まねく》ともなく老若《ろうにやく》貴賤《きせん》群々《ぐんぐん》たり
（『津の玉柏』享保20）

【句意】今寺であるよ、後でと言うこともなく、人々は花の便りに集まってくる。春「花」。

【語釈】○明石の下　明石の台地の南の意か。　○老若貴賤群々たり　年齢や身分を問わず人々が多く集まっている。　○今寺　「人麿山月照寺（明石市人丸町）をいったのであろう。…寛文八～一〇年と宝永六年に修理されている。従ってこの修理再興された寺を「今寺」と呼んだかと思われる」（飯田『俳句解』）。　○伝　うわさ。知らせ。

三六三　ほととぎす傘《からかさ》をすく子を抱《だい》て
　　　　身こそひとりなれ
（同）

【句意】ホトトギスが鳴く中、傘が好きな子を抱いて歩き回る。前書きは独身であるという意なので、近所の子などを抱きながら、五月雨の中を歩くのであろう。来山は宝永元年（一七〇四）ころ妻帯したらしい。夏「ほととぎす」。

三六四　ほととぎす夜なればこそ裸なれ
（同）

【句意】ホトトギスが鳴くのを聞き、夜だからこそ裸でいても平気なのだ。独身の気楽さか。夏「ほととぎす」。

貧しきものはとりわきての愛

三六五　竹の子や喰《くう》より皮を親ごころ　（同）

【句意】タケノコよ、食べるよりも先にその皮を親心として子に取っておく。皮は子にしゃぶらせるためのものか。前書きは、貧者は物や金よりもとりわけ情愛を子に与える、ということであろう。夏「竹の子」。

法橋《ほつきよう》反古子《はんこし》の旅宿よりとして、爰《ここ》めづ《ず》らしき一樽を給ふ《う》けるに、まことに上洛の心地、酒誹《しゆはい》の好士《くし》をまねきよせて、草庭に物うちしかせ、夕日は西に月はひがしにきらめきたり

三六六　京酒《きようざけ》に一月《ひとつき》はやき涼哉《すずみかな》　（同）

【句意】京の酒をいただき、一月ほど早い納涼をすることだ。「納涼」は近世期の歳時記類に六月のものとされるので、これは五月の吟であろう。京酒をもらい、人々を庭に集め、夕日と月を同時に見ながらの宴会。夏「涼」。

【語釈】○法橋　僧位の第三位。また、中世以後、医師・仏師・絵師・連歌師などに与えられた称号。○反古子　未詳。京の人か。○一樽　一樽の酒。○酒誹の好士　酒と俳諧を好む風流な人々。○京酒　京都で作られる酒。

割肉《にくをさき》摧骨《ほねをくだき》てもかえらぬわかれをなげきしむは孝子の常なればなり。不定《ふじよう》と定《さだめ》たる世に老《おい》をさきだつるは、是又《これまた》思ひ《い》をわくるたよりともならんか。なかんづく此禅定《このぜんじよう》ひとりは、国府に名を高く、家富《とみ》枝葉

立《たち》ならびて時に栄えたり。近里遠堀の人口にも、あやかり人《びと》とよばるるほどの本意をとげて、しかも尋常まめやかなりしに、樫の木のかたきも其《その》時節いたつて散《ちる》かた社《こそ》おしけれ。されば三界《さんがい》の独聖《どくせい》在世にも、長者にはちなみ多しとかや

三六七　行《ゆく》月やどこに木《こ》の下闇《したやみ》もなく　（『津の玉柏』享保20）

【句意】移り行く月よ、木の下闇などどこにもなく、ただ晴れ渡っている。親しい人の父が亡くなったのを悼む追悼吟で、死後に向かう道もこのように明るいという意を込めていよう。秋「月」。

【語釈】○割肉摧骨　わが身を裂くほどにつらく悲しいこと。○不定　「老少不定」の略。人の寿命に老若の定めはないこと。○禅定　禅定門の略。在家の男子で仏門に入り剃髪している者。転じて、男の死者の戒名に与えられる称号。○近里遠堀　「近里遠境」などの誤りであろう。近い所も遠い所もの意。○三界の独聖　釈迦を尊んで言ったもの。○木の下闇　木が茂ってその下が暗いこと。これ自体の季は夏。

【備考】前書きの大意は、「我が身を裂くよりもつらい別れを嘆くのは孝子ゆえ。老少不定の世に老いた者の先だったことがせめての慰めとなろうか。この方は名も高く栄えて人にうらやましがられる身となりつつも、その時が来て逝ったのは残念なことである。かの釈迦も在世の折は長者の知り合いが多かったそうだ」というもの。

三六八　来山兀《ごつ》として
立秋《たつあき》や白髪《しらが》もはえぬ身の古び　（同）

【句意】秋になったことである、この来山は白髪さえ生えぬ禿頭《はげあたま》の老いた身である。秋「立秋」。
【語釈】○兀　樹木のないさま。また、頭髪のないさま。○身の古び　身体の老い衰えたこと。

三六九　借《か》ばやな星に文車《ふぐるま》かなのもの　　　七夕《たなばた》の艶　（同）

【句意】借りたいものだなあ、あの二星に、文車にたくさん入っているであろう仮名の手紙を。秋「星（星合《ほしあい》）」。
【語釈】○艶　なまめかしさ。○ばやな　願望の終助詞「ばや」と詠嘆の助動詞「な」。○文車　書籍・文書などを運ぶために用いる板張りの屋形車《やかたぐるま》。○星　ここでは前書きとも合わせて七夕の二星が会う「星合」をさし、それで秋の季語となる。○かなのもの　仮名で書いた文。ここは恋文をさす。飯田『俳句解』は、『源氏物語』「帚木」の「ちかき御厨子なる色々の紙なる文どもひき出でて…少しは見せん…」の俳諧化だとする。

三七〇　祭る夜《よ》ぞちいさい家もこだまして　　　なき人の来るといふから《う》ことさらに更行《ふけゆく》　（同）

【句意】魂《たま》祭りの夜であることよ、小さな家でも先祖の話が続き、それがこだましている。秋「祭る夜（魂祭り）」。
【語釈】○祭る夜　先祖の霊を祀る盂蘭盆《うらぼん》の夜。それで秋の句となる。○こだま　木霊《こだま》。音が反響していること。

十四夜の雨天に引《ひき》かはり《わ》て晴々《せいせい》たり。古詩に思ひよりて

三七一　どの美女と名ざしもならずけふ《きょう》の月　（『津の玉柏』享保20）

【句意】どの美女に匹敵すると名指《なざ》しで当てはめることもできない、今日の名月は。秋「けふの月」。

【語釈】○十四夜　八月十四日の夜。名月前夜の待宵《まつよい》。○古詩　来山がどの詩を想定していたのかは不分明。○美女　詩に詠まれた美女としては、西施・虞美人・王照君・楊貴妃らが想起される。○けふの月　八月十五夜の名月。

病後の吟

三七二　綿入《わたいれ》もさながら葉月《はづき》三日也《なり》　（同）

【句意】衣替えで脱いだ綿入れもそのままにして病み暮らし、今日はもう八月三日である。秋「葉月」。

【語釈】○綿入　表地と裏地の間に綿を入れた着物。四月一日の衣替えではこれを袷《あわせ》に替え、九月九日にまた綿入れにするのが一般的であった。これ自体の季は冬。

灘《なだ》の芦船子《ろせんし》に挨拶《あいさつ》

三七三　芦《あし》の穂や一番船《ぶね》の綿《わた》もよひ　（同）

【句意】アシの穂が出ていることだ、ワタの収穫期も近く、一番船でワタを積み出す準備をするころであろう。この

句を贈る相手である「芦船」の二字を「芦の穂」「一番船」と詠み込んで、挨拶にしたもの。秋「芦の穂」。

【語釈】○芦船子　未詳。「廻船問屋のあるじか」（飯田『俳句解』）。子は敬称。○一番船　一番最初に出る船。新しいワタは秋に菱垣《ひがき》廻船で大坂から江戸へ運んだ。ここはその最初の船であろう。○綿もよひ　漢字を当てれば「綿催ひ」か。船を準備する意の「船催ひ」に準じて、ワタを積み出す船のしたくを「船の綿催ひ」と言いなしたものかと推察される。

三七四　　後《のち》の出替《でがわり》

吹《ふき》まくるどこであかれた秋風ぞ　（同）

【句意】吹きまくるだけ吹きまくり、どこで飽きられてしまった秋風であることか。奉公人が雇用の延長もなく出て行くのを、「秋」には「飽き」を掛ける常識によって「秋風」になぞらえ、飽きられたのかと表した。秋「秋風」。

【語釈】○後の出替　「秋の出替」に同じく、九月十日に奉公人が一斉に交替すること。「出替」は年に二度あり、最初は二月二日と八月二日であったものが、大坂の場合、元禄八年（一六九五）五月十一日の町触で三月五日と九月十日に定められた。「出替」とだけいうと春のそれをさすことが多い。

三七五　　八朔《はっさく》

今朝《けさ》にまた汁《しる》も鱠《なます》もおとり哉《かな》　（同）

【句意】八朔である今朝にはまた結構な料理が用意され、汁も鱠も酒を招くおとりとなることだ。そうして八朔を祝ったということ。秋「句意による」。

【語釈】○八朔　八月一日。田実《たのむ》の節句ともいい、本来は収穫に先だつ穂掛《ほがけ》祭で、新しいイネなどを日ごろ恩顧を受けている主家や知人などに贈って祝った。後にこの風習が一般化し、上下貴賤それぞれ贈り物をして祝賀と親和を表わした。この句には季語がなく、一句全体が前書きの「八朔」を受けた形であり、それで秋季としたのであろう。○汁も鱠も　芭蕉句「木《こ》のもとに汁も鱠も桜かな」（『ひさご』）を踏まえるか。「鱠」は魚・貝・肉・野菜などをきざみ、酢などで調理した料理。○おとり　ほかのものを誘い寄せるための手段として用いるもの。ここは、汁や鱠が酒を誘い出すおとりの役を果たすのであろう。

与州松山の仕官《しかん》井上氏の何がし、此度《このたび》世も人もうらやむばかりの仰事《おおせごと》を蒙《こうむ》りて東武の門出、おのおの悦《よろこ》びうたふ《う》。時なん秋立《たつ》日でありける。其《その》事をしたふ《う》ものから

三七六　今朝ははや君がつかはぬ《わ》扇でも

（『津の玉柏』享保20）

【句意】立秋の今朝は、もはや扇の用もなくなるので、あなたが使わなくなった扇なりとも、門出の記念にいただきたい。祝意を込めた餞別吟。秋「つかはぬ扇（扇置く）」。

【語釈】○与州　伊予国《いよのくに》。「伊与国」とも書いた。現在の愛媛県。○仕官　大名などに召し抱えられて仕えていること。ここは伊予松山藩士であるということ。○井上氏　未詳。○東武の門出　江戸への出発。○つかはぬ扇　秋になって不要となった扇。「扇置く」「捨つる扇」などとも言い、それで秋の季語になる。

時は八月十四日、定流子《ていりゆうし》がもとよりとて、山ぶきのさかりなるをうつくしくも切花《きりばな》にして竹にいけて送られける。まことにめづ《ず》らしくながめにさへ《え》あかぬ　幸哉《さいわいかな》と、此日《この》は誰もきらは《わ》ぬものの、一《ひと》いろ一いろ方々つどひ来《きたり》ぬ。是《これ》はとみづ《ず》から祝して

三七七　山吹や秋のこがねと笑《えみ》て来る　（同）

【句意】ヤマブキの花よ、秋の黄金さながらに笑いながらやって来た。実際は生けた切り花を贈られたことに対して、花自身が笑顔でやって来たと擬人化したもの。まるで黄金をいただいたようだと洒落《しやれ》ている。秋「秋」。

【語釈】○八月十四日　八月十五夜の名月の前日、待宵の日。○定流子　未詳。○山ぶき　ヤマブキ自体の季は春であるから、ここは季節はずれの狂い咲き。なお、金貨のことをヤマブキとも言う。○一いろ一いろ方々　種々さまざまな人々の意か。○こがね　黄金。木火土金水《もつかどこんすい》の五行思想で秋は金に配当される。○笑て「笑」には花が咲くの意がある。原本は「咲」（「笑」の俗字）の字を当てる。

重陽　客に客たり

三七八　けふ《きよう》の菊八日の淵も呑《のみ》こして　（同）

【句意】今日のキクの節句は、昨日八日のキクの淵を飲み越したあげく、また客となって酒をいただく。八日は客を招いてキクの酒を飲み、九日はその家に客として出かけ、さらに飲み続けるわけである。秋「けふの菊」。

【語釈】○重陽　九月九日のキクの節句。○客に客たり　客として来た人の家に客となって行った。○淵　キクからしたたる露によってできるとされる淵。キクの露は延命長寿の薬とされ、キクの淵は不老不死の吉兆にたとえられる。

十三夜

三七九　見し月に又《また》重ね着《ぎ》のこよひ哉《かな》　（『津の玉柏』享保20）

【句意】八月十五夜に見た月を、重ね着をしつつ、また重ねて観賞する今宵である。秋「月」。

【語釈】○十三夜　九月十三夜の後の名月。○重ね着　衣服を重ねて着ること。「重ね」との掛詞。

のまねば須磨の浦さびしとは古風のうたひ《い》ものにして、其比《そのころ》なつかし。うしろに今《いま》明石屋の新宅、風景の心あらん人は来て見よかし

三八〇　両の手にうまひ《い》ものあり宿の月　（同）

【句意】両方の手においしいものを携えている、今日のこの家での月見において。秋「宿の月」。

【語釈】○のまねば須磨の浦さびし　未詳。謡曲の中には探しえない。○明石屋　未詳。○風景の心あらん人　風景のすばらしさを嘆賞するような人。○両の手にうまひもの　酒と名月にちなんだイモ（サトイモ）をさすか。

新宮においては、道悦禅翁ひとり、名さへひさしく、家富《とみ》さかえ、枝葉国にはびこれり。惜しやことしの秋の夢、月こそあれ日こそあれ、九月十三夜の中空、明々としては白々たり

三八一　慥也後《たしかなりのち》の生《うま》れものちの月　（同）

孝子嵐水子《らんすいし》のもとへとて、おろかに志《こころざ》しをのべて、送るものとするならし

【句意】たしかなことである、後世の極楽往生も、後の月がこのように明るいことも。嵐水の父が九月十三日に亡くなったことを悼み、明々白々とした後の月に重ねて、極楽往生も間違いないとした。秋「のちの月」。

【語釈】○新宮　現在の和歌山県新宮市をさすか。○道悦禅翁　嵐水の父ということ以外は未詳。○慥　確実であること。○後の生れ　現世を去って浄土に生まれること。○のちの月　九月十三夜の後の名月。○嵐水子　来山門の俳人。子は敬称。○おろかに　おろそかに。拙くも。

良夜《りようや》

三八二　湖照《うみてる》や植出《うえいで》し稲にけふ《きよう》の月　（同）

【句意】湖面が照らされていることだ、植えて穂が出たイネの上にも、今日の名月が出ている。秋「けふの月」。

【語釈】○良夜　名月の八月十五夜。○植出し　「穂に出《いで》し」などの誤りか。○けふの月　八月十五夜の名月。

三八三　菊の淵年《とし》経てぬしに角《つの》もなし　（同）

【句意】キクの淵に年を経て住む主《ぬし》には、角も生えていない。誰かに贈った挨拶句と見られる。その人のことを「ぬし」になぞらえ、キクの酒のおかげでいつまでも若い、との意を込めたのであろう。秋「菊の淵」。
【語釈】○菊の淵　キクからしたたる露によってできるとされる淵。不老不死の吉兆にたとえられる。

万海《ばんかい》万海、呼《よぶ》に答《こたえ》なし。数《す》十年のねもごろは人もこそしれ。一盞《いっさん》の一興、程よく愛ありし人をいかにしていまもわすれめや

三八四　秋の月あひ《い》文台にむかひ《い》しも　（『津の玉柏』享保20）

【句意】秋の月が照らしている、万海とともに文台に向かったことも、今となっては昔のことである。数十年にわたる交流があった万海への追悼句で、子の千秋《せんしゅう》に贈ったもの（【備考】参照）。秋「秋の月」。

【語釈】○万海　以仙《いせん》（益翁《えきおう》）門の大坂の俳諧師。通称は武村清左衛門《たけむらせいざえもん》で、前号は益友《えきゆう》。宝永期（一七〇四〜一七一〇）ころの没。○ねもごろ　ねんごろ。親交。○一会の満座　一つの俳諧興行が満尾すること。○一盞の一興　酒盃を傾けて楽しむこと。○愛ありし人　愛嬌のある人。愛すべきひと。○あひ　相。ともに。○文台　俳席で用いる記録用の机。

【備考】什山《じゅうざん》編の来山句文集『続いま宮草』（天明３）では前書きに小異があり、「孝子千秋子のもとへ、おろかに志を述《のべ》て贈るものならし」と左注がある。

道明寺奉納
神歌《かみうた》を仰《あおぎ》奉りてより此《この》里に鶏なし

三八五　月見るや鐘にばかりの片《かた》うらみ　（同）

【句意】月を見ることだ、鶏のいないこの里では、朝を告げる鐘にばかり恨みが偏ってしまう。秋「月」。

【語釈】○道明寺　現在の大阪府藤井寺市道明寺にある真言宗御室派の尼寺。○神歌　シンカとも読む。菅原道真が太宰府に配流される途中にこの寺を訪れ、叔母の覚寿尼《かくじゅに》との名残を惜しんで詠んだ、「鳴けばこそ別れも憂けれ鶏《とり》の音《ね》のなからん里の暁もがな」（寺伝）をさす。それ以来、この里では鶏を飼わないという。○片うらみ　一方だけが恨むこと。ここは、一方にだけ恨みが集中することであろう。一夜をともにした男女が朝の別れに、鶏の音を恨む伝統を踏まえる。

端山氏の何がしは、筑陽の武門におゐ《い》て歴々として年ひさしく、其《その》いさほ《お》しのかくれずも。しかも宝永ことしの秋、代々しれる所に又一所を加へ《え》おかるるの仰事《おおせごと》ありて、家門の悦《よろこ》び、出入の賑《にぎわ》ひ《い》、老《おい》ての面目、たのしみの安堵、今此時《このとき》にあひ《い》にあへ《え》り。老翁も風雅の因《ちな》み、一句を作つてよろづ《ず》代をうたふ《う》

三八六　八重菊に花増々《ますます》の齢《よわ》ひ《い》哉《かな》　（同）

【句意】八重のキクがますます花を増やすように、あなたもますますの長寿を得ることである。九州の武士である端山何某が知行地を増やし、ますます意気も盛んであることを祝した一句。秋「八重菊」。

【語釈】○端山氏　未詳。○筑陽　九州地方。○いさほし　手柄。功績。○しれる所　知行所。支配する土地。○此時にあひにあへり　時流に乗って栄えに栄えている。○老翁　自身（来山）をさす。○よろづ世　万代。永久の繁栄。

太山寺《たいさんじ》奉納

三八七　ほらねども山は薬のひかり哉《かな》

（『津の玉柏』享保20）

【句意】薬草を掘ることはなくても、この山は薬師様の光に満ちていることだ。秋「ほらねども…薬（薬掘る）」。

【語釈】○太山寺　現在の兵庫県神戸市西区にある天台宗の寺。山号は三身山《さんしんざん》。薬師如来七体を安置し、太山寺薬師として知られる。○ほらねども　掘らねども。薬草は採取しなくても。太山寺のあたりに薬草が生えていたか。○薬のひかり　薬師如来は東方瑠璃光浄土の教主で、左手には薬壺をもち、除病安楽・息災離苦など十二の誓願を起こして衆生を救うとされる。なお、「薬掘る」は秋の季語で、ここも「ほらねども」と「薬」で秋の句となる。

文十《ぶんじゆう》新宅

三八八　花と照宿《てるやど》は牡丹《ぼたん》に冬もなし

（同）

【句意】花が咲き照るこのお宅は、そのボタンによって冬とも感じさせない。文十の新宅を賞美し、ボタンが咲いているここには冬も来ていないようだとした。本来は夏季のボタンには冬咲きのものがある。冬「牡丹…冬（冬牡丹）」。

【語釈】○文十　来山門の重鎮的な俳諧師。高橋氏。別号に鳥路斎など。享保（一七一六〜一七三五）ころの没。四四六の句を参照。○牡丹　ボタンには夏咲きのものと冬咲きのものがあり、ここは「冬」と結んで後者となる。

三八九　傘張《かさはり》のしめすほど降《ふる》しぐれ哉　(同)

【句意】傘張り職人がその紙をしめらせる具合に、さっと降り過ぎる時雨であることだ。冬「しぐれ」。

【語釈】○傘張　紙を張って傘を作る職人。○しめす　しめらせる。

三九〇　すくみ鷺《さぎ》の絵に
あひに降《ふる》雨のしら菊静也《しずかなり》　(同)

【句意】間をあけて降ってくる雨の中で、白いキクが静かな様子である。サギの絵に添えた画賛の句で、敢えてサギを詠まず、その静かにじっとしているさまを、キクによって表した点が興味深い。秋「しら菊」。

【語釈】○すくみ鷺　片足立ちでじっとしているサギ。○あひ　間《あい》。時と時の間。時折。

三九一　律僧《りつそう》の鼠《ねずみ》ぬれ行時雨《ゆくしぐれ》哉　(同)

【句意】律僧のねずみ色の衣が濡れていく、時雨であることだ。成語「濡れ鼠」をひねったか。冬「時雨」。

【語釈】○律僧　律宗の僧。また、戒律をよく守る僧。○鼠　ねずみ色の僧衣。「濡れ鼠」は水に濡れたネズミで、転じて、着衣のまま全身が濡れたさまのこと。○時雨　初冬のにわか雨。

讃岐国《さぬきのくに》雨相《うそう》好士《くし》のはじめてたづ《ず》ねにあづ《ず》かりて

三九二　水仙に色ありしかもきほひ有《おいあり》　（『津の玉柏』享保20）

【句意】スイセンの花には美しさがある、その上に勢いといったものがある。初めて訪問を受けた讃岐の雨相に与えた挨拶句で、雨相をその場にある水仙にたとえ、その風雅なさまを賞美した。冬「水仙」。

【語釈】○讃岐国　現在の徳島県。○雨相　讃岐の俳人らしいが、未詳。○好士　風雅の道を好む人。○たづね　来訪。○色　美しさ。趣き。○きほひ　気勢。強い勢い。

震後の祝《いわい》

三九三　要石《かなめいし》うごかぬ冬のあふぎ《おう》哉《かな》　（同）

【句意】要石が動かずに地震を抑えてくれたことは、使われることのない冬の扇のようなものであるな。地震が納まって、幸いにも無事であったことを祝しての一句。「要」と「あふぎ」は縁語。冬「冬のあふぎ」。

【語釈】○震後　地震の後。宝永四年（一七〇七）の十月四日、大坂方面に大地震があった。○要石　地震を抑えるとされる石。○冬のあふぎ　時期にはずれて役にたたないこと。ここは動かないことのたとえとして使っている。

同興

三九四　狼やゆがんだ家のくすりぐひ《い》　（同）

【句意】オオカミであるよ、これを地震でゆがんだ家での薬喰いとしていただこう。冬「くすりぐひ」。

【語釈】○同興　「震後の興」の意。「興」は興じること。　○くすりぐひ　保温や滋養のため、冬にシカ・イノシシなどの獣肉を食べること。当時、獣肉を食べることは忌まれていたので、薬を食べると称して行われた。

三九五　降度《ふるたび》に月を研出《とぎだ》すしぐれかな　（同）

【句意】降るごとに月を研ぎ出して明るくする、時雨であることだ。擬人的表現の一句。冬「しぐれ」。

市中に隠士あり。隠士の中に平旦子《へいたんし》ひとり幸《さいわい》ひあり

三九六　雪に富《とみ》てそれよ梅にも手の届く　（同）

【句意】雪が豊かに積もってよい眺めをつくり、それそれ、庭のウメの木にも手入れが行き届いている。冬「雪」。

【語釈】○市中に隠士あり　市中に住む隠士こそが本物の隠士であるとされ、市隠・大隠と呼ばれる。○平旦子　この号の俳人はいるものの、詳細は未詳。市中で隠士然と暮らしていたらしい。○それよ　そうだ。それそれ。発話の最初などに用いる感動詞。○手の届く　細かいところまで配慮されて行き届いている。

三九七　静《しずか》なるとしのせき守《もり》ね過《すご》すな　（『津の玉柏』享保20）

【句意】静かな年の終わりに、その番人を務める私よ、寝過ごすでないぞ。冬「としのせき」。

【語釈】○としのせき守　大晦日を表す「年の関」に関所の番人である「関守」を掛けたもの。

三九八　ちりぢりに雨をあらしや床《とこ》涼み　（同）

蜆川夜花《しじみがわよるのはな》

【句意】人々を散り散りにして、雨に嵐が吹き荒れている、皆が床涼みをしていた場所で。夏「床涼み」。

【語釈】○蜆川　現在の大阪市北区の曾根崎新地と堂島新地との間を流れ、堂島川に合流していた川。○夜花「堂島新地の遊女たちを譬えたもの」（飯田『俳句解』）か。○床涼み　夏の夜、床を屋外に出して涼むこと。ユカスズミとも発音する。

三九九　昼出るは其《その》ころされた幽霊蚊《か》　（同）

【句意】昼に出るのはその殺されたカの幽霊か。カは夜に殺されるから昼に幽霊が出るとした。夏「蚊」。

【語釈】○幽霊蚊　カの幽霊を表す造語であると同時に、「蚊」には疑問の係助詞「か」が掛けられていよう。

【備考】文十編《ぶんじゅう》『海陸後集』（宝永7）に初出。

文流集《ぶんりゅう》へ

四〇〇　山鳥の帯《おび》せぬなりやさくら咲《さく》　（同）

【句意】ヤマドリの尾のように長々とした帯もしない身なりとなったのだなあ、サクラが咲いている。春「さくら咲」。

【語釈】〇文流集　文流の編んだ撰集か。「文流」は浄瑠璃作者の錦《にしき》文流で、俳諧も行った。〇山鳥の帯せぬ　柿本人麿の「足引の山鳥の尾のしだり尾のながながし夜をひとりかも寝む《ん》」（『拾遺集』）を踏まえ、「山鳥の尾」を「山鳥の帯」と転じた。飯田『俳句解』は、「直接には、「桜咲く遠山鳥のしだり尾のながながし日もあかぬ色かな」（新古今・一二）を踏まえたのであろう。下の「さくら」はその縁による」とする。「山鳥」はキジ科の鳥。

【備考】真蹟に「法体のことぶきにつかはす《わ》」の前書きがあり、文流が法体したことを賞した句であるらしい。

たま祭《まつり》

このはかなきまつりに此一花《このひとはな》はいかに手向《たむけ》のこせしとて

四〇一　霊棚《たまだな》に朝《お》がはたれて露を見て　（同）

【句意】精霊棚に供えたアサガオの花は垂れしぼみ、そこに露を見せている。これまで誰も供えたことのないアサガオを霊棚に供えてみたが、やはりすぐにしおれていよいよ哀れ深いということ。秋「霊棚・朝がほ・露」。

【語釈】○たま祭　死者の霊を招いて祀る盂蘭盆会《うらぼんえ》。○手向のこせし　手向けることをしないできた。○霊棚　精霊棚。盂蘭盆会に祖先の位牌を安置し、供え物をのせる棚。

　　小野寺氏の梅人《ばいじん》、京のつとよとて軽くきよらかなるはたもの、老身《ろうしん》にかざれとての心ざし、めづ《ず》らしくも
　　ひきまとひ《い》て

四〇二　撫《なで》て見る是《これ》もや天《あま》の夏衣《なつごろも》

（『津の玉柏』享保20）

【句意】いただいた織物を手で撫でてみる、これこそが天の夏衣とも言うべきものではないか。夏「夏衣」。
【語釈】○梅人　この号の俳人はいるものの、詳細は未詳。○つと　土産。○はたもの　機《はた》物。機で織ったもの。○天の夏衣　「夏衣」は夏に着る薄い着物。天女が着る「天の羽衣」をもじってこう言い表した。

　　女の髪筋にて象をひかへ《え》たる絵に
　　ぬり木履《ぼくり》にふまれる蚯蚓《みみず》はうつくしき音に沈むとかや

四〇三　散《ちる》花にまとは《わ》る縁《えん》や髪のおち

（同）

【句意】散る花にまとわりつくのも縁というものか、女の髪が落ちている。女の髪でゾウを引く絵に添えた画賛の句。直接的にはそのことに触れず、花見の場での女の落髪を取り上げている。春「散花」。
【語釈】○女の髪筋にて象をひかへたる　女性の髪で作った綱はゾウをも引くとされ、『徒然草』九段に「女の髪すじ

をよれる綱には、大象もよくつながれ」とある。○ぬり木履にふまれる蚯蚓 未詳。自分の足の下でミミズが死ぬとも知らずに、女は美しい音をさせながら塗り木履で歩いている、といった意味か。「ぬり木履」は漆《うるし》塗りの下駄。

棟《むね》こそひとつならね、門は立《たち》ならびて呼《よぶ》にこたふる竹砌《ちくぜい》のぬし、母なる人にはかなきわかれせしを、さらに悔《くや》むに及ぶべきや。面影ぞたつて

四〇四 から衣《ごろも》うつつの人や壁隣《かべどなり》 （同）

【句意】衣を打っていた姿が現《うつつ》の人のように思い出される、壁の隣に住まいして。秋「衣うつ（砧《きぬた》）」。

【語釈】○竹砌 来山門の俳諧師。本名は井上貞雄《さだお》。後号は布門《ふもん》。○から衣 唐衣。衣服に関連する語に掛かる枕詞。ここは「うつ（打つ）」に掛かる。「衣うつ」は布を木槌《きづち》でたたいて柔らかくすることで、その木槌や台を「砧」といい、秋の季語になる。○うつつの人 現実に生きている人。「打つ」と「現」の掛詞。

【備考】前書きの大意は、「棟こそ違えど門はわが家に並んで暮らす竹砌が、母と死に別れたことは、悔やむに悔やみきれず、その面影が眼前に現れて」というもの。これによって、句の「人」が竹砌の母をさすと知られる。

餞別の詞

筑紫《つくし》の五雲子《ごうんし》が西国行脚を見送りて、みふに我《われ》ねんとよみしほど社《こそ》なけれ

四〇五 爰《ここ》の事二つは思へ《え》むつのはな （同）

【句意】当方のことも六つの内の二つくらいは思い出してくれ、この雪の中を発たれるあなたよ。和歌のように、十の内の七を譲るようなもてなしはできなかったが、との思いを込める。冬「むつのはな」。

【語釈】○筑紫　九州地方。チクシとも発音する。○五雲子　未詳。○みふに我ねん　人口に膾炙する「みちのくの十符のすがごも七ふには君をねさせてみふにわれねん」(『色葉集』等）を踏まえる。○爰の事　こちらのこと。私どものこと。○むつのはな　雪の異称。六花。結晶の形状が六角形であることによる。その「むつ（六つ）」を受けて、「二つは思へ」と呼びかけた。

正徳三巳年歳旦

名さへ広田の御社をことしのえ方《ほう》に拝し奉りて

四〇六　出るに入るにせばい事なし門《かど》かざり　（『津の玉柏』享保20）

【句意】出るにも入るにも、その名の通りに広くて狭いことはない、門飾りのあたりを通るにつけ。今年の恵方の方角には広田神社があるため、その方面を拝しながら、わが家の出入り口も広いと興じたもの。春「門かざり」。

【語釈】○広田の御社　現在の大阪府浪速区にある広田神社。○え方　恵方。その年の最もよい方角。○門かざり　門飾り。正月の門口に松を立てるなどして飾ること。また、その飾り。

番神堂《ばんじんどう》奉納

四〇七　花鳥とかはり《わ》社《こそ》すれ梅の声　（同）

【句意】花に鳥の鳴く時期に変わってしまった、少し前はウメにウグイスが声を聞かせていたのだが。春「花鳥」。
【語釈】○番神堂　番神を祀ったお堂。「番神」は毎日交替で如法経（一定の法式に従って書写した経典で、多くは『法華経』をさす）を守護するという神で、三十の神がいるとされる。一般には『法華経』の守護神として知られる。○花鳥　花と鳥。また、花に宿る鳥。ここは花に来て鳴く鳥の意。

四〇八　鳥啼《な》いて青きを雲に高簾《たかすだれ》　(同)

【句意】鳥が鳴いて青い空を飛び、雲に隠れてしまった、竹の簾に入ったかのように。春「鳥…雲に（鳥雲に入る）」。
【語釈】○鳥　ここは「雲」と結んで「鳥雲に入る」の意を表し、これで春の季語になる。○高簾　「竹簾」（飯田『俳句解』）のことか。「竹簾《たかすだれ》」は細い竹で編んだ簾。ここは高い空にたなびく雲を簾にたとえたので、敢えてそれを「高簾」と表現したものかもしれない。

四〇九　先三《まずみ》つを神にたむけてこもちまき　(同)
　　　そのうちの十《と》ふにはあみたててもてなす。我《わが》なには津《づ》の端午《たんご》には

【句意】まずは三つを神に手向け、残りをいただくことにしよう、このコモの葉の粽《ちまき》を。コモから和歌の「十符《とふ》のすがごも」を連想し、陸奥でそれを編むように、難波の節句ではコモの粽を作るとしたもの。夏「こもちまき」。

【語釈】○十ふ　十符。「みちのくの」の和歌（四〇五を参照）を踏まえるもので、「十符のすがごも」は十の編み目があるスゲで作った莚《むしろ》。○端午　五月五日の節句。○こもちまき　マコモの葉で包んだ粽。

賀

世に人にうらやましきといふ《う》は津江氏の何がし也。年をかさね家富《とみ》、日をかぞへ《え》て諸人の出入《でいり》しげく、ことにはこのかみともとりちがゆべきほどの慈父に、朝暮《ちようぼ》心のままにつかふ《こう》まつり、剰《あまつさえ》、ことしひとりの男子をもうけて、其《その》よろこび尤哉《もつともかな》。中々《なかなか》常ならず。童語にたよりて末ひろがりの扇を送る。まことに序《ついで》よろしく、翁も千歳《せんざい》をうたふ《う》

四一〇　つづくつづく松に若松初みどり

（『津の玉柏』享保20）

【句意】どんどん続くことだ、マツに若いマツが生え伸びて新芽が萌えている。春「初みどり」。

【語釈】○津江氏　未詳。○このかみ　長兄。○剰　その上。○童語　「「目出た目出たの若松さまは枝の茂れば葉の茂る」などの類か」（飯田『俳句解』）。○末ひろがりの扇　扇を開くと末が広がることから、次第に栄えることをたとえる。○千歳をうたふ　千代の繁栄を祝って謡う。「翁」と「千歳」は縁語。○初みどり　マツの新芽。

【備考】前書きの大意は、「津江氏何某は家が富んで人も集まり、実にうらやましい。兄のように若い父に仕え、このたびは男子も生まれたので、末広がりの扇を贈り、老翁の私も千歳の栄えを謡うことである」というもの。

浪花津艶里《なにわづつやざし》は西南《せいなん》の江《え》につゞきて、今すむ所よりは野に見わたしてちかし。誰《た》が書《かき》すての余波《なごり》ならんと、
古めかしくも見立《みたて》ける

四一一　畠中にかしくもやすむはねつるべ　（同）

【句意】畑の中にかしくでも休んでいるのだろうか、撥釣瓶《はねつるべ》がまるで手紙の最後の「かしく」のように見える。その名をもつあなたが、そこに休んでいるようにも感じられる、というのであろう。雑《ぞう》（無季）。

【語釈】○浪花津艶里　大坂の色町。ここは遊廓の新町《しんまち》をさす。○西南の江　淀川下流の分流の一つ、木津川。○今すむ所　晩年の来山は今宮（現在の大阪府浪速区）に住んだ。○書すての余波　書き捨てにした手紙の名残。○かしく　女性が書く手紙の結びの言葉。また、「来山は新町のかしくという遊女と親しかった」（飯田『俳句解』）という。○はねつるべ　支点で支えられた横木の一方に重し、一方に釣瓶を取り付け、重しの助けではね上げて水を汲む装置。「釣瓶」は水を汲み上げる桶。

【備考】什山編の来山句文集『続いま宮草』では中七「かしくぞやすむ」とあり、来山十三回忌集である布門《ふもん》編『誹諧たつか弓』（享保14）の里洞《りどう》が一人で詠んだ歌仙の前書きに「野の中にかしくぞやすむはねつるべ」として記される。

矢野氏追悼　二世《にせ》安楽

四一二　お頼《たの》もし卯《う》の花月夜《はなづきよ》花の後　（同）

【句意】お頼もしいこと、ウノハナを月が照らして夜も明るく、春の花が散った後も心配がない。夏「卯の花」。
【語釈】○矢野氏　未詳。○二世安楽　現世の安穏と来世の極楽往生。これに、二代目が後を継いで安泰だという意を掛けていよう。「花」に矢野氏、「卯の花」にその息子をたとえての追悼句。

四一三　花の飛《とぶ》それで雲しる御嶽《みたけ》哉《かな》

摩耶《まや》奉納

（『津の玉柏』享保20）

【句意】花が飛び舞い、その風で雲が動くのも承知される、お山であることだ。奉納の句。春「花」。
【語釈】○摩耶　現在の兵庫県神戸市灘・北・中央の区境にそびえる摩耶山で、中腹に仏母摩耶を祀る忉利《とうり》天上寺がある。

四一四　むれてよりまねかぬ松ぞ宮の花

布忍《ぬのせ》明神

（同）

【句意】人々が群れるようになっても、その人を招くことのないマツであるよ、宮の中には花が咲き満ちている。花を見る群衆がマツには目もくれないことを、「まねかぬ松」と言いなしたのであろう。春「花」。
【語釈】○布忍明神　現在の大阪府松原市にある布忍神社。二〇五の句を参照。

四一五　刃物にも懼《おじ》ぬ色香《いろか》や森の梅　（同）

幾田《いくた》明神

【句意】刃物に対しても恐れることがなく、すばらしい色と香であることだ、生田の森のウメは。春「梅」。

【語釈】○幾田明神　現在の兵庫県神戸市生田区にある生田神社。梶原《かじわら》源太景季《かげすえ》が生田のウメを箙《えびら》にさして奮戦した逸話は、謡曲「箙」によって知られ、この句もそれを踏まえる。○懼ぬ　こわがらない。

四一六　松かすむ御崎《みさき》や神の一《ひと》しるし　（同）

和田明神

【句意】マツのあたりがかすんで見えるこの岬は、神の霊験も高い一地である。春「かすむ」。

【語釈】○和田明神　現在の兵庫県神戸市兵庫区の和田岬にある和田神社。○御崎　神戸港の入口にあたる和田岬。○一しるし　一つの験効。明神が示す霊験をさしていよう。

四一七　思ひ《い》きや長の夏中《なつなか》今朝《けさ》の秋　（同）

なかんづ《ず》くことしの炎々《えんえん》しのぎがたく

【句意】思いもしなかった、長い夏の間は、今朝の秋がやってくるなどと。秋「今朝の秋」。

【語釈】○なかんづく　とりわけ。○炎々　熱気が強くて暑いさま。○思ひきや　反語的表現。

四一八　稲《いな》びかり今夜《こよい》の星の中々《なかなか》に
　　　　たなばた
（『津の玉柏』享保20）

【句意】稲光《いなびかり》が走る、今宵が逢瀬の二星には、人目が避けられかえって好都合であろう。秋「今夜の星（星合《ほしあい》）」。

【語釈】○稲びかり　稲妻。空中にひらめく電光。○今夜の星　七月七日の七夕に逢瀬をとげる牽牛《けんぎゅう》・織女《しょくじょ》の二星。これで「星合」の意を表し、秋の季語となる。○中々に　かえって。むしろ。

四一九　面《おも》かげや袖は玉棚露雫《たまだなつゆしずく》
　　　　沖の石とはさぬきがよみし
（同）

【句意】亡き人の面影が浮かび上がる、精霊棚に向かうわが袖は露の雫でかわく間もない。秋「玉棚・露」。

【語釈】○沖の石　陸奥国《むつのくに》の歌枕。讃岐の「わが袖は汐干に見えぬ沖の石の人こそ知らねかわく間もなし」（『千載集』）によって知られる。○さぬき　平安時代末の歌人、二条院讃岐。○玉棚　盂蘭盆会に死者を迎える精霊棚。四〇一の句を参照。○露雫　露の雫で、涙を含意する。文脈上は「袖は露雫（に濡れ）」と続く。「玉」と「露」は縁語。

四二〇　雨の夢うれしやほさんけふ《きよう》の月
　　　　仲秋に入って晴天すくなし。せめての今宵をねがひ草臥《くたびれ》て　（同）

【句意】雨の夢がはずれてうれしいことだ、よく干して湿り気がないようにしよう、今日の名月を。月を干すという発想が大胆でおもしろい。秋「けふの月」。

【語釈】○仲秋　八月。○今宵　「月今宵」の意で、名月の今夜。○けふの月　今日（八月十五日）の名月。

四二一　聞《きき》なれて今はさもなしなすび買《かお》
　　　　大坂とはそろばんほどなる橋ひとつ境《さかい》ひて、万《よろず》の上《うえ》事かはる《わ》もおかし　（同）

【句意】物売りの言葉も聞き慣れて今は何ということもない、「なすび買《かお》」といった言い方なども。秋「なすび」。

【語釈】○そろばんほどなる橋　小さな橋ということか。○さもなし　どうということもない。○なすび買　出典の『津の玉柏』では「買」にカヲの振り仮名があり、これによれば、ナスを買いなされという意の、商人の発話ということになろう。真蹟には「なすび買《かう》」の振り仮名があり、これではナスを買うという事実を叙したことになる。

四二二　末綿《すえわた》もふくや白きを後《のち》の月
　　　　四時《しいじ》の農業おのづ《ず》から画《えがけ》り　（同）

【句意】末の綿も吹き出していることだ、その白いところを後の月が照らしている。秋「後の月」。

【語釈】○四時　四つの季節。○末綿　収穫が終わりに近いころの綿。○ふく　綿の実が熟れて裂け、繊維が吹き出すこと。○後の月　九月十三夜の月。八月十五夜に対して、これを後の名月と位置づける。

四一三　何時《なんどき》もふらん白雪文《しらゆきふみ》とよめ

菊には遅く時にはまたはや。比《ころ》しも定流《ていりゆう》・五暁《ごぎよう》の尋《たずね》にあひ《い》あひ《い》て、はるばるの所なんの詠《ながめ》もなし。一《ひと》降《ふり》ふらばかならずといひ《い》あ《わ》はせてのちのたよりに

（『津の玉柏』享保20）

【句意】何時でもよいから降ったならば、その白雪を句に詠み手紙と一緒に送ってくれ。キクには遅く時雨には早い時期に来訪を受け、その時雨の時期も過ぎてしまったので、雪にはぜひとも一句をと催促したもの。冬「白雪」。

【語釈】○時「時雨」の「雨」を書き落としたのであろう。「時雨」は初冬のにわか雨。○はや「はやし」の「し」を書き落としたのであろう。○定流・五暁　未詳。○一降ふらばかならず　時雨が一降りしたら必ず一句を寄こせ、の意。

四一四　花の春宿《やど》の都路《みやこじ》つくし船

正徳五未年

三千世界もあそぶにちかし。只《ただ》おのれをかえり見て足事《たる》をよくしれとや

（同）

【句意】この花の春、家にいながら都路をたどったつもり、筑紫船に乗ったつもりで自足している。春「花の春」。

【語釈】○三千世界　「三千大千世界」の略で、仏教の世界観による広大無辺の世界をいう。○ちかし　三千世界も逍遙するには近いということか。「あるいは「しかじ」か」（飯田『俳句解』）。そうであれば、十分でないの意。○足事をよくしれ　自足ということをよく知らねばならない。○花の春　新春をいう慣用的表現。○宿の都路　わが家にありながら都への道を行く気になることか。○つくし船　筑紫（九州地方）へ行く船。

せいぼ
其《その》位に至らずしてはその徳をしらずとかや。さもあれ、わかい衆に真直《しんちよく》な事申《もうす》べし

四二五　年わすれ十《とお》も十五も兄を見て　（同）

【句意】忘年の会で若い者が十も十五も年長の人を同じ座に見るのは、控えるべきだ。冬「年わすれ」。

【語釈】○せいぼ　歳暮。○其位に至らずしてはその徳をしらず　「其《そ》の位に有ると雖《いえど》も其の徳無し」（『中庸』）などによるか。その立場になければ長所などもわからないということであろう。○真直まっすぐなこと。○年わすれ　一年の苦労を忘れるために行う十二月の宴会。○十　出典の『津の玉柏』に「十ヲ」の表記。○兄　年が上の者。

竿陽軒《かんようけん》がむかふ《う》はなにたかき茶臼山《ちやうすやま》、かは《わ》らぬ春の幾廻《いくめぐ》り、初会をことぶく

四二六　松山や硯《すずり》の中の若みどり　（同）

【句意】マツの山があることよ、硯の中にはその新芽の緑が映っている。春「若みどり」。

【語釈】○竿陽軒　「蘆水か」（飯田『俳句解』）。蘆水号の俳人は複数いる。○茶臼山　現在の大阪市天王寺区天王寺公園にある丘。○初会　新年になって初の俳席。○若みどり　樹木の新芽や若葉。とくにマツの新芽をいう。

佐野氏金利のぬしは年をかさねて此里《この》の住人なりけらし。さればこそ、古郷《ふるさと》を忘れがたしとや。生国の阿《あ》府《ふ》に行《ゆき》て老楽《おいらく》をきはむ《わ》るの余波《なごり》はあまりあれど、出船のよろこびを一句にむすびて

四二七　波風もなつの鳴戸《なると》やよい仕廻《しまい》

（『津の玉柏』享保20）

【句意】波風もない夏の鳴門を通っての帰郷は、よい人生の締めくくりであろう。金利への送別句。夏「なつ」。

【語釈】○佐野氏金利　未詳。○阿府　阿波国《あわのくに》徳島。現在の徳島県。○老楽をきはむ　楽しく老後を送る。原本は「老閑（楽カ）」と表記。二二八の句を参照。○余波はあまりあれど　名残惜しいことではあるが。○波風もなつ「波風もなし」と「夏」の掛詞で、「世の中を渡りくらべて今ぞ知る阿波の鳴門は浪風もなし」（『一目玉鉾』等）を踏まえていよう。○鳴門　現在の徳島県鳴門市東北端の孫崎と兵庫県淡路島西端の門崎の間の鳴門海峡。急流で知られる。○仕廻「仕舞」に同じく、物事の結末。ここは晩年の意。

追悼之詞

世は順逆の定まらぬ社《こそ》是非なけれ。順翁ひとりのこり多さを訪《と》ひ《い》よりけるに、其明《そのあけ》ぼのの一首を出《いだ》されたり。さながらかぎりの筆とは見えて、しかもたくましくつづけられし。見るに我から面《おもて》はづ《ず》かしく、悔《くや》むべき事は脇へなりて

四二八　とても世を涼しき道や先《さき》が勝《かち》　（同）

【句意】何にせよこの世から浄土への涼しい道を行かれたあなたよ、先に行った者が勝ちということだ。夏「涼しき」。

【語釈】○順逆の定まらぬ　年齢の順に死ぬとは限らない。○順翁　未詳。○のこり多さ　残念なこと。ここは死んだこと。○かぎりの筆　この世の最後の筆跡。○面はづかしく　面目がなく。○脇　二の次。○とても　とうてい。何にしても。○涼しき道　極楽浄土への道。飯田『俳句解』が指摘するように、謡曲「誓願寺」に「弥陀の国、涼しき道も頼もしき」とある。○先が勝　先に安楽な浄土に行ったことを「勝」と表したもの。

重陽

四二九　けふ《きょう》明日を千代の一瀬《ひとせ》や菊の淵　（同）

【句意】今日と変わる明日の重陽を、千代の生命を得る一瀬とも言うべきである、菊の淵からの露を飲み干すことで。「けふ」と「明日」、「千」と「一」、「瀬」と「淵」と、対になる語を並べている。秋「菊の淵」。

【語釈】○重陽　九月九日のキクの節句。○千代の一瀬　千歳の寿命を得るための一時の機会。「瀬」は「淵」との縁語として出した。○菊の淵　菊の露がしたたってできる淵。その水を飲むと長寿が得られるとされる。

船路の記

宝永四つの春より、摂州の佐太《さた》宮奥観音、たまたま御戸帳《みとちょう》開く事有《あり》。遠郷近里の男女、蛆《うじ》のごとくにわき出《いで》、蟻《あり》のごとくにつどふ《う》。浪花の津よりは三里あまり、老《おい》の歩行《かち》も煩《わずらわ》しければ、心に念じ侘《わび》ぬ。ある日矢野氏のもとより、よき序《ついで》あり、いざとよ、誘引《ゆういん》うれしく、文十《ぶんじゆう》・田風《でんぷう》に助けられて仮初《かりそめ》ながら舟出す。天神橋と聞《きく》より、乗《のり》ながら北にむかつて聖廟をぬかづく《ず》。（中略）川端に藪垣静《しずか》に仕《し》わたしかまえたる。尼寺にもやと尋《たずぬ》れば、平田《へいた》の番所といふ《う》もおかし

四三〇　棹《さお》せずに卯木《うつぎ》ほしたる主《ぬし》やたれ

（『津の玉柏』享保20）

【句意】棹で舟を動かすこともなく、番所でウツギを干している主はどんな人であろうか。夏「卯木」。

【語釈】○摂州の佐太宮奥観音　現在の大阪市守口市にある佐太天神宮の宮寺である菅相寺。十一面観音を本尊とする。○御戸帳　神仏を安置した厨子などの前にかけるとばり。○矢野氏　未詳。○文十　来山門の俳諧師。高橋氏。○田風　大坂の俳人。○聖廟　天満宮。○平田の番所　平太村にあった淀川の船番所。○卯木　ユキノシタ科の落葉低木。ウノハナ。枝葉は煎じて黄疸や咳の薬とするので、ここもそのために干すのであろう。

【備考】（中略）は原本のままで、出典の『津の玉柏』には、ここに舟からの景観などが叙され、玄流（矢野氏か）の発句も記される。

もとより淀川の流れはげしければ、所々に杭うちて堤をかためたり。それも並びたるはうつくしきものとて

四三一　夏柳水よけの櫛《くし》まばらなり

（同）

【備考】前出。三五三を参照。四三〇から四三三までは「船路の記」に付された句として掲出される。

舟も船なり、いざとよ岸づたひ晴《いはれ》やかならん。しかも 筍《たけのこ》 時分也。各《おのおの》、脇指《わきざし》ばかりに身 拵《みごしらえ》 して、家来まじりに狩行《かりゆく》も一興なり。あられぬかたまでめぐりまはる《わ》

四三二　うそうそと子故《ゆえ》の闇や竹の中　（同）

【句意】うろうろと、これが子ゆえの闇というものか、薄暗いタケの藪の中をさまよっている。子どもへの土産として、タケノコを探すというのであろう。前書きに「筍時分」とあり、これが一句の季を表す。夏「句意による」。

【語釈】○筍時分　タケノコが生えている時節。○脇指　脇差。町人などが護身用に差した短い刀。○うそうそと　落ち着き無くうろつき回るさま。同時に、「うそうそ」は物のよく見えない夕暮れ時をいう。○子故の闇　藤原兼輔の「人の親の心は闇にあらねども子を思ふ《う》道にまどひ《い》ぬるかな」（『後撰集』）などを踏まえる。○竹　ここは前書きを受けてタケノコを含意させ、それで夏の季を表している。

遊翁などいへるは、勇々敷《ゆうゆうしき》男のさして行《ゆく》もおかしくて、藪だたみあるあたりをうかがふ。一婆子《いちばしい》出《で》て大《おおい》にあはめる《わ》。是はならぬと逃《にげ》ざまに一古事古事《ひとこごじ》て

四三三　それほどに惜《おし》む竹子《たけのこ》竜となれ　（同）

【句意】それほどに惜しむタケノコならば、いっそ竜にでもなれ、そうすれば取られなくてよかろう。持ち主が出てきたため、退散するにあたって詠んだ負け惜しみの一句。「竜」はタケノコの天をめざす勢いを踏まえて出したか。

なお、この句の後には、「もとの船にもどりて物くひ《い》などするうちに」以下数行の文章がある、夏「竹子」。

【語釈】○遊翁　未詳。○勇々敷　勇敢で立派なという意か。あるいは「男々敷《おおしき》」の誤りか。○さして　はっきりとの意か、あるいは、脇指を差しての意か。原本は「こじて」とする。○藪だたみ　一面に茂った藪。○一婆子　一人の老婆。○あはめる　うとましげに扱った。○一古事古事て　理屈をひねりこじつけて。

鶴の嘴《はし》集序

一日江南にあそんで、因《ちなみ》に横斜観が幽栖を問《とう》。むかふ《う》に心よく、古今の風体をなつかしみ、是《これ》ほどにかくれたる身に止事《やむ》なきはこのひとつよとて、好むところの羽觴飛《さかずきとび》とばして、名古《なご》の入日にまくらもとむる比《ころ》、観曰《いわく》、人もしる旧識の古松斎は、今日商家にありながら出格自在におのれをやしない、ことしも爰《ここ》に入来《いりきた》りて、二度にものに狂《わ》はせり。そこにも序《ついで》よしと一句を乞《こう》。曰、我は近き比の愁鬱《しゅううつ》、いまだに世のわきまへ《え》さえなしと、頭をふる。又《また》曰、是《これ》は是、人に見すべきものにあらず。只《ただ》松斎の悦《よろこ》びにまかせよとなり。任他《ままよ》、譏誉《きよ》の場はとくにものがれたり。中々おなじ鏡に顔をうつさば、かはら《わ》ぬ老《おい》のたはれ草か。言にむすび納《おさめ》て、鶴の嘴と名づくるものか。比は正徳弐《に》年末《すえ》の春の日、又此《この》時もむかしならんと湛《たん》々翁述之《たんおうこれをのぶ》

四三四　垣もなき命の薗《その》や菊の苗　（『津の玉柏』享保20）

【句意】垣根も設けない生命という園に、キクの苗がどんどん伸びていくであろう。横斜観の求めで、古松斎の『鶴の嘴』に寄せた一句。編者がますますの長寿をとげることを表したものと思われる。春「菊の苗」。

【語釈】○鶴の嘴集 古松斎の編んだ撰集らしいが、伝存未詳。未刊のものか。○江南 大坂の淀川より南の地。○横斜観 未詳。○羽觴 酒杯。○名古 歌枕で、摂津国《せっつのくに》住吉郡（現在の大阪市住吉区）の海岸地帯をさしたらしい。○古松斎 未詳。○出格自在 型にはまらず自在であること。○ものに狂はせり 俳席を設けたことであろう。○そこ そなた。横斜観が対面している来山のこと。○近き比の愁鬱 最近のつらいできごと。正徳二年（一七一二）の一月、来山は愛児を失った。四六七の句を参照。○わきまへ 分別。○任他 ままよ。なりゆきに任せることを表す感動詞。○譏誉 さまざまな評判。○中々 なまじ。○たはれ草 戯れたさま。○末の春 三月。○湛々翁 来山の別号。○命の薗 寿命を畑地になぞらえたもので、「薗」は「園」に同じく、果樹・花・野菜などを育てる土地。

逃《にげ》ていにけり集

追善詞

宗旦《そうたん》・酒糀・升屋小左衛門・それがし、四人づれの大和めぐりも、廿年《はたとせ》には五《いつ》とせも過《すぎ》ぬべし。縁でこそあれ、三十日《みそか》あまりの旅の枕ひとつの起臥《おきふし》には、おかしきふしぶしも思ひ《い》やるべし。他事なくいひ《い》あわせしも、今おもへ《え》ば渺茫《びょうぼう》として三人はなし。なんぞや、我《われ》ひとり残りて世にとどまり、さらば寸香半座《すんこうはんざ》のいとまもあらばこそ、はづ《ず》かしきかたちに老《おい》を待《まち》つけるぞかし。今年は旦《たん》が十三回忌にまかりなると、百丸《ひやくまる》がしらせによりてこそ、俄《にわか》に酔《よい》を醒《さま》して一壁《いっぺき》にむかふ《う》

四三五 秋の蚊に喰《くわ》れて居《い》るがおかしかろ （同）

【句意】私だけが後に残り、これも残った秋の力にくわれているのが、おかしいことであろう。宗旦の十三回忌追善集に寄せた一句。前書きでは、ともに旅をした四人で自分だけが生き残ったことを述べる。秋「秋の蚊」。

【語釈】○逃ていにけり集　百丸が編んだ宗旦の十三回忌追善集『逃ていにけり』で、宝永二年（一七〇五）刊。○宗旦　京出身の俳諧師で、池田氏。摂津国伊丹《せっつのくにいたみ》（現在の兵庫県伊丹市）に移って活躍した。元禄六年（一六九三）九月十七日、五十八歳で没。○酒糀　「酒粕」の誤り。伊丹の俳人で、岡田氏。○升屋小左衛門　未詳。『逃ていにけり』には「神屋の小左衛門」とある。○渺茫　遠く遥かなさま。○寸香半座　ほんのわずかな時間。○百丸　伊丹の豪商にして俳人。森本氏。

賀齢

播陽別府《べふ》の住人滝氏の清親禅門は、家富《とみ》栄才にして、ほまれ其《その》国にほころび、しかも尋常まめやかにして、ことし米といふ文字に長生せり。世の人まれなる賀をしたひ《い》よりて、升《ます》かきといふ《う》ものを乞《こい》ければ、遍昭がめでたき杖のためしにもなぞらへ《え》て、一句に祝して余《よ》も其一管《そのいっかん》をもとめえたり

四三六　花ふきて升にちとせの坂高し　（『津の玉柏』享保20）

【句意】花吹雪が舞う中、升かきをして、千歳の坂をも高く越えていくことである。米寿の祝いの句。春「花」。

【語釈】○播陽別府　播磨国《はりまのくに》別府（現在の兵庫県加古川市別府町）。○滝氏の清親　未詳。播磨の俳人、瓢水（滝氏）の親族か。○禅門　在家のまま仏門に入って剃髪した男子。○米といふ文字　八十八。米寿。出典の『津の玉柏』の表記は「八木といふ文字」とも読める。○升かき　米寿の祝いに、八十八歳の人が升に盛った米を棒でならし、こ

ぼれた米を皆で分ける行事。○遍昭がめでたき杖のためし　僧正遍昭がおばの八十の賀に白銀の杖にちなみ、「ちはやぶる神や切りけむ《ん》つくからに千歳の坂も越えぬべらなり」（『古今集』）と詠んだことをさす。○一管　一本の管状の物。ここは升かきをする棒のことか。○花ふきて　花が風に吹かれて。○ちとせの坂　年齢を重ねることを坂にたとえた表現。

宝永五年歳旦

四三七　我こそはけふ《きょう》を生《うま》れ日花の春　（同）

【句意】我こそは今日の元日を生まれ日としているのだ、この花の春に。春「花の春」。

【語釈】○生れ日　誕生日。○花の春　新春をいう常套的な表現。

宝永六丑年歳旦

其《その》紙の名によせて、世の中々に老《おい》をうたふ《う》眼耳のものから、万《よろず》の上も心の外《ほか》になりけらし

四三八　立帰《たちかえ》る春や此《この》身の大直《おおなお》し　（同）

【句意】立ち帰った春であることよ、この身も大きく立て直すとしよう。世俗の万事から関心が薄れつつあることを自覚しつつ、身体は丈夫な状態に戻したいと願った歳旦句。この春、来山は五十六歳。春「立帰る春」。

【語釈】○其紙の名　句中の「大直し」が「大直紙《おおなおしがみ》」から思いついたことをいう表現。「大直紙」は美濃国《みののくに》（現在の岐

阜県南部）で産出される大判の紙。○中々に　なまじ。「世の中」と掛けるか。○老をうたふ眼耳のものから　目や耳も衰えて老いたことを訴えるようになったので。○立帰る春　新春。素性法師の「あらたまの年たちかへるあしたより待たるるものは鶯の声」（『拾遺集』）など、和歌の常套的な表現による。○大直し　大きな変革。

四三九　　鳴門海苔《のり》巻頭
頼母《たのも》しや早苗にかぎる諷《うた》のふし　（『津の玉柏』享保20）

【句意】頼もしいことだ、早苗歌に限るのだよ、歌の節といえば。夏「早苗」。

【語釈】○鳴門海苔　一棟が編んだ撰集で、正徳三年（一七一三）六月の来山序『津の玉柏』に「鳴門海苔集序」として掲載）を備える。伝存未詳。○早苗　ここは早苗歌で、田植えの際の歌。○諷　節を付けて声に出す歌。

正徳二辰年鶏旦
ふるとし和銅氏のもとより奈良暦《ごよみ》の一緘《いっかん》をえたり。見るに所のこしらへ《え》として間遠《まどお》の大字、老身の重宝是《これ》にこそとて、諺《ことわざ》にたよつて一句によろこびをのぶるものか

四四〇　是《これ》ことしくらがり越《こえ》た日にむかふ《う》　（同）

【句意】これよ、今年も暗《くらがり》峠を越えて上ってきた初日に向かう。同時に、いただいた奈良暦は字が大きいので老いた目にもよくわかり、暗がりから抜け出た思いだ、との意を込めている。春「ことし」。

【語釈】○鶏旦　元日の朝。○ふるとし　旧年。○和銅氏　未詳。○奈良暦　大和国《やまとのくに》奈良で発行された暦。○一緘「一封」に同じ。封書で送られたことをいうか。○間遠の大字　字が大きく字間も離れていること。○諺によつて　ことわざによって句中の「くらがり」を出したということ。「暗がりから牛」などをさすか。○くらがり　ここは暗《くらがり》峠をさす。現在の大阪府と奈良県の境に位置する生駒山の中央にあり、「奈良」とは縁語の関係になる。

せいぼ
わかう《こ》人《ど》たちの入来《いりきた》りて一興に及ぶ。酒にこそはおとつたれ

四四一　二唐人《ふたとうじん》見し世《よ》がたりもとしわすれ　(同)

【句意】二人の外国人を見たことがあるといった世間話をするのも、よい年忘れの会というものだ。若い者たちに酒ではかなわなくとも、昔からの話題ならば負けはしないということ。冬「としわすれ」。

【語釈】○せいぼ　歳暮。○わかう人　若人。若者。○唐人　外国人。飯田『俳句解』の指摘によれば、ここは天和二年（一六八二）の朝鮮通信使をさすかという。什山《じゅうざん》編の来山句文集『続いま宮草』（天明3）では上五が「二タ唐人」と表記され、フタトウジンと読ませるらしいと知られる。○世がたり　世間の話。○としわすれ　一年の苦労を忘れるために行う宴。忘年会。

今宮の別野《べつしょ》にて
四四二　葛城《かずらき》で夜半聞《やはんきく》らむ《ん》けふ《きょう》の月　(同)

【句意】仮に奈良へ向かって歩いていけば、葛城山で夜半の鐘を聞くこととなろう、今日の名月に。秋「けふの月」。

【語釈】○別野「別墅《べつしょ》」の誤り。「別墅」は別荘・別宅。来山の庵のことか。○葛城　現在の大阪府と奈良県との境にある金剛山地北部の主峰、葛城山。○夜半　真夜中。ここは「夜半の鐘」（飯田『俳句解』）の意と見られる。

灌仏遊善福寺《かんぶつぜんぷくじにあそぶ》

四四三　卯の花や雲門《うんもん》の眼《め》には黒からむ　（『津の玉柏』享保20）

【句意】ウノハナが咲いている、白いこの花も雲門の目には黒く見えることであろう。夏「卯の花」。

【語釈】○灌仏　四月八日の灌仏会《え》のことで、釈迦の誕生を祝って誕生仏の像に甘茶《あまちゃ》を掛ける。○善福寺「来山の居所今宮に近い下寺町にも、浄土宗善福寺がある」（飯田『俳句解』）という。「遊善福寺」は「善福寺に遊ぶ」で、その善福寺に出かけたということ。○雲門　唐・五代の中国の禅僧、雲門文偃《ぶんえん》。仏について問われ、乾いた糞べらと答えた「雲門乾屎橛《うんもんかんしけつ》」（『無門関』）の公案で知られる。不浄な物でも活眼で見れば真仏の境地になるというもので、この句もこれを踏まえ、その目からは白い花も黒く見えるのだろうとした。

四五月集編《へん》するのおりふし、撰者よりして初夏の句を乞《こう》。其《その》状をとつてもつて

四四四　灌仏《かんぶつ》は一《ひと》たすかりの名乗哉《かな》　（同）

【句意】灌仏といえばそれでいつと知られるので、この日に釈迦が名乗ってくれたことは、初夏の句を乞われた私には一助《ひとたす》かりというものだ。釈迦は誕生直後に「天上天下唯我独尊《てんじようてんがゆいがどくそん》」と宣言したとされる。夏「灌仏」。

【語釈】○四五月集　未詳。○灌仏　四月八日の灌仏会《え》。四四三の句を参照。○一たすかり　少し助かること。

四四五　客尽《つき》て帰るや雪の比丘尼舟《びくにぶね》　（同）

　王子遊《おうしゆう》が家を見れば、小船に一人棹《さお》さす有《あり》。見せばやな、難波入江の壮《さかん》に廻船湊《みなと》をふさぎ、酒の舟、鯨の舟。是は一《ひと》ふしを諷《うた》ふてありく。苫《とま》の下寐《したね》には知るしらぬ人の手足をさする

【句意】客もすっかりいなくなって帰って行くことだ、雪の中の比丘尼舟が。冬「雪」。

【語釈】○王子遊が家　什山編の来山句文集『続いま宮草』（天明3）には「王子猷《おうしゆう》が図」とあり、それが正しい。「王子猷」は中国の東晋の文人、王徽之のこと。雪の晴れた月夜に舟で友人を訪ねながら、着いたら興が尽きたとして会わずに帰ったという、「子猷尋戴」の故事で知られる。○廻船　商品を輸送する海船。○苫　菅や萱などで粗く編んだ莚《むしろ》。苫で屋根を覆った舟を苫舟という。○人の手足をさする　売色を想像させる表現。○比丘尼舟　尼の姿で売春をした下級の私娼を乗せた舟。

【備考】文十編『海陸前集』（宝永4）に初出。

四四六　門《かど》高し花に後日《ごにち》の用意あり　（同）

　文十《ぶんじゆう》宗匠会に

【句意】この家は門を高く作りなしている、花も咲き誇っており、これも華々しく発展する後日のための用意なのであろう。門下の文十が主催する会に出て、その前途を祝した祝儀の句。春「花」。

【語釈】○文十宗匠会　文十が宗匠となって行った俳席。文十は来山門の俳諧師で、高橋氏。三八八の句を参照。

鳥関々《かんかん》

四四七　藤浪や松の方から音は出す　（『津の玉柏』享保20）

【句意】フジが波のようであることよ、それがマツに掛かって見える方から、鳥が音を出している。春「藤浪」。

【語釈】○関々　鳥がのどかに鳴くさま。○藤浪　フジの花房が揺れるのを波にたとえた表現。

端午《たんご》

四四八　葺《ふく》事ぞ何のあやめもしらねども　（同）

【句意】葺《ふ》くことである、それが何というアヤメかも、どんな由来で行うのかも知らないけれど。夏「あやめ」。

【語釈】○端午　五月五日の節句。○葺　端午の節句には家々の軒にショウブの葉を付け、そのことをショウブ（アヤメとも）を葺《ふ》くという。○あやめ　ここはサトイモ科の多年草のショウブで、アヤメ科のハナショウブとは別（ただし、両者は混同されることも多い）。葉に香気があり、魔を祓うとされる。分別・道理の意の「文目」を掛け、「あやめもしらねども」と続けている。これは読み人知らず「時鳥なくや五月のあやめ草あやめもしらぬ恋もするかな」（『古今集』）を踏まえ、どうした理屈かは知らないけれどの意を表す。

大悲《だいひ》の誓《ちかい》によす

四四九　児出立《ちごでたち》老《おい》がれし身もおどり哉《かな》　（同）

【句意】少年の姿になって、すっかり年老いてしまったわが身も踊りに加わることだ。老齢の身で若者と混じって楽しむことができるのも、仏の慈悲の一つの現れだというのであろう。秋「おどり」。

【語釈】○大悲　衆生の苦しみを救う仏や菩薩の広大な慈悲。○誓　誓願。○児出立　少年の身なり。○老がれし　老いて枯れてしまったの意か。あるいは、「年をとって声がかれる」（飯田『俳句解』）ことか。○おどり　歴史的仮名遣いでは「をどり」。今の盆踊りに類するもので、秋季として扱う。

重陽

四五〇　菊照るや二《ふた》名月の中とつて　（同）

【句意】キクの花が照り映えている、二つの名月の間に位置する時期にあって。秋「菊」。

【語釈】○重陽　九月九日のキクの節句。○二名月　八月十五夜の名月と九月十三夜の後《のち》の名月。

【備考】真蹟や什山編の来山句文集『続いま宮草』（天明３）では上五が「照菊や」となっている。

歳暮

人世一生不酔《よわず》不醒《さめず》

四五一　けふ《きょう》の瀬や一年中の船《ふな》あそび　（『津の玉柏』享保20）

【句意】今日は年の瀬という区切りの日だ、一年中が船遊びをしているような人の世ではあるが。冬「けふの瀬（年の瀬）」。

【語釈】○不酔不醒　酔わず醒めず。酔うでもなく醒めるでもなく、人の一生はそのようなものだということ。○けふの瀬　年の瀬である今日ということで、冬季になる。大晦日は一年の収支決算日であった。○一年中の船あそび　一年中が船遊びをしているようなもので、酔と醒のはざまにいるということか。「瀬」と「淵」は縁語。

山中鶯《さんちゅうのうぐいす》

四五二　覚束《おぼつか》なあれうぐひす《い》と聞《きき》つつも　（同）

【句意】はっきりしないことだ、あれウグイスが鳴いたと聞いた気はするのだが。春「うぐひす」。

【語釈】○覚束な　ぼんやりと不正確な状態であるさま。形容詞「覚束なし」の語幹で止めた用法。

四五三　朝附日《あさづくひ》鶯黄《き》也《なり》砥《と》とり山　（同）

【句意】朝日に照らされてウグイスが黄色く見えている、この砥取山《ととりやま》において。春「鶯」。
【語釈】○朝附日　朝日。○砥とり山　砥取山。砥石を取る山の意で、現在の京都市右京区の鳴滝あたりに多くある（現在は閉山したものも多い）。鳴滝の砥石は近世以前から珍重されていた。飯田『俳句解』は、「「高雄成る砥取の山のほとゝぎすおのがかたなをとぎすとぞ鳴く」（出典未詳）を踏まえ」るとする。
【備考】原本は四五二の前書きがこの句にも通じるとする。

市中鶯《しちゆうのうぐいす》

四五四　ぬしや待《まつ》うぐひ《い》すの啼売《なくうり》屋敷　（同）

【句意】買い主を待っているのだろうか、ウグイスが鳴いている、この売り屋敷で。春「うぐひす」。

春雨

四五五　はや二日むかしの雨やはるの闇　（同）

【句意】早くも二日が経つので、春雨が降ったのもすでに昔の雨と言えようか、それでも空が晴れわたることはなく、薄暗い春の闇が広がっている。春「雨…はる（春雨）・はるの闇」。

端午

たばねながらにしてものにつみたるなど、はえばえ敷《しく》にくからぬものから

四五六　どれ見てもゆびのならびの粽哉《ちまきかな》　（『津の玉柏』享保20）

【句意】どれを見ても指を並べた恰好の粽であることだ。五本ずつたばねて積み重ねられているのを見て、これを「ゆびのならび」と言い表したものか。夏「粽」。

【語釈】○端午　五月五日の節句。○つみ　「積み」か。什山編の来山句文集『続いま宮草』には「つつみ」とあり、「包み」の意となる。○はえばえ敷　華やかで見栄えがする。○にくからぬ　好もしい。○粽　ササ・コモ・アシなどで糯米《もちごめ》を包み蒸したもので、端午の節句に食べる。

四五七　ものめかし幟《のぼり》の音に沖もなる　（同）

【句意】ものものしいことだ、幟がはためく音がして、沖からは海鳴りも聞こえてくる。夏「幟」。

【語釈】○ものめかし　目に立ってものものしく見える。○幟　旗の一種で、端午の節句に飾る五月幟。○なる　鳴る。幟に軍陣を連想し、海鳴りにその鬨《とき》の声を感じたのであろう。

鶴の画賛

四五八　いとゆふや頼《う》朝光る鶴が岡　（同）

【句意】陽炎《かげろう》が立つことよ、頼朝は光り輝いている、鶴岡《つるがおか》の地において。鶴の絵に添えた画賛句。春「いとゆふ」。

【語釈】○いとゆふ　糸遊。陽炎。○頼朝　鎌倉時代の武将、源頼朝。○鶴が岡　現在の神奈川県鎌倉市にある鶴岡八幡宮の社域。鶴岡八幡宮は源頼朝が興した鎌倉幕府を守護する神社であった。

四五九　かまきりや野分《のわき》さかふ《う》てとりどりに　（同）

鳥の絵に

【句意】カマキリであるよ、野分にさからうようにそれぞれの姿勢をとっている。鳥の絵に添えた画賛句。鳥ならぬカマキリを取り上げながら、「とりどりに」で「鳥」に音を通わせたのであろう。秋「かまきり」。

【語釈】○野分　台風などによる暴風。○さかふて　さからって。○とりどりに　さまざまに。

四六〇　一棒に角落《つのおと》しけり坊主麦　（同）

農具にからさほ《お》といふ《う》ものあり

【句意】棒を一振りして穂を落としたことだ、ボウズムギの穂を。夏「坊主麦」。

【語釈】○からさほ　唐棹《からさお》・殻竿《からさお》・連枷《からさお》。穀物の実をたたいて落とす道具。棒を振り回して脱穀する。○角　突起物。ここはムギの穂をさす。○坊主麦　オオムギの変種であるハダカムギの異名。

四六一　川ざこや紫くくる茄子汁《なすびじる》　（『津の玉柏』享保20）

【句意】川の雑魚《ざこ》であることよ、それを紫色に染めているナスの汁だ。雑魚とナスを具材とした汁。夏「茄子」。

【語釈】○川ざこ　川で捕った雑多な小魚。○紫くくる　紫色に染める。在原業平の「ちはやぶる神代もきかず竜田川唐紅《からくれない》に水くくるとは」（『古今集』）を踏まえ、ナスなので「紫くくる」とした。「くぐる」と読めば、雑魚が茄子の下にあるの意となる。○茄子汁　ナスの実を入れた汁。

題蚤

四六二　猫に侘《わび》て人に採《とら》るる名のみ哉《かな》　（同）

【句意】猫にたかるのをためらい、人にたかって逆に捕えられてしまう、名ばかりのノミであることよ。夏「のみ」。

【語釈】○侘て　不憫《ふびん》に思って。○名のみ　名前ばかり。これに隠し題として「蚤」を掛け、それで夏季とする。

重陽　寄酒家《しゆかによす》

四六三　汲《くめ》とこそ株《かぶ》にかまはず《わ》けふ《きよう》の菊　（同）

【句意】大いに酒を汲めというものだ、上戸《じようご》かどうかなどにはかまわず、今日のキクの酒を。秋「けふの菊」。

【語釈】○重陽　九月九日のキクの節句。○酒家　酒飲み。○こそ　文末にあって詠嘆的な強調を示す係助詞の用法か。○株　特有のくせや得意なこと。○菊　ここはキクの花を浮かべるなどした「菊の酒」。

〔四六四〕　小坊主にわきふさがせて梅の花　（『玄湖集』寛保2）

【備考】原本で〔追記〕として四六五とともに、「右二句「存疑」ノ部ニ移ス」とあり、来山句ではないと判断する。

〔四六五〕　春の野や長い葛の裙につく　（同）

【備考】原本で〔追記〕として四六四とともに、「右二句「存疑」ノ部ニ移ス」とあり、来山句ではないと判断する。

四六六　手も出さず物荷《にな》ひ行《ゆく》冬野哉　（『俳諧古選』宝暦13）

【句意】手も外に出さないまま、物をかついで歩き行く、冬の野原であることだ。冬「冬野」。

【語釈】○荷ひ　物を肩にかけて運んで。天秤棒で物をかつぐ場合にもいう。

【備考】元禄十六年（一七〇三）の『誹諧三物揃』が初出で、「市中之中」の前書きがある。

四六七　春の夢気《き》の違《わ》はぬが恨めしい

愛子をうしなふ《のう》て

（『俳諧古選』宝暦13）

【句意】わが子を得た喜びは春の夢のようなものであったのか、その愛しい子を失い、自分の気がおかしくならないのがかえって恨めしい。

【備考】什山編の来山句文集『続いま宮草』（天明3）には「浄しゆん童子、早春世をさりしに」の前書き。正徳二年（一七一二）の元日、来山は愛児の直松を亡くしている。春「春の夢」。

四六八　短夜《みじかよ》を二階へたしに上りけり

（同）

【句意】夏の短夜で寝たりないのを、寝足《た》すために二階へ上がっていった。夏「短夜」。

四六九　蚊ふすべの中に声あり念仏講《ねぶつこう》

うら道もなき裏住居《うらずまい》、其《その》くせ人は重《かさな》り合《あい》て

（同）

【句意】カを払う煙が立ち込める中に声がする、念仏講に集まった人々の念仏の声である。夏「蚊ふすべ」。

【語釈】○うら道　裏道。本通りではない裏通り。○裏住居　裏店《うらだな》。本通りに面して建てられた家屋の表店《おもてだな》に対して、その後ろ側の地面に建てられた家屋をいう。○蚊ふすべ　蚊遣《かや》り。蚊を追い払うために煙でいぶすこと。○念仏講　念仏を行う講。念仏を信ずる人たちが当番の家に集まって念仏を唱える。

【備考】前書きは、「裏道もきちんと通っていない裏長屋に、人が重なり合うように住んでいる」の意。座神《ざしん》編『風光集』（元禄17）が初出で、原本は「補訂」でそちらを出典とするように指示。それには「裏店のうらみちもなきに、人は重り合て」の前書きがある。

四七〇　行水《ぎょうずい》も日まぜになりぬ虫の声　（同）

【句意】行水をするのも隔日になった、それと入れ替わるように、庭では虫の声が盛んになっている。秋「虫の声」。

【語釈】○行水　盥《たらい》に湯や水を入れ、体の汗や汚れを洗い流すこと。○日まぜ　隔日。一日おき。

四七一　花に夢の舎《やど》りはゆるせ只《ただ》の客　（『ふたつ笠』安永4）

【句意】花の下に夢を結ぶ宿りを許していただきたい、ありふれたただの客ではあるのだが。春「花」。

四七二　行《ゆく》月や朧《おぼろ》は雪にしみこまず　（『俳諧五子稿』安永4）

【句意】空を行く月よ、その朧な光は残雪の中にしみ込むこともない。空には月が朧にかすみ、地には残る雪がその光を反射して光っているのである。春「月…朧（朧月）」。

【語釈】○雪　これ自体の季は冬。ここは「朧」との関係で春の残雪となる。

【備考】岸紫《がんし》編『御蔵林《おくらばやし》』（宝永2）に初出。出典の『俳諧五子稿』は言水《ごんすい》・去来《きょらい》・素堂《そどう》・沾徳《せんとく》・来山の発句集。

四七三　世の事はいさ耳なしの山ざくら　（『俳諧五子稿』安永4）

【句意】世の俗事などいやまあ聞く耳をもたないといった風情で、耳成山《みみなしやま》のヤマザクラが咲いている。春「山ざくら」。

【語釈】○いさ　さあどうだか。返答しづらい問いに取りあえず発する語。○耳なし　聞こえない。これに現在の奈良県橿原市にある「耳成山」を掛け、さらに「山ざくら」と続けたものであろう。

四七四　若楓《わかかえで》一《ひと》ふりふつて日が照《てつ》て　（同）

【句意】若カエデに雨が一降り降って、今はもう日が照って。夏「若楓」。

【語釈】○若楓　若葉が萌え出ている夏のカエデ。

【備考】岸紫編『御蔵林』（宝永2）に初出。

四七五　秋風や男世帯《おとこじよたい》になく千鳥《ちどり》　（同）

【句意】秋風が吹くことだなあ、この男所帯《おとこじよたい》にも鳴くチドリの声が聞こえてくる。秋「秋風」。

【語釈】○男世帯　「男所帯」に同じく、男だけで女のいない暮らし。オトコゼタイとも発音する。○千鳥　チドリ目チドリ科の鳥の総称。これ自体は冬季。

【備考】真蹟に「鬼貫《おにつら》が福島に住《すみ》ける比《ころ》」と前書き。鬼貫が大坂市中から福島村（現在の大阪市福島区）へ移住したのは元禄三年（一六九〇）の秋。鬼貫編『犬居士《いぬこじ》』（元禄3）はこの句（「秋風や男所帯に鳴衛《なくちどり》」）を立句《たてく》（第一句）に鬼貫と二人で巻いた歌仙を所収する。鬼貫は伊丹出身の俳諧師で、上島氏。四九九の句と五五六の前書きを参照。

四七六　二《ふた》いろに氷らぬ袖のなみだかな　（同）

【句意】二つの意味で流したものではあるが、そのいずれもが熱く、凍ることのない袖の涙であることよ。冬「氷」。

【語釈】○二いろ　二種類。○氷らぬ袖のなみだ　袖を濡らす涙が熱くて凍ることもないということであろう。

【備考】什山編の来山句文集『続いま宮草』（天明3）には「年月つれなき女の、愁《うれい》にふかくこもりしを、とぶらふ《う》男にかはりて《わ》」の前書きがあり、「二いろ」は「つれない女を恨む涙と、女の不幸を悲しむ涙と」（飯田『俳句解』）を意味すると察せられる。この前書きは、「つれなくしていた家人に死なれて悲しむ女を、弔おうとする人に代わって詠んだ」の意。

四七七　誓文身《せいもんみ》の事にてはいはぬ《わ》ぞ
　　　　ひとり寐《ね》や幾度夜着《いくたびよぎ》の襟《えり》をかむ　（同）

【句意】一人寝をすることよ、何度こうして夜着の襟を噛みつつ耐えたことか。わが身の煩悶を人に明かすことなど決してないものの、独り寝床でつらい夜を過ごすことは少なくない、というのである。冬「夜着」。
【語釈】○誓文　誓って。神にかけて誓う言葉。○身のこと　自分のこと。○夜着　寝る時に身体に掛ける寝具。

歳暮

四七八　暮《くれ》て行《ゆく》年の冠《かむり》や半白髪《はんしらが》　（『続いま宮草』天明3）

【句意】年が暮れていくにあたり、年の冠とでも言おうか、わが頭は半ば白髪になっている。冬「暮て行年」。
【語釈】○年の冠　未詳。「年を重ねた功」（飯田『俳句解』）といった意か。○半白髪　半分ほど髪が白いことか。
【備考】出典の『続いま宮草』は什山《じゅうざん》編の来山句文集。

寿命長久　天地和合　福徳円満

四七九　初空《はつそら》やなには《わ》に付《つけ》てみつの咲《えみ》　（同）

【句意】元日の空に向かうことよ、何事につけ、三つの願いを満たすべく笑顔が肝心である。春「初空」。
【語釈】○初空　元日の空。○なにはに付て　何につけても。あれやこれやにつけて。これに「難波」を掛ける。
○みつの咲　三つの笑い。出典には、恵比須・大黒・寿老人が笑顔を寄せ合っている絵（法眼周圭画）が添えられる（二一七頁に掲載）。また、「三つ」に「寿命長久　天地和合　福徳円満」の願いを含意させ、そのためには絵のような笑顔が大切だというのであろう。さらに、難波の港を意味する「御津《みつ》」の意を掛け、「難波」と縁語仕立てにしてい

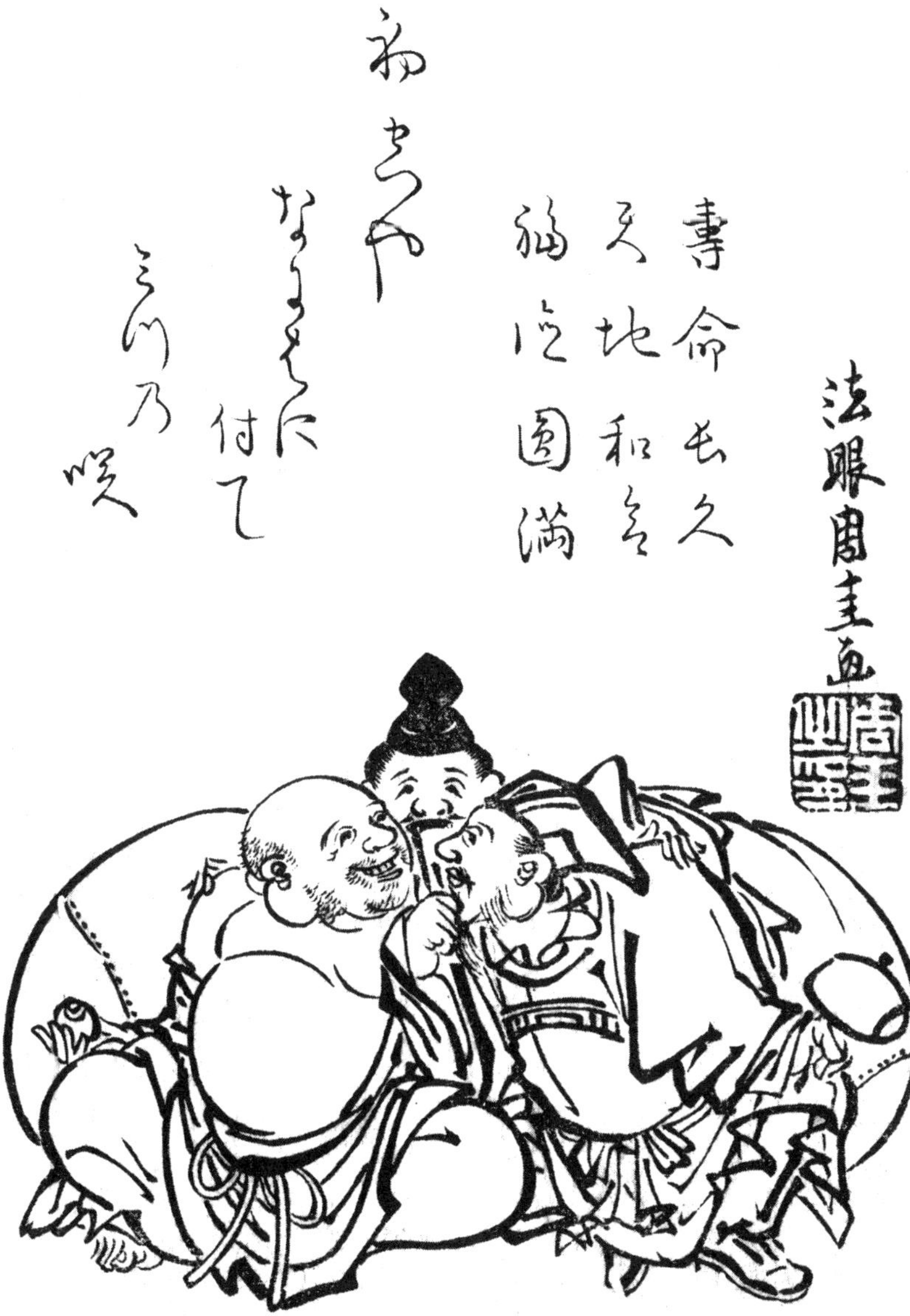

『続いま宮草』の「初空や」句（四七九）とその挿絵

る。「咲」は「笑」の本字とされ、どちらにも「笑う」「咲く」の意がある。

【備考】久蔵《きゆうぞう》編の来山句文集『木葉駒』（文化7）は「福神の画に」の前書きで、下五が「みつの笑」の表記。

四八〇　銭売《ぜにうり》の花にまじるも都かな　（『続いま宮草』天明3）

【句意】銭売りが花見客の中に混じって商売しているのも、いかにも都らしいことだ。春「花」。

【語釈】○銭売　銭を持って市中を回り、金銀貨を両替して手数料を取った小商人。

四八一　屋《や》ねうらに虫の音《ね》寒し辻行灯《つじあんどう》　（同）

【句意】屋根裏から虫の音が寒々と聞こえる、外では辻行灯がほのかに灯っている。秋「虫の音」。

【語釈】○辻行灯　辻番所などの前の街路に立てられた木製の台が付いた行灯。「行灯」はアンドン・アンドウの両様の読みがあり、アンドと省略的に発音されることもある。

元日

四八二　蓬莱《ほうらい》の昼ぞ雀の起《おき》る時　（同）

【句意】蓬莱飾りにとっては昼の時分に相当する、スズメが起き出す時分は。スズメは早朝から鳴き声を聞かせるものながら、元日ばかりは人間が早起きして蓬萊を祝うので、それをこのように誇張して言いなした。春「蓬萊」。

【語釈】○蓬萊　新年の祝儀に飾る蓬萊飾り。

四八三　野や里や梅見るまでは落《おち》つかず　（同）

【句意】野や里を歩くにつけ、ウメの花を見るまでは何か心が落ち着かない。春「梅」。

四八四　散花《ちるはな》にねてゐ《い》て蝶のわかれ哉《かな》　（同）

【句意】散る花に対して、さっきまで寝ていたチョウが飛び立って別れをすることだ。『荘子』「胡蝶の夢」の故事を介して「ねて」と「蝶」は縁語になり、付合語辞書『類船集』でも「蝶」が「寝」の付合語に挙げられる。一五四・五二〇の句を参照。春「散花・蝶」。

四八五　人の目にあまるものなし山ざくら　（同）

【句意】人の目から余る花とてない、このヤマザクラは。それほど人出が多いということ。春「山ざくら」。

四八六　されば社《こそ》とがりもとげず蘆《あし》の角《つの》　（同）

【句意】だからこそとがった状態が解けることもない、角と称されるアシの若芽は。春「蘆の角」。

【語釈】○されば社　だからこそ。○とけず「解けず」で、ほぐれることはないの意であろう。原本は「とげず」と翻字。○蘆の角　イネ科の多年草であるアシの若芽。

四八七　野田越《こえ》て北の藤なみ寺の松　（『続いま宮草』天明3）

【句意】野田を越えて北のフジ波は野田に勝って美しく、寺のマツもすばらしい。寺への奉納句。春「藤なみ」。

【語釈】○野田　摂津国西成郡《せっつのくににしなり》野田村（現在の大阪市福島区内）で、フジの名所。○越て　通り越しての意に、勝《まさ》っての意を含めるか。○北の藤なみ　飯田『俳句解』は、「「普陀洛や南の岸に堂たてて今ぞ栄えむ北の藤波」（新古今・一九）を踏まえ」るかとする。○寺　飯田『俳句解』の指摘する通り、文十《ぶんじゆう》編『遠千鳥《とおちどり》』（享保2）所収の筑波による来山追悼句から、摂津国島下郡（現在の大阪府茨木市）の真言宗寺院、総持寺をさすと知られる。

春を惜しむ

四八八　雁啼《ない》てものに味なや花の頃《ころ》　（同）

【句意】カリが鳴いて帰って行き、食べるものも何か味気ないことだ、花の咲く時分は。春「花」。

【語釈】○雁　ここは「帰る雁」を表し、これも春季になる。

四八九　更衣《ころもがえ》まだ朝晩はかへ《え》ぬなり　（同）

【句意】衣替えの時期ながら、まだ朝晩は冷えて袷《あわせ》に替えられないのである。夏「更衣」。

【語釈】○更衣　四月一日から冬の綿入れをやめて袷に替えること。

四九〇　夜通《よどお》しに京に行《ゆく》
玉鉾《たまぼこ》の道の月夜や花あふ《おう》ち　（同）

【句意】京へ行く道の月夜であることだ、その道にはセンダンの花が咲いている。夏「花あふち」。

【語釈】○玉鉾の　「道」「里」などに掛かる枕詞。○あふち　楝《おうち》・樗《おうち》。センダン科の落葉高木、センダンの古名。

四九一　二星
産着《うぶぎ》かして星がいもせのしるし見む《ん》　（同）

【句意】産着を貸してやり、二星が夫婦関係の結果として生む子を見ることにしよう。秋「星（星合《ほしあい》）」。

【語釈】○二星　七夕の夜に年に一度の逢瀬をする、牽牛《けんぎゅう》・織女《しょくじょ》の二星。○産着　新生児に着せる衣類。○星　ここは七夕の二星が会う「星合」を含意し、それで秋の季となる。○いもせのしるし　「いもせ」は「妹背」で夫婦。

「しるし」は「印」で、ここは夫婦の契りの結果として生まれる子をさす。

盆の吟

四九二　乗掛《のりかけ》で踊《おどり》の中を旅出かな

（『続いま宮草』天明3）

【句意】乗掛馬《のりかけうま》に乗り、皆が丸く輪になって踊る中を旅立つことだ。秋「踊」。

【語釈】○盆　七月十五日の前後に行う盂蘭盆会《うらぼんえ》。○乗掛　道中馬の両側に荷を二つ掛け、その上に蒲団を敷いて人が乗ること。その馬を乗掛馬という。原本は「乗掛て」と翻字。○踊　人が輪になって踊る、盆踊りの類。

露はあだなるをおもて

四九三　萩が枝《え》やあぶなき月の住所《すみどころ》

（同）

【句意】ハギの枝に露が置かれ月が映っていることだ、はかないことを面目とする露であるとはいえ、何とも危ない月の住処《すみか》である。ハギの枝は揺れることを身上とするので、露（とその月）が危ないことはこの上ない。秋「萩・月」。

【語釈】○あだなる　はかなくかりそめなさま。○おもて　面目。真蹟には「おもてなれば」とある。

四九四　はひまとふ《う》人にあひ《い》そや藤の花

（同）

【句意】這いまとうようにして観賞する人間にも愛想よくしていることだ、フジの花は。春「藤の花」。
【語釈】○あひそ　愛想。他人に対してよい感じを与える態度。ここはフジを擬人化した表現。

四九五　大空に雲なしどこをあひどころ《い》　（同）

【句意】大空には雲が一つもない、牽牛《けんぎゅう》と織女《しょくじょ》はどこを会い所《どころ》とするのだろうか。二つの星のことを敢えて句の表面には出さず、読者に想像させる恰好となっている。秋「句意による」。
【語釈】○あひどころ　男女がひそかに示し合わせて会う場所。

四九六　吹風《ふく》を見よとて花の狂ひ《い》かな　（同）

【句意】吹く風を目で見なさいとでも言うかのように、花が狂乱の体で散っていることだ。春「花」。

四九七　玉と見て蜂の台《うてな》よ割石榴《われざくろ》　（同）

【句意】玉かと見えて、ハチの高殿になっていることだ、割れたザクロの実は。実が割れて中から現れた種子を玉に見立てると同時に、そこにハチが群れていたのを、まるでハチのための台だとしたもの。秋「石榴」。
【語釈】○蜂　これ自体の季は夏。「石榴」が主たる季語なので、一句としては秋季となる。○台　見晴らしがよい高殿。「玉」と「台」は縁語。○割石榴　秋になって割れたザクロの果実。
【備考】真蹟には上五が「玉と見ば」とあり、玉かと見ていたらの意になる。

四九八　かがり火《び》の中へ空しき落葉かな　（『続いま宮草』天明3）

【句意】篝火《かがりび》の中に空しく落ちて燃えてしまった落ち葉であることよ。冬「落葉」。
【語釈】○かがり火　屋外で夜間に照明用として燃やす火。

四九九　鬼《おに》つらに角《つの》ふるまへ《え》よ唐《とう》がらし　（同）

【句意】鬼貫《おにつら》と鬼の字を号に付けているのだから、角があってもおかしくない、お前を赤い角として鬼貫に振る舞ってやりなさい、トウガラシよ。秋「唐がらし」。
【語釈】○鬼つら　来山の友人である、伊丹出身の俳諧師、上島鬼貫。四七五の句と五五六の前書きを参照。

五〇〇　おもひ《い》こせ我も冬野の筆津虫《ふでつむし》　（同）

【句意】私のことを思っていただきたい、あなたに別れた私は、冬の野に鳴くコオロギのようにさびしい毎日となろうから。前書きのないこの形では、一句に込められた思いが理解できない。冬「冬野」。

【語釈】○おもひこせ　思いやってくれ。○筆津虫　コオロギの異名。これ自体は秋季。
【備考】古道《こどう》編の来山句文集『津の玉柏』（享保20）には前書きがあり、その大意は、「阿波に住む寒川氏の娘の加世は世に知られた筆の名手、幼い頃から知っていたその人が本国に帰るというので、慈父に一句を贈る」というもの。

五〇一　白梅《しらうめ》もつきそへ《え》ば又にほひ《おい》かな　（同）

【句意】白いウメもそばに立つとまたいっそうよい匂いがしてくることだ。春「白梅」。
【備考】布門《ふもん》編『誹諧葉ぐもり』（享保17）には上五が「しら梅も」とあり、「白梅」の読みが確定する。

神明月次《しんめいつきなみ》に

五〇二　散る時はちるでもつたる神の花　（同）

【句意】散る時はまた散ることで気をもたせる、神社の花であることだ。春「花」。
【語釈】○神明　神。ここは「大坂の天満宮」（飯田『俳句解』）か。○月次　月ごとに日を決めて行われる連歌・俳諧などの会。○もつたる　ここは人目を引き続けるの意。○神の花　神域に咲く花。

待恋《まつこい》

五〇三　まちまちて蚤《のみ》かく犬の戸すりかな　（同）

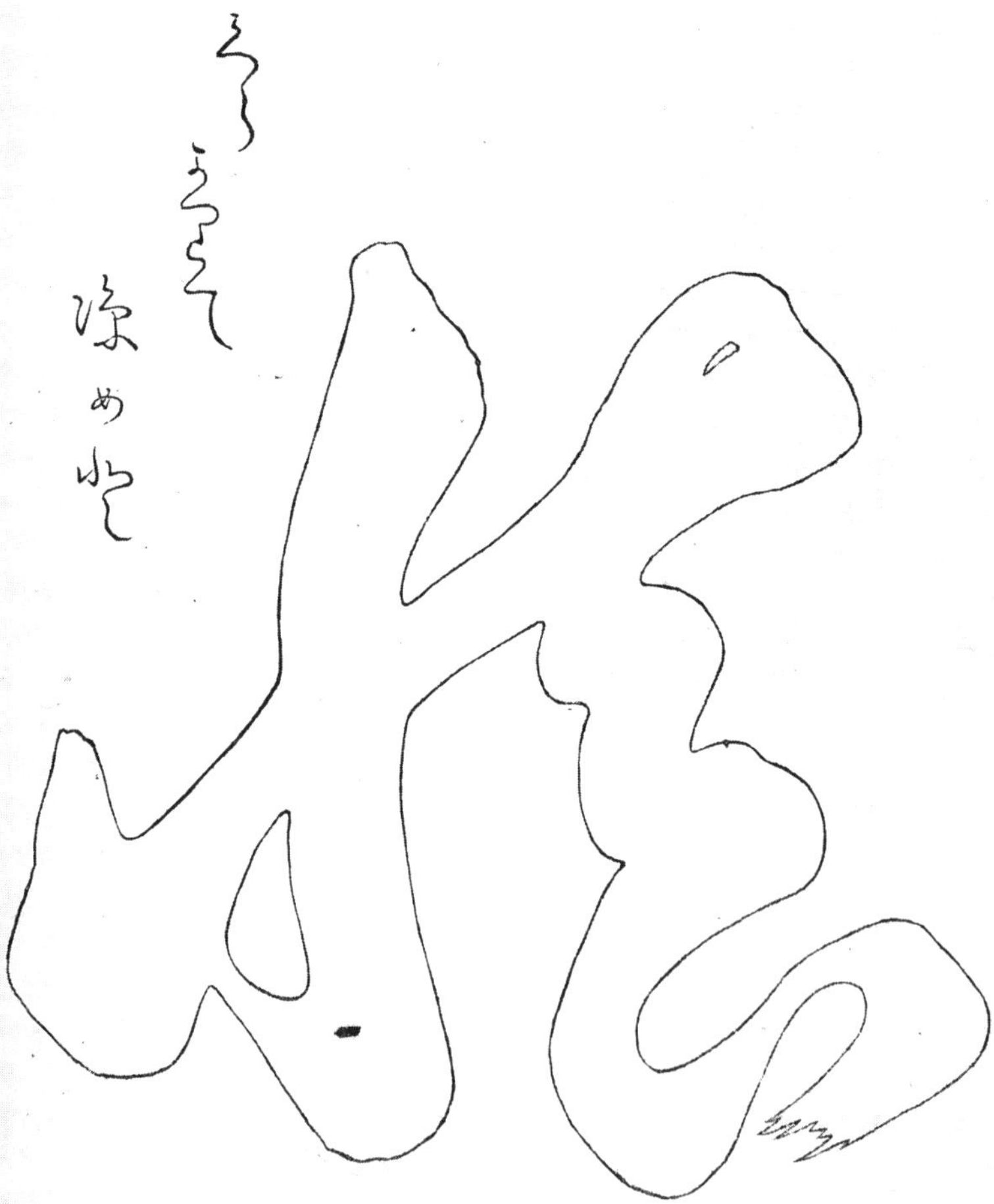

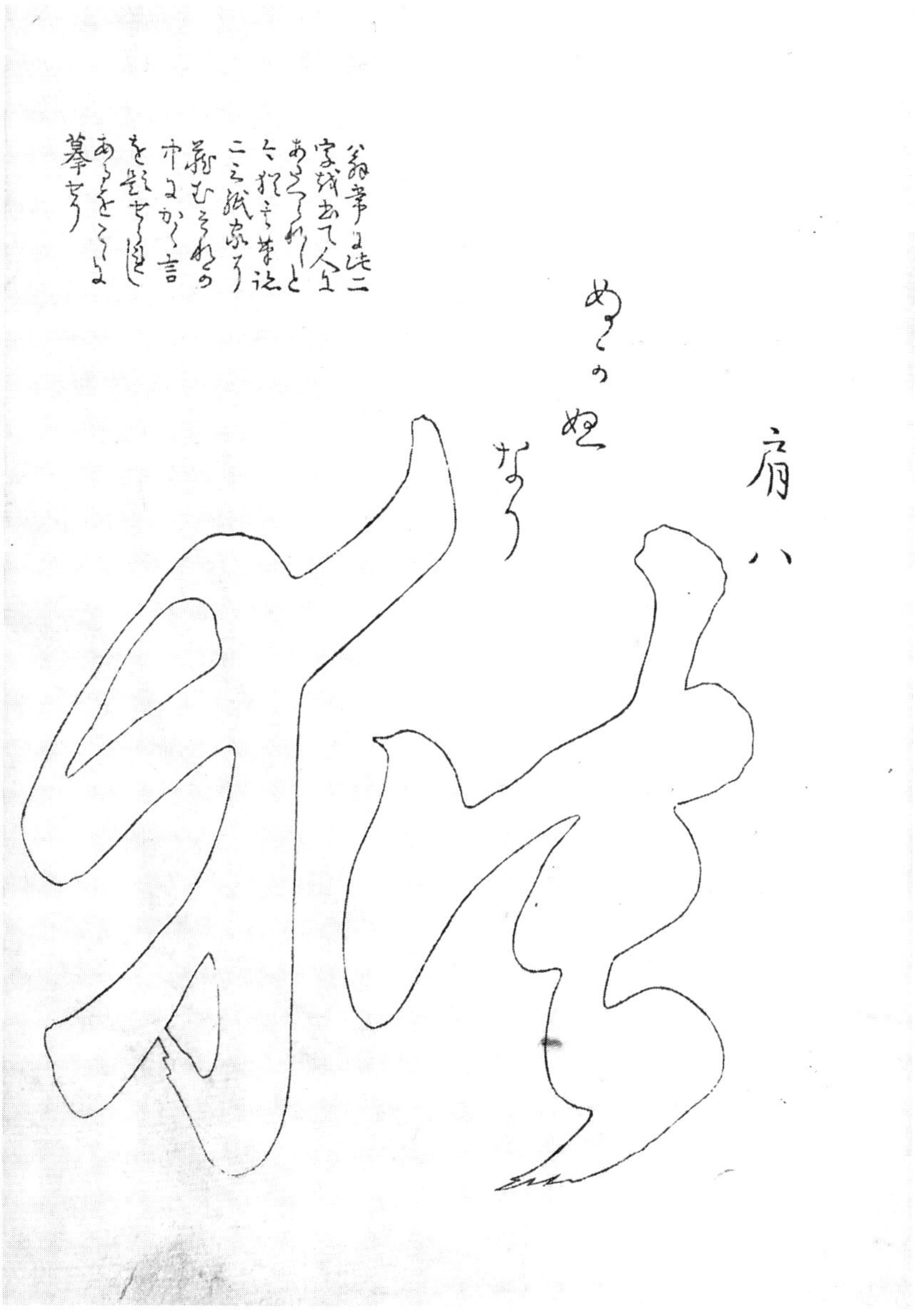

『続いま宮草』の「くらがりで」句（五〇四）とその挿絵

【句意】待ちに待ってその人かと見れば、ノミを掻くためにイヌが戸に体をこすりつけていることだ。戸口の物音に恋しい人の訪れかと思えば、イヌのだらしない姿であったというおかしさ。夏「蚤」。
【語釈】○待恋　恋しい人の訪れを待つことで、和歌以来の題。○戸すり　戸にこすりつける意の造語か。

慎独《しんどく》

五〇四　くらがりで涼めど肩はぬがぬなり　（『続いま宮草』天明3）

【句意】暗がりで涼むのであっても、片肌を脱いだりはしないのである。夏「涼め」。
【語釈】○慎独　自分一人の時でも身を慎み行いを正すこと。『礼記』等に由来。出典の『続いま宮草』ではこの二字が大書された上部に句が書き付けられ、「翁常に此《この》二字を書《かき》て人にあたへ《え》られしと。今猶其《その》筆跡二・三紙家《いえ》に蔵《おさ》む。それが中に、かく言を題せられしあるを、ここに摹《も》せり」の注記が添えられる（二二六・二二七頁に掲載）。

五〇五　星あひ《い》を思ふ《う》ねざめや蚊屋《かや》の天　（同）

【句意】星の逢瀬を思いながらの寝覚めである、蚊屋のてっぺんを見つめながら。秋「星あひ」。
【語釈】○星あひ　星合。七月七日の夜に牽牛《けんぎゅう》・織女《しょくじょ》の二星が天上で会うこと。○蚊屋の天　室内に釣った蚊屋の上部をさすか。あるいは、蚊屋からさらにその上に広がる天に思いを馳せることか。「蚊屋」自体は夏季。

五〇六　接待の茶碗ぬす人《びと》涙かな　（同）

【句意】接待を受けながらその茶碗を盗んだ者がいて、涙にくれることだ。秋「接待」。

【語釈】○接待　盂蘭盆《うらぼん》がある七月の　志《こころざし》として、門前や往来に湯茶を出して通行の人に振る舞うこと。○涙　盗んだ者が後悔の涙を流すのか、涙をこぼしながら盗むのか、接待した側が流すのか、いかようにも解せる。

五〇七　朝がほ《お》や雨天にしぼむ是非もなき　（同）

【句意】アサガオよ、雨天の下で花がしぼんでしまうのもしかたがない。それも運命だというのである。秋「朝がほ」。

五〇八　鳴門《なると》にて
鹿の音《ね》や渦《うず》にまきこむ山おろし　（同）

【句意】鹿の鳴き声がすることよ、それを渦潮《うずしお》の渦に巻き込んでしまう、山颪《やまおろし》がその音を乗せてきて。秋「鹿」。

【語釈】○鳴門　現在の徳島県鳴門市東北端の孫崎と兵庫県淡路島西端の門崎の間の鳴門海峡。渦潮によって知られる。○渦　ここは海の水が渦を巻くこと。○山おろし　山から吹き下ろす風。

母に別れて後、大酔《たいすい》に及ばぬ時は一日も夢に見ぬ事なし。機嫌よき時は其朝《その》こころよし。さもなきときは其朝こころよからずして、せめてこよひ《い》のゆめはとまちかぬるぞかし

五〇九　今日の月只《ただ》くらがりが見られけり　（『続いま宮草』天明３）

【句意】今日の名月も目に入らず、ついつい暗がりの方を見てしまう。それほど悲しみにくれているのであり、母の死に衝撃を受け、ただ夢の中で母に会えることを楽しみにしているのである。秋「今日の月」。

【語釈】○別れて　死に別れて。来山の母は、元禄十四年（一七〇一）七月十六日に七十七歳で死去。○機嫌よき時　夢の中の母が機嫌のよく見える時。○今日の月　八月十五夜の名月。元禄十四年のそれであろう。

鴻池《こうのいけ》何がしに誘《わ》はれ昆陽《こや》の月見にまかりしに

五一〇　片《かた》よつてあれは鴛《おし》なり池の月　（同）

【句意】片側に寄り集まっているもの、あれはオシドリである、池には月が明るく映っていて。秋「月」。

【語釈】○鴻池何がし　鴻池家三代目の善右衛門宗利《ぜんえもんむねとし》か、元禄九年（一六九六）没の二代目喜右衛門之宗《きえもんゆきむね》か。あるいは、地名としての鴻池（現在の兵庫県伊丹市鴻池）だとすれば、「土地の俳人を指したか。とすれば百三など」（飯田『俳句解』）とも見られる。○昆陽　現在の兵庫県伊丹市内の古い地名。行基《ぎようき》が築造したと伝える昆陽池が著名。

古沢昔留《せきりゆう》を悼《いた》む。これはなげき入《いっ》たる花ずきなりし

五一一　菊栽《うえ》て身の手向《たむけ》とはよもやそも　（同）

【句意】楽しむためにキクを植えて、その花がわが身への手向《たむ》けになるとは、まさか思いもしなかったであろう、さてさてそれにしてもまあ。花を好み園芸にいそしんだ人への追悼句。秋「菊」。

【語釈】○古沢昔留　未詳。○なげき入たる　感嘆するほどの。○手向　神仏や死者の霊に物などを備えること。ここは手向けの花。○よもや　まさか。万が一にも。○そも　さて。それにしても。

五一二　入月《いる》や幣《ぬさ》にまねけば一《ひと》しらみ　（同）
　　　　摂州福原
　　　歌仙

【句意】月が沈もうとしている、これを幣によって招いたところ、ひとしきり白く明るくなった。「福原の連中の俳諧執心をたたえ、夜の更けるまま一座する喜びの心を述べたもの」（飯田『俳句解』）らしい。秋「月」。

【語釈】○摂州福原　摂津国《せっつのくに》福原。現在の兵庫県神戸市兵庫区の地名。○歌仙　三十六句から成る連句の一形式。出典には発句・脇・第三までの三句のみが掲載される。○幣　神に祈る際に捧げる、麻・木綿《ゆう》・紙・布・帛などで作った供え物。○まねけば　中国の戦国時代、魯陽公《ろようこう》が矛で入り日を招くと再び日が昇ったという故事（『淮南子』）があり、これが平清盛に付会されて、音戸《おんど》ノ瀬戸の水路（現在の広島県呉市警固屋《けごや》と倉橋島北部にあたる同市の旧音戸町の間に

ある水路）を開削する際に入り日を扇で招き返したとの伝説（「高倉院厳島御幸記」等）が生まれた。福原が清盛ゆかりの地であることから、この説話を踏まえて詠んだのであろう。

五一三　むら時雨《しぐれ》されどもものはそこなはず《わ》　（『続いま宮草』天明3）

【句意】村時雨《むら》がさあっと降り過ぎていく、それでも何か物を損なうということはない。冬「むら時雨」。

【語釈】○むら時雨　村時雨。ひとしきり降っては過ぎていく初冬の小雨。「時雨」としてもほぼ同意。

【備考】真蹟の画賛には中七が「されども物を」とある。

五一四　白妙《しろたえ》の橋に瘤《こぶ》あり雪の鷺　（同）

【句意】真っ白になった橋に瘤がある、と見れば、それは雪に覆われたサギであった。冬「雪」。

【語釈】○白妙　白い布。「白妙の」は衣類や白いものに掛かる枕詞で、ここは真っ白いの意。

五一五　この宵《よい》や月人々の気を彩《いろど》る　（同）
　　　　良夜《りょうや》

【句意】名月の今宵であるよ、月は人々の心を明るく華やいだものにしてくれる。秋「この宵…月（月今宵）」。

【語釈】○良夜　八月十五日の名月の夜。○彩る　色などを付けて飾る。おもしろみを与える。ここは人間の気持ちを明るく楽しませてくれるの意。カザル・エドルなどとも読める。

試筆《しひつ》

五一六　神ごころりんと雑煮《ぞうに》にむかふ《う》時　（同）

【句意】神になったような晴れ晴れとした心である、身も思いも改まって雑煮に向かうときには。春「雑煮」。

【語釈】○試筆　新年の初めに毛筆で字を書くこと。○神ごころ　神の心。神のおぼしめし。○りんと　気が引きしまっているさま。また、姿などがきりっとしているさま。○雑煮　餅と他の具材を入れた汁物。

五一七　たたかれて雨にひるまぬ蛙《かわず》哉《かな》　（同）

【句意】たたかれても、その雨にひるむことのないカエルであることだ。平然と雨に打たれている様子。「「蛙の面に水」（諺）など踏まえてのものであろう」（飯田『俳句解』）か。春「蛙」。

【備考】出典の『続いま宮草』には喬雀林による挿絵がある（二三四頁に掲載）。

枕の集の出来るよし、かなはぬ《わ》身ながら

五一八　手枕《てまくら》にしびりがきれてほととぎす　（同）

『続いま宮草』の「たたかれて」句（五一七）とその挿絵

【句意】手枕で寝ていたらしびれが切れて、ホトトギスの音に起きようとしてもかなわない。夏「ほととぎす」。
【語釈】○枕の集　枕を題とした句を集める芦水編『豹の皮』（正徳6）をさすか。ただし、同書にこの句は入集しない。○かなはぬ身　思った通りにならないわが身。○手枕　肘を曲げて頭を乗せ横になること。タマクラとも発音する。○しびり　しびれること。

五一九　しげれしげれ柳にとどけ苔《こけ》の花　（『続いま宮草』天明3）

【句意】大いに茂れ茂れ、ヤナギにまで届け、コケの花よ。コケの花に届かんばかりのヤナギの枝の垂れ具合であるのを、発想を逆転させ、コケの花を主体にして表現したもの。夏「苔の花」。

五二〇　寐《ね》て牡丹《ぼたん》さむればもとの胡蝶哉《こちょうかな》　（同）

【句意】寝ている時はボタンであったけれど、覚めてみればもとのチョウであることだ。ボタンの上で眠る時は花の一部と見えたが、覚めたらもとの姿で飛んでいった、というのであろう。『荘子』の寓言を踏まえる。夏「牡丹」。
【語釈】○胡蝶　昆虫のチョウの異称。『荘子』「胡蝶の夢」は、夢に胡蝶となって自由に飛び回り、覚めてから自分は胡蝶の夢の中の存在かもしれないと疑うというもの。「蝶」自体は春季。「蝶」と「牡丹」は右の故事から縁語となり、付合語辞書の『類船集』にもこれらは付合語《つけあい》として登載される。一五四・四八四の句を参照。

端午《たんご》

万《よろず》の上《うえ》、式はむつかし

五二一　このあやめ軒にさしても水辺也《すいへんなり》　（『続いま宮草』天明3）

【句意】このアヤメは軒に挿すのであっても、俳諧では水辺に扱われるのである。アヤメは水辺の植物であるため、軒に挿す場合でも俳諧用語としては水辺になるので、何事も決まり事はややこしいとした。夏「あやめ」。

【語釈】○端午　五月五日の端午の節句。○式　決まり事。○あやめ　サトイモ科の多年草のショウブで、アヤメ科のハナショウブとは別。葉に香気があり、魔を祓うとされる。○軒にさして　端午の節句には家々の軒にショウブの葉を付ける。四四八の句を参照。○水辺　連歌・俳諧の式目で、水に関連した言葉。ショウブは水辺に分類される。

七夕

五二二　くらがりを牛引星《うしひく》のいそぎかな　（同）

【句意】「暗がりから牛」と言うけれど、その暗がりの中を牽牛《けんぎゅう》星が急いで行くことである。秋「牛引星（牽牛）」。

【語釈】○くらがり　夜間を意味すると同時に、区別が付かない意の諺「暗がりから牛」を踏まえる。○牛引星　牽牛星を訓にしたもの。○いそぎ　牛は歩みが遅いという常識を反転させたところに、作意が認められる。

五二三　秋風を追《おえ》ば我身《わが》に入《いり》にけり　　独居　（同）

【句意】秋風を追いかけたところ、それはわが身の中に入っていった。一人暮らしの気楽さとて、秋風を求めてさまよう内に、その風はわが身にしみて感じられ、わびしさに包まれたわけである。秋「秋風」。

五二四　けふ《きょう》の月小町が歌のうへ《え》を行《ゆく》　　今宵はきのふ《う》よりわきてくまなかりしほどに　（同）

【句意】今日の名月は、小町の詠んだ歌の上をいっている。後述の和歌を踏まえつつ、寝られない理由を転じて、一点の曇りもない満月だから、いつまでも賞翫していて寝られないとしたもの。秋「けふの月」。

【語釈】○わきて　とりわけ。格別に。○くまなかりし　影や曇りがない。○けふの月　八月十五夜の名月。○小町が歌　飯田『俳句解』によれば、小野小町の「秋の月いかなる物ぞ我がこころ何ともなきにいねがてにする」（『小町集』）をさすという。これは、月を見ると物思いにとらわれてならず、なかなか寝ることができない、の意。○うへを行　他に勝るようにふるまうこと。ここは、小町の和歌にも増して寝つけなくさせる、の意。

五二五　年もはやあはれ《わ》明日《あす》より九十日《くじゆうにち》　　九月尽《じん》　（同）

【句意】今年も早くも九月の末となり、ああ、明日から残りは九十日だ。秋「句意による」。

【語釈】○九月尽　九月の末日。○あはれ　心の底から自然に出る感動の言葉。ああ。やれやれ。

五二六　わかい時見ぬ暁《あかつき》のしぐれ哉《かな》

ねざめ

（『続いま宮草』天明3）

【句意】若い時には注意して見ることもなかった、暁の時雨であることだ。老いて早くに目が覚めるようになり、また、若い折は気にも留めなかった時雨の情趣が、しみじみと感じられるようになったのである。冬「しぐれ」。

【語釈】○ねざめ　寝ていて目が覚めること。○しぐれ　時の間に降って過ぎる初冬の小雨。

わがすみかは遠山一目《えんざんいちもく》にて面白し。雪の日はとりわきて也《なり》。誹友《はいゆう》のもとより音信《おとずれ》あるその返事にそへ《え》て

五二七　いつとてもやるぞ白紙《しらかみ》雪とよめ

（同）

【句意】いつであれ送ってやるぞ、白い紙を、それに雪の句を詠んでくれ。このすばらしい眺めを、風雅の友と共有したいという意を込めていよう。ことさら「白紙」としたのは、「雪」と「白」の縁語関係による。冬「雪」。

【語釈】○遠山一目　遠くの山まで一目で見渡せること。奈良方面の生駒や葛城などをさしていよう。○とりわきて　とりわけ。ことさらに。○誹友　俳諧の友だち。○音信　頼り。手紙による連絡。

冬の吟

五二八　誰《た》が文《ふみ》ぞゆかし茶の事雪の事　（同）

【句意】誰の手紙であろうか、ゆかしいことだ、茶事や雪のことなどばかりが書いてある。冬「雪」。

【語釈】○文　ここは手紙の意。○ゆかし　心を惹かれる。○茶の事　茶の湯に関する話題。

五二九　宿のない乞食《こじき》も走るむら時雨《しぐれ》　（同）

【句意】家を所持しない乞食もどこへか走っていく、村《むら》時雨の中を。冬「むら時雨」。

【語釈】○むら時雨　村時雨。ひとしきり降っては過ぎていく初冬の小雨。「時雨」としてもほぼ同意。

五三〇　卯の花や目をすすいだるここちよし　（同）

【句意】白く咲き誇るウノハナであることよ、これを見ると目を洗ったような気分で実に心地がよい。あるいは、実際に目を洗ってウノハナを見たら心地がよい、とも解せるか。夏「卯の花」。

秋興《しゅうきょう》
野行《やこう》吟

五三一　花すすき寺あれば社鉦《こそかね》が鳴る　（『続いま宮草』天明3）

【句意】花ススキが揺れている、そこいらに寺があるからこそ鉦が鳴り響くのであろう。秋「花すすき」。

【語釈】○秋興　秋の興趣。○野行　野を歩き行くこと。○花すすき　花穂の出たススキ。○鉦　たたいて音を出す金属製の打楽器で、念仏・法要の際などに用いる。あるいは、撞《つ》いて音を出す鐘ともとれる。

若菜

五三二　青し青しわか菜は青し雪の原　（同）

【句意】青い青い、若菜は青い、この雪の原にあって。「青し」を三度もくり返し、その色彩的な感動を率直に表現したところに、この作者の本領を知ることができる。春「わか菜」。

【語釈】○若菜　春先に萌え出た食用になる草。これを摘んで七草粥などにも用いる。○雪　ここは春の残雪。

山家鶯《やまがのうぐいす》

五三三　うぐひすや去年の榾《ほた》に聞寐入《ききねいり》　（同）

【句意】ウグイスが鳴くことよ、去年の薪《たきぎ》を燃やす横で、それを聞きながら寝入ってしまった。春「うぐひす」。
【語釈】○山家 山里。 ○榾 炉や竈《かまど》でたく薪。 ○聞寐入 話などを聞きながら寝入ること。

五三四 うちあけて障子わするる桜かな （同）

【句意】障子を打ち開いたら、そこに障子があったことも忘れるほど、サクラが咲き満ちていることだ。あまりにみごとなサクラに見とれて、開けた障子を閉めることも忘れてしまった、というわけである。春「桜」。

五三五 散《ちる》花をよい相手也《なり》蝶の舞《まい》 （同）

【句意】散る花をよい相手としている、チョウのひらひらと舞う姿は。落花とチョウの競演。春「散花・蝶」。

天満《てんま》天神門前の植木や町、門内のうゑ《え》木屋店、山本といふ《う》所より草木をとりよせて売《うり》ものとす。過《すぎ》し弥生五々の日、かの神にまうで《もう》けるついで、その山吹なよげなるを見つけて、いくらかくらと問《とい》まはり《わ》、直《ね》をやすうつけたれば、かさねて相手にならず。せめてほ句して胸をさすりし

五三六 花に似て山吹売《やまぶきうり》がものいは《わ》ぬ （同）

【句意】花の色に似て、ヤマブキ売りも口がないのか何もしゃべらない。気に入ったヤマブキがあったものの、安い

値を付けたため植木屋から相手にされず、せめてものことにこの句を詠み、思いを晴らしたというもの。春「山吹」。
【語釈】○天満天神　菅原道真の神霊、また、それを祀る神社。ここは現在の大阪市北区にある大阪天満宮。○植木や町　植木屋がある町で、「町名ではない」（飯田『俳句解』）。○山本　「摂津山本（宝塚市）か」（飯田『俳句解』）。○五々の日　二十五日。天満宮の縁日がある。○なよげなる　ほっそりしなやかなさま。○いくらかくら　「いくら」に同じ。○直　値。値段。○花に似て　山吹の花は梔《くちなし》色とされ、素性法師の和歌「山吹の花色衣ぬしやたれ問へ《え》どこたへ《え》ずくちなしにして」（『古今集』）を踏まえ、山吹と同様、その売り手も「口なし」であるらしいと戯れた。

五三七　さし出《いず》る朝日の友やわか楓《かえで》

（『続いま宮草』天明3）

【句意】上がってきた朝日の友であることだなあ、若葉のカエデが光り輝いている。夏「わか楓」。
【語釈】○わか楓　若葉の萌え出ているカエデ。

茄子《なすび》

慈愛のふたつも、おのれおのれがいとなみをはげむよりして、子はわきへなして、夜を夜ともおもはず《わ》とかや。そのあはれ《わ》をきくに

五三八　子はのけて抱《だい》たなすびかはやづくり

（同）

【句意】子どものことはよそにして、抱くようにして育てたナスビなのであろうか、促成栽培によって。夜もナスを

育てることに追われ、子を抱いて寝てやることもできない、それが哀れ深いというのである。夏「なすび」。
【語釈】○慈愛のふたつ　慈と愛。親が子に示すような深いいつくしみの情。○いとなみ　仕事。○わきへなして　そっちのけにして。○のけて　除外して。自分の近くから離して。○はやづくり　早く作ること。

雲鈴坊《うんれいぼう》が席にて

五三九　ひや汁《じる》にうつるや背戸《せど》の竹林　（同）

【句意】冷や汁に映っていることだ、裏口のタケの林が。その場の景をとらえての挨拶句。夏「ひや汁」。
【語釈】○雲鈴坊　支考門の俳人。陸奥国南部藩士から僧になり、佐渡・越後に長く住んだ。元禄十二年（一六九九）、難波に仮寓した折、同席して詠んだと見られる。○ひや汁　野菜などを入れた冷たい汁。○背戸　裏口。裏門。

閑居

五四〇　音するは立居《たちい》の友やさら紙子《かみこ》　（同）

【句意】何か音がするのは、友の立ち居《い》ふるまいの音であったか、新しい紙子を着ての。冬「紙子」。
【語釈】○閑居　心静かな暮らし。○立居　立ったりすわったりの動作。○さら　新しいこと。○紙子　紙で作った衣類で、防寒具や寝具ともなる。浪人の代名詞であると同時に、風雅人も愛好した。

歌仙

二月集《きさらぎ》こころもとなきものの部に

傾城町《けいせいまち》へはのぞかず、呉服屋はよい気なもの、隠居は無事なり。よしあし年はつひ及《い》ぶ所に

五四一　先《ま》づ奥を見るや師走の封《ふう》じ文《ぶみ》　（『続いま宮草』天明3）

【句意】まずは本題のありそうな奥から見ることである、師走に届いた封じ文の。遊里には行かず、呉服屋への支払いもなく、気楽な隠居の暮らしをしているところに、年も押し詰まって手紙が届いたのである。冬「師走」。

【語釈】○歌仙　三十六句からなる連句の一形式。○二月集　季範《きはん》編『きさらぎ』（元禄5）をさす。その連句集にこの句を立句とする来山・文十・季範の三人で巻いた歌仙が収められ、出典の『続いま宮草』は発句・脇・第三までの三句を掲載。○こころもとなきもの　気がかりなもの。『きさらぎ』所収の連句には『枕草子』に倣う「…もの」の前書きがあり、この句の前には「こころもとなきもの」の前書きがある。○傾城町　遊廓。○よしあし　よくも悪くも。○封じ文　封をした手紙。巻きたたんで結ぶ結び文に対して、改まった手紙であることを示す。

五四二　藤咲《さい》て菓子干《ほす》棚か花かづ《ず》ら　（同）

【句意】フジが咲いて、その下には菓子を干す棚があり、フジはまるで菓子に付けた花鬘《はなかずら》のようにも見える。見立ての一句。春「藤」。

【語釈】○菓子干　干菓子《ひがし》を作ることか。○花かづら　季節の花を使って作った髪飾り。

五四三　里川や鵜《う》とつれだちて坊主の子　（同）

【句意】里の川であることよ、ウと連れだつように坊主の子どもが遊んでいる。「坊主は殺生禁断だのに、坊主の子が鵜飼の鵜と遊んでいるというおかしみ」（飯田『俳句解』）であろう。夏「鵜」。

【語釈】○里川　村里を流れる川。○鵜　ウ科の鳥の総称。鵜飼いによって知られる。○坊主　僧侶。

五四四　鵲《かささぎ》の橋や銀河のよこ曇《ぐも》り　（同）

【句意】あれが七夕の二星を渡すカササギの橋なのだな、銀河のあたりに横雲のかかっているのが。銀河にかかる横雲をカササギの橋と見なしたもので、雲は逢瀬にはかえって好都合。秋「鵲の橋・銀河」。

【語釈】○鵲の橋　七夕の夜に牽牛《けんぎゆう》・織女《しよくじよ》の二星が会う際、カササギが翼を並べて天の川に渡すという想像上の橋。「鵲」はカラス科の鳥。○銀河　天の川。○よこ曇り　横雲がたなびいていること。

五四五　又けふ《きよう》も人よごしなりはるの雨　（同）

【句意】また今日も人を汚すことである、春の雨が道を泥にして。春「はるの雨」。

五四六　草の戸や藪ともいはずむめ《わ》の花　（『続いま宮草』天明3）

【句意】草庵があることだ、そこが藪の中だとも言わせぬ風情でウメの花が咲いている。春「むめの花」。

【語釈】○草の戸　草で葺《ふ》いた庵の戸。転じて、粗末な住居。○むめ　「うめ（梅）」に同じ。

夏の吟

五四七　蚊帳《かちよう》の香《かきよう》けふめづ《ず》らしと宵寐《よいね》かな　（同）

【句意】蚊屋の香りが今日は珍しく感じられ、宵の内から寝ることだ。久々に釣ったのであろう。夏「蚊帳」。

【語釈】○蚊帳　蚊屋。カを防ぐため、四隅を釣って寝床をおおう布製の具。○宵寝　夜の更けない内に寝ること。

五四八　世のさまや身に身をかくす猫の蚤《のみ》　（同）

【句意】これぞ世のありさまであるなあ、別の身にわが身を隠すのだ、ネコに付いたノミは。そして、ネコはネコで飼い主のもとに庇護され、その飼い主もまた何かに……、というのであろう。夏「蚤」。

秋興

五四九　霧分《わけ》て我《わが》馬探る朝《あした》かな　（同）

【句意】霧を分けるようにして自分の馬を探す朝であることだ。秋「霧」。
【語釈】○秋興　秋の感興。秋に野遊びなどをして感じる興趣。

名月
五五〇　待宵《まつよい》の車軸《しやじく》は、こころなき身も老《おい》しほ《お》たれて
けふ《きよう》こそは月夜も闇におぼえけり　（同）
【句意】今日こそは名月の夜であっても雨月の闇かと思っていた。それがこんなに晴れてという喜び。秋「月夜」。
【語釈】○待宵　名月の前夜である八月十四日の夜。○車軸　雨滴の太さが車の心棒ほどもあるような大雨。○こころなき身　風雅な心のない身。○しほたれて　袖を涙にぬらして。また、元気のない様子で。

九月九日
五五一　ぬれてこそ袖の祝ひ《い》と菊の露　（同）
【句意】袖が濡れてこそ祝いになると聞くので、キクの露を袖に受ける。秋「菊・露」。
【語釈】○九月九日　重陽の節句。○袖の祝ひ　「重陽に、菊の露を袖に受けて長寿を祝うことも、一つの習わしとして行なわれていた」（飯田『俳句解』）という。○菊の露　中国の故事を受けて、キクに置いた露を飲むと長寿を得

るとされ、重陽にはキクを浮かべた酒杯をいただく。「菊」に「聞く」を掛けていよう。

かしこき人のうちつれそひ《い》て、世をそりかへ《え》りしこと、おもひ出《いいで》られて

五五二　寒菊《かんぎく》の気随《きずい》にさくや藪の中　（『続いま宮草』天明3）

【句意】寒ギクが自由気ままに咲いていることだ、藪の中で。俗世間にかかわらずに生きた古代中国の賢人を思いながら、その生き方を藪の中の寒ギクによって表象したもの。冬「寒菊」。

【語釈】○かしこき人　「ここは竹林の七賢」（飯田『俳句解』）。世俗を嫌い竹林での清談に明け暮れた、中国晋代の七隠士。○世をそりかへりし　世間に背を向けた。○寒菊　冬に咲くアブラギクの園芸品種。○気随　気まま。「気随気儘《きまま》」は成句としてあり、この「気随」もキママと読ませるのかもしれない。

草庵に飛ぶ物とて
蚤・蚊・蝿の三友

五五三　寝てくらす麓《ふもと》の嵯峨《さが》ぞ雲の峰　（同）

【句意】寝て暮らす山の麓の嵯峨であるよ、見れば雲の峰が湧き上がっている。入道雲の下、訪ねるものといえばノミ・カ・ハエばかりという草庵で、のんびり寝て暮らすとはうらやましい、との挨拶句か。夏「雲の峰」。

【語釈】○草庵　来山が嵯峨に住んだことは知られず、これは誰かの草庵を訪ねたものか。○嵯峨　現在の京都市右

京区の地名で、古くから貴人らの別荘地として知られる。○雲の峰　そそり立つ入道雲。「麓」と「峰」は縁語。

湖白《こはく》が父の身《み》まかりける時

五五四　野分《のわき》とは人をそこなふ《う》風の名歟《か》　(同)

【句意】野分というのは、人の身をも損なう風の名前であろうか。野分は野の草木などを吹き倒すという常識を踏まえ、あなたの父上もそのために亡くなったかとして、追悼の意を示した。秋「野分」。

【語釈】○湖白　未詳。この号の俳人はいる。○身まかりける　亡くなった。○野分　台風などによる秋の暴風。

冬の吟

五五五　冬見れば松にひきそふ茶臼山《うちやうすやま》　(同)

【句意】冬に見れば、マツによっていっそう引き立って見える茶臼山である。冬「冬」。

【語釈】○ひきそふ　そばに引き付ける。ここは、それで引き立つの意。○茶臼山　現在の大阪市天王寺区にある丘。

寺島の記

時雨頃こがらしの外《ほか》に音信《おとずれ》あり。二つ茶やの何がし山晴子《さんせいし》なり。きのふ《う》着岸のよし、草門に入《いる》。まことに風雅の因《ちな》みわすれずもやと嬉しく、そのことかのことものがたる中に、ちひ《い》さき盃の数ぞかさなりぬ。晴子持病あり。いまに折《おり》ふしはなやむなど聞《きく》に、爰《ここ》に医あり、其《その》妙術は京の鬼つら伝授せしを、我《われ》よく知れり。世人もよくしれり。幸哉《さいわいかな》、爰に旅泊せり。尋《たずね》ても見ましやといふ《う》にぞ、かねて聞《きき》およぶの所なり。是《これ》より伴ひ《い》くれかしといさみたつにぞ、菊治《きくじ》・柏喜《はくき》のふたりもいざなひ《い》つれて、行先《ゆくさ》きは寺島といふ《う》所なむ《ん》めり。浪華津《なにわづ》の色里よりは真西にあたり、大門まで糸を引《ひき》たるごとし。四・五丁には過《すぎ》まじ。ものにのぼりなどせば、万《よろず》のいろあひ《い》も見ゆべきなり。河岸にのぞめば、むかふ《こう》へ船いだしまちうけたり。何とやら旅めきて面白し。角田川《すみだがわ》の都鳥《みやこどり》にものとひ《い》かけしむかしを《お》とこの情、ことさらにおもひ出《いいで》られて

五五六　けいせいのよる瀬しつたか川千鳥　（『続いま宮草』天明3）

【句意】遊女が寄り集う場所を知っているのか、川チドリよ。自らを『伊勢物語』の主人公になぞらえ、ミヤコドリならぬチドリに呼びかけたもの。すぐ近くに遊廓の新町があることから、遊女の消息を尋ねたいとした。なお、五五七の句に続く「十万堂にてさめぬ」までの文章（ここでは省略）が、「寺島の記」の全体である。冬「千鳥」。

【語釈】○寺島　摂津国西成郡《せっつのくににしなり》（現在の大阪市西区）の地名で、木津川と尻無川の間にあった。○二つ茶や　二《ふたつ》茶屋。現在の兵庫県神戸市にあった地名。○山晴子　未詳。○草門　来山の草庵の門。○なやむ　病が出て苦しむ。○鬼つら　伊丹出身の俳諧師、上島鬼貫。揉み療治の医術を心得ていた。元禄十六年（一七〇三）から享保三年（一七一八）まで京に住んだ。四七五・四九九の句を参照。○菊治・柏喜　京の出版書肆、菊屋治兵衛と柏屋喜右衛門であろう。○浪華津の色里　新町の遊廓。○糸を引たるごとし　まっすぐにつながっている。○いろあひ　具合・様子。○角田川の都鳥　『伊勢物語』九段で、東に下った男が隅田川のほとりで詠んだ、「名にしおは《わ》ばいざこと問はむ《わん》都鳥わが思ふ《う》人はありやなしやと」による表現。「角田川」は「隅田川」に同じ。「都鳥」はユリカモメの雅名。

○むかしをとこ『伊勢物語』の主人公。在原業平をモデルとする。○けいせい　傾城。遊女。○よる瀬　寄り集まる所。「川」との縁で「瀬」とした。

似つかは《わ》しくもやと晴《せい》にささやけば、しらいでもくるしからぬよる瀬なるべしとて笑《う》ふ。ここらは船作る所にて物音もかしましけれど、なれなれては水鳥などもゆたかにおのがまにまに群《むれ》たり。南は住吉にちかく、淡路島のおろしはふところに直《じか》に入る。北は此《この》津のさかえ見およぶに果《はて》なし。ななめならざる風景、おのおの行《ゆく》船を惜《おし》む

五五七　ものくりよ歟《か》寒いに漕《こぐ》な渉人《わたしびと》　（同）

【句意】何か物でもとらせようか、寒いのにそんなに漕ぐことはないぞ、渡し守よ。冬「寒い」。

【語釈】○似つかはしくもや　この場の風情にふさわしい句ではなかろうか、の意か。○晴　連れである山晴子。五五六の前書きを参照。○くるしからぬ　困らない。○よる瀬　五五六の句に詠まれた「よる瀬」で、ここは遊里をさす。○ここら　寺島。この地には船大工の職人が多くいた。○おのがまにまに　自分が思う通りに。○住吉　現在の大阪市住吉区。○淡路島　大阪湾と播磨灘の間にある瀬戸内海最大の島。○此津　難波津。大阪湾の古名。○ななめならざる　並々ではなく興趣に富んだ。○くりよ歟　くれてやろうか。クリョカと発音する。○渉人　船を漕いで人や荷などを渡す船頭。

【備考】五五六と五五七は来山の文章「寺島の記」の中の句で、五五七の後にも文章が続く。全体の大意は、「二つ茶屋の山晴子が訪ねて来て盃を重ねた折、持病に苦しんでいるという話になり、鬼貫から妙術を伝授された医者が寺島

という所にいるので、菊治・柏喜の二人を伴い出かけることになった。新町にも近いので、戯れに「けいせいよ」の句を詠む。このあたりは造船が盛んである。風景もおもしろいので、「ものくりよ敷」と詠んだ。向こう岸に上がり、医師を訪ねると、白頭の老翁であった。暮れ方に帰る折、石丈という者の家に入って暖を取る。よい具合に酔った後、三人は西へ帰り、自分一人は乗物で帰る。わが庵の十万堂に着くころ、夜半の夢も覚めた」というもの。

玉川の辞

六観音・六歌仙・六腑・六根などと、リク・ロクの両音をこそ凡《およ》もちひ《い》くるに、今ここにあぐる玉川のみ言葉和《やわ》らかに呼《よび》つづくるは、いかさま名川の徳ならむ《ん》かし。これをしってにや、長谷川氏の百丸子《ひゃくまるし》、もと風雅にあさからぬから、玉軸に巻々をつづけ、己《おの》が重宝としよろこぶのあまり、上《かみ》ざまの人にまで苦労をかける。さらばそのひびきにまかせて舌頭にかけさする事あり

ぬりぶくりぬりぶくり、三《み》ぬりぶくり、あはせ《わ》て六《む》ぬりぶくり、さあいへ《え》さあいへ《え》

（『続いま宮草』天明3）

五五八　花といはば《わ》かたみうらみや川の浪

元禄十三年菊月下旬

十万堂において沈酔《ちんすい》のあまりに書す

【句意】花が美しいというだけでは、片《かた》恨みになるというものだ、公平に川波のすばらしさも賞賛しよう。これは「摂津の玉川の里を詠んだもの」（飯田『俳句解』）で、ここは「卯の花を詠むのがならわしとなっている」（同）ため、「この「花」も卯の花としてよかろう」（同）と考えられる。夏「句意による」。

【語釈】○百丸子　摂津国伊丹《せっつのくにいたみ》（現在の兵庫県伊丹市）の俳人、森本宗賢《もりもとむねかた》。長谷川氏をも称したかは不明。○ぬりぶくり　「塗木履」（飯田『俳句解』）であろう。原本のように「ふぐり」と読むと陰嚢の意だが、「ぬりふぐり」では意が通じない。○かたみうらみ　不公平な処置から起こる恨み。○菊月　九月。○十万堂　来山の住居の名称。○沈酔　深酒の酔い。

【備考】百丸は、大坂俳壇の古老である保友が六玉川《むたまがわ》を描いた絵を持ち、これに諸家から和歌・発句を染筆してもらうように依頼した。さらに諸家に句文を所望して別の一巻とし、来山の「玉川の辞」もこれに含まれる。その大意は、「六の字をもつ六観音・六歌仙・六腑・六根などはリク・ロクと発音する中、六玉川だけはムと柔らかく発音する。百丸子は俳諧にちなみが深く、すばらしい巻々を重宝にして、人々に作を乞うている。「六玉川」の「六《む》」にちなみ、次の早口言葉が言えるかどうか、さあ言ってみるがよい」というもの。なお、この原典の『六玉川』は現存する。

歌仙
夢想　御《おん》　独吟

五五九　商人《あきんど》の浜より浜に荷を持《もち》て　（同）

【句意】商人が浜から浜へと荷を持ち運んで。雑《ぞう》（無季）。

【語釈】○歌仙　三十六句からなる連句の一形式。○夢想　夢の中で神仏が現れて示した発句をもとに興行した連歌や俳諧の作品。○御　夢想の連歌・俳諧の作品では、発句の作者名は「御」と記す。○独吟　連歌や俳諧の一巻を一人だけで興行すること。出典の『続いま宮草』にはこれを立句《たてく》（第一句）とする十七句が掲載され、「右末欠《かけ》たり」とあるので、十八句の半歌仙であったかと推察される。あるいは、歌仙の残り十九句が欠けていたか。

ふしたる竜の風を起《おこ》し、雨を洒《そそ》ぎて、春の山、花の朝《あした》をわかち、ゆふ《う》べを尋《たずね》て淵底《えんてい》の玉を見るものは、信府の誹士《はいし》猿山《えんざん》といふ《う》。涙の字を以て勾《たま》を買ふ一道の鮫人《こうじん》、言の葉の自由、欲するに随ふ《う》ことを称嘆して

五六〇　此《この》道の舅《おじ》は捨《すつ》るな夏の月

（『水薦苅』寛政6）

【句意】俳諧の道の舅であるあなたは捨てずに取り上げてほしい、夏の月の魅力も。猿山を臥竜にたとえ、その俳諧の自在であることを賞賛して、さらに邁進せよと励ました挨拶句。夏「夏の月」。

【語釈】〇ふしたる竜　臥して昇天の機を窺っている竜。世に知られない才子のたとえ。〇淵底の玉を見る　物事を究極まで極める意の、「淵底に玉を探る」に同じ。〇信府　信濃国《しなののくに》。〇猿山　信州の俳人。詳細は未詳。〇勾　ここは「玉」に同じ。〇鮫人　中国で水中に住み魚に似るという想像上の人。その涙は玉になるとされる。〇此道　俳諧をさす。〇舅　普通はシュウトと読み、配偶者の父をさす。ここは「久しいもの」（飯田『俳句解』）の意であると見られ、語呂からしてオジ（「伯父」「叔父」）と読ませるか。

五六一　賦何《ふすなに》

盃《さかずき》のうらやまことの花の奥

（『羽觴集』元禄10か）

【句意】盃の裏よ、ここに本当の花の奥深さがある。「桜の花を眺めながら盃を傾けていると、花がだんだん美しく見えてくる」（飯田『俳句解』）というのであろう。出典である休計《きゆうけい》編『羽觴集《さかづきしゆう》』の巻頭を飾る十二吟世吉《よよし》（四十四句からなる連句）の立句《たてく》（第一句）で、「羽觴」は「盃」に同じ。春「花」。
【語釈】○賦何　連歌や俳諧の発句ではある特定の詞を詠むことがあり、これを「賦物《ふしもの》」という。たとえば、「賦何山《ふすなにやま》」と題し、句中に「花」を詠んでいれば、「花山」という語ができるという次第。ここで何が賦物であるかは不明。

五六二　初雪や塩売《しおうり》こけてなめて見る　（『俳諧力比』貞享年間か）

【句意】初雪であることよ、塩を売る商人がころんで塩をこぼし、雪と見分けがつかずになめている。冬「初雪」。

歳旦

五六三　神と春てんと中《なか》よくちはやぶる　（『鳥かぶと』宝永2）

【句意】年神《としがみ》と春とがすっかり仲良くして、実に威勢のよい新春である。春「春」。
【語釈】○神　ここはその年の福徳をつかさどる神の歳徳神《としとくじん》。年神様。○てんと　すっかり。まったく。○中「仲」と通用。○ちはやぶる「神」などに掛かる枕詞。勢いが激しいの意をもつ。

いつか寝覚《ねざめ》の数にいるべきと、身ひとつを観じ、或《あるい》は十人酬和九人無《じゅうにんしゅうわくにんなし》とつくりけるも、二十年の夢をさへ《え》したふ《う》ぞかし。ましてや三《み》とせ跡の秋風におもかげ斗《ばかり》残せしは、斯波《しば》氏の渭川《いせん》也。道に志《こころざし》浅からぬ常をたのしみ、満座の一酌に及ぶ。下略

五六四　添竹《そえだけ》もないに健気《けなげ》に此《この》きくの　（『菊のちり』宝永５ころ）

【句意】添えダケもないのに、健気にもこのキクのしっかりと立っていることだ。夫である渭川を失った後も、女流の俳諧師として立派に活動を続ける園女《そのじょ》を賞賛した挨拶句。秋「きく」。

【語釈】○寝覚の数　寝覚めて思い浮かべる故人の数の意か。○十人酬和九人無　十人で酬和したのに自分以外の九人はもういないの意。白楽天の漢詩にある句で、その漢詩には「二十年」の語も見られる。○三とせ跡　三年前。○渭川　出典の『菊のちり』の編者である園女の夫。斯波氏で、医師・俳人。宝永二年（一七〇五）秋の没か。夫婦ともに蕉門に所属。『菊のちり』という筆名は、芭蕉句「白菊の目にたてて見る塵もなし」に由来し、園女はキクにたとえられる。園女はソノメとも。○道　ここは俳諧をさす。○添竹　草木を支えるために添えて立てたタケ。

五六五　白菊や糟尾《かすお》翁《おきな》の水鏡《みずかがみ》　（同）

【句意】シラギクが咲いていることよ、それは白髪頭の老人のようにも見え、水の面に映っている。秋「白菊」。

【語釈】○糟尾　白髪のまじった頭。○水鏡　水面に姿などが映って見えること。

花山に駒をはなち、桃の林に牛をつなぐ。それはそれ、和国には歌をよみ、謡《うたい》をうたひ、こまをまはし《わ》
遊事《あそぶ》、世のゆたか成《なる》しるしなるべし

五六六　銭《ぜに》ごまや春は小蝶とまひ《い》くらべ　（『誹諧銭ごま』宝永3）

【句意】銭ごまよ、春は小さなチョウと舞い比べをするかのように、よく回っている。春「春・小蝶」。

【語釈】○花山に駒をはなち、桃の林に牛をつなぐ　『書経』の文言を踏まえるもので、学問による教化で世が平和に治まることを表す。○和国　日本。○歌　和歌。○謡　謡曲。○銭ごま　貨幣である銭の穴に心棒を通して作ったこま。

五六七　更科《さらしな》の月四角にもあるまいぞ　（『うしろひも』元文2ころ）

【句意】更科の月も四角いということはないであろうよ。更科は棚田によって知られ、その一枚ごとに映る月を「田《た》毎《ごと》の月」として賞美する。そのことを踏まえ、そうは言っても田の形が四角ではなかろうと戯れた。秋「月」。

【語釈】○更科　信濃国《しなののくに》（現在の長野県）のかっての郡名。歌枕で、月の名所。

五六八　蚤もうれしおもはず寝巻《ねまき》返してぞ　（短冊）

【句意】こうなるとノミもうれしい、思わず寝巻を裏に返して寝た。ノミがいるので裏返しにしたけれど、これで恋

しい人の夢を見られるなら、ノミもまたよいではないかという発想。夏「蚤」。

【語釈】○寝巻返して　小野小町に「いとせめて恋しき時はむば玉の夜の衣を返してぞ着る」（『古今集』）の和歌があるように、夜の衣を裏にして寝ると恋しい人を夢に見るという俗信があった。

竹田西行寺《さいぎょうじ》の花に

補1　年々《としどし》に名に枝の出る桜哉《かな》　（『風光集』元禄17）

【句意】毎年、名声とともに枝の出るサクラであることだ。謡曲に「西行桜」があるほど、西行とサクラとの縁は深い。その西行の名をもつ寺だけに、ここで咲くサクラもまた名高いとしたもの。春「桜」。

【語釈】○西行寺　現在の京都市伏見区竹田にあった寺で、西行が住んでいたとも言われる。

補2　聞《きく》にあやし無常のつかひ鰒売《いふくとうり》　（短冊）

【句意】売り声を聞くだに怪しい、あれは無常の使いとでもいうものではないか、フグを売る商人は。冬「鰒売」。

【語釈】○無常のつかひ　人の命を取って冥土に送る使い。フグの毒は人の命も奪うところから発想した表現。○鰒　河豚《ふぐ》。江戸時代はフクと清音で発音することが一般的。

追1　なかりせばいかで詠《ながめ》の花に樽　（『山海集』延宝9）

【句意】それがなかったならばどんな眺めになるかと思われるほど、花に付き物なのが酒樽だ。春「花」。

追2　今日桃の花になりたし鍋《なべ》の口　（『御田扇』天和2）

【句意】今日はモモの花になりたいものだ、燗鍋《かんなべ》の口から酒を飲んで。モモの節句なのだから、思い切り酒を飲み、モモの花のような赤い顔になってもよいではないか、という発想。春「桃の花」。

【語釈】○今日　ここは三月三日の桃の節句。○鍋　ここは酒を温める燗鍋。

追3　ひや汁《じる》や雨の名残《なごり》の五木川《いつきがわ》　（同）

【句意】冷《ひ》や汁をいただくことだ、雨の名残で増水した五木川のほとりで。夏「ひや汁」。

【語釈】○ひや汁　野菜などを入れて冷たくした汁。○五木川　未詳。伊勢の宮川を斎川《いつきがわ》として言ったものか。

元禄二

追4　霞しは今立《たつ》としの雫《しずく》かな　（真蹟・元禄2）

【句意】霞が今しも立っており、今まさに新年を迎えて氷も雫となったことだ。春「霞し」。

【語釈】○立とし　年が改まることで、「立つ春」とほぼ同意。「立」に霞が立つ意も掛ける。○雫　ここは氷のとけてできる水滴。紀貫之の「袖ひぢ《じ》て結びし水の凍れるを春立つ今日の風やとくらむ」（『古今集』）を踏まえていよう。

追5　吹《ふき》あてて柳に似たるあらしかな　（『よるひる』元禄3）

【句意】吹き当てる相手であるヤナギに似た、やさしげな春の嵐であることだ。春「柳」。

揚弓帰帆
水国浸シテレ雲ヲ映スニ夕暉一、漁家髣髴トシテ片帆帰、忽チ驚シテニ鷗鷺ヲ一翩々トシテ急ナリ、凝セバニ眼ヲ滄州ヲ一欲スニ意ロ微ナラント一

追6　帆を巻《まけ》ば羽《は》づくろひ《い》する千鳥哉《かな》　（『掃除坊主』元禄10）

【句意】帰ってきた船が帆を巻いていると、一方で羽づくろいをするチドリであることだ。冬「千鳥」。

【語釈】○揚弓帰帆　豊後国《ぶんごのくに》（現在の大分県）の「高田八景」の一つ。その後の漢詩は僧睡雲のもの（飯田『俳句解』の指摘）で、船が帰港するころの海辺の情景を描く。○羽づくろひ　鳥がくちばしなどで乱れた羽を調えること。○千鳥　チドリ目チドリ科の鳥の総称。

追7　恋すてふ身《ちょう》は歯朶《しだ》の下松の下　（『たかね』元禄14）

【句意】恋をするわが身は正月飾りのシダの下、門松のあたりであなたを待っている。想像の作であろう。春「歯朶」。
【語釈】○恋すてふ　恋をしているの意を表す歌語。壬生忠見「恋すてふわが名はまだき立《た》ちにけり人しれずこそ思ひそめしか」（『拾遺集』）などが念頭にあろう。○歯朶　正月の飾りに使うシダ。○松「待つ」の意を掛ける。

追8　衣更《ころもがえ》ことしも灸《きゅう》をつい居《す》えず　（同）

【句意】衣替えの季節、思えば今年も二月二日の灸をついすえずじまいであった。夏「衣更」。
【語釈】○衣更　四月一日に冬の綿入れから袷《あわせ》に着替えること。○灸　ここは二月二日の二日灸。この日に灸をすえると、一年を健康に過ごせると考えられていた。八月二日に行うものは、秋の二日灸という。

壬《うるう》五月
追9　此《この》月の雨ちからなしほととぎす　（同）

【句意】閏《うるう》ともなると五月の雨も降り続ける力がない、ホトトギスもまた勢いがない。夏「ほととぎす」。
【語釈】○壬五月「壬」は「閏」に通用。出典である羨鳥編『たかね』の刊行以前で閏五月があったのは元禄八年（一六九五）。○ちからなし　元気がない。「雨」にも「ほととぎす」にも掛かる措辞と考えられる。

追10　そろそろと菊になじむか夏の月　（同）

【句意】徐々にキクにもなじんできたであろうか、夏の月も。伊予のあなたも大坂の私たちに親しんできたことであろう、との意を裏に込めている。夏「夏の月」。

【語釈】○そろそろ　物事がゆっくり進行するさまを表す副詞。

【備考】出典の『たかね』は伊予国《いよのくに》（現在の愛媛県）の羨鳥《せんちょう》が編んだ撰集で、この句は羨鳥が来坂中に巻いた五人による歌仙の立句《たてく》（第一句）。

村雀

世に勝る勝句《かちく》の数、浜の砂《まさご》のつきず、竹にあそぶすずめのごとく、口々によむをさへ《え》づりの心になぞらへ《え》、村雀といふ《う》めり

追11　むらすずめ歌のはやしに日をくらし　（『当流誹諧村雀』元禄16）

【句意】群れたスズメが歌の林で日を暮らしている。スズメならばタケの林であるのを、句作に結んで「歌の林」としたところに作意がある。スズメは雑俳の作者たちをたとえたものであろう。雑《ぞう》（無季）。

【語釈】○村雀　群れている雀。○勝句　俳諧や雑俳で高点を得た入選句。○浜の砂　数が多いことをいう常套句。

【備考】出典の『当流誹諧村雀』は来山・園女らが選んだ勝句を集める雑俳撰集で、この前書きと句はそれに与えた序。

歳暮

追12　おしつめて長いぬし屋が持《も》てきたは《わ》　　　（『鳥かぶと』宝永2）

【句意】年も押し詰まって、長く待たせる塗師屋《ぬしや》がようやく頼んだ品物を持ってきたよ。冬「おしつめて（歳末）」。

【語釈】○おしつめて　年の終わりに近づいて。歳末を迎えて。前書きとも結び、これで冬の季を表している。○ぬし屋　塗師屋。漆器の製造・販売をする人。また、その家。○は　詠嘆の終助詞で、ワと発音する。

角《つの》あるものに牙有《きばある》はなし。四つ足のものに羽生《はねおう》るはなし。今此道《この》は昼夜旦暮の数積《つもり》、時は万物一《ひと》つとして欠《かく》る物なく、言葉の国に花咲《さき》たる滑稽の作者とならむ《ん》。もつてのぼり梯子《ばしご》と名づく

追13　花見んと登り梯子をひとつひとつ　　　（『俳諧登梯子』宝永2）

【句意】花を見ようと梯子《はしご》を一段ずつ上っていく。すべては定めに従って動いていく世の中で、今は雑俳が大隆盛であることを述べ、さらに盛んになることを祝して詠んだ一句。春「花」。

【語釈】○角あるものに牙有はなし　「角あるものは牙なく、牙あるものは角なし」のことわざに同じく、すべてが揃うというわけにはいかないことをいう。○此道　ここは雑俳をさす。○登り梯子　高い場所へ上るための階段。

【備考】出典の『俳諧登梯子』は来山・園女らが選んだ勝句を集める雑俳撰集で、この前書きと句はそれに与えた序。

追14　蓬萊《ほうらい》や心まかせにとつて喰へ《え》　　　（『蓬萊山』宝永6）

【句意】蓬萊飾りであるよ、好きなように取って食べなさい。自由に句を読んで楽しめの意を込める。春「蓬萊」。

【語釈】○蓬萊　正月の蓬萊飾り。三方《さんぼう》という台の上に白紙やシダ・コンブなどを敷き、その上に熨斗《のし》アワビ・勝《かち》グリ・トコロ・ホンダワラ・ダイダイ・ミカンなどを飾ったもの。○心まかせ　心の思うままにすること。

【備考】出典の『蓬萊山』は来山ら点の前句付などを収める雑俳撰集で、この句は序の役割を果たす。

追15　内々《ないない》にいひ合《あわ》せてか木葉《このは》散《ちる》　（『誹諧たつか弓』享保13）

【句意】内々に言い合わせでもしたかのように木の葉が一斉に散っている。冬。「木葉散」。

【語釈】○内々に　ひそかに。内輪で。ウチウチニとも読める。

【備考】出典の『誹諧たつか弓』は来山の十三回忌追善集。この句は三以《さんい》による追善句の前書きに見え、「元禄のとし、鳩の水に吟ぜしも」の文言がある。『鳩の水』は伝存未詳の俳諧撰集で、元禄十一年（一六九八）の刊。

追16　秋の日や互《たがい》に母の物がたり　（『湛翁吟稿』）

【句意】秋の日であることだ、お互いに母のことを物語って時を過ごす。秋「秋の日」。

【備考】出典の『湛翁吟稿《たんおうぎんこう》』は伝本未詳の来山句文集で、ここは浜松歌国著《はままつうたくに》の随筆『摂陽奇観《せつようきかん》』（『浪華叢書』3）所収のものによる。三二を参照。この句には長い前書きがあり、大津の乙州《おとくに》が来坂したのを雲鈴《うんれい》とともに訪ね、歓談したことが記される。「芭蕉翁の行住坐臥の嗜み」を聞いて感心したとある点が興味深く、乙州の養母である智月《ちげつ》や自分の母のことにも触れ、三千風《みちかぜ》にも言及する。乙州が大坂を訪ねたのは元禄十二年（一六九九）であり、この年の吟と考えられる。

　　されば月は十五夜を最上とす

追17　雪まつや花は冬至の目あてあり　（真蹟）

【句意】雪を待つことよ、ウメならば冬至梅《とうじばい》という目当てがあるけれど。月は十五夜に向けて徐々に満ちていくし、ウメには早咲きのものがあって目当てになるのに、雪はそうした予兆がとらえにくいということ。冬「雪まつ」。

【語釈】○花　ここはウメの花。「冬至梅」は冬至ころに咲く早咲きのウメ。前書きと句で「雪月花」を詠み込む。

追18　むさし野もさぞ盃《さかずき》の朝霞　（同）

【句意】武蔵野にもさぞかし盃に描かれたような朝霞がたなびいているであろう。遠い武蔵の地を思いやったもので、「盃に描かれた絵を見ての感と取れる」（飯田『俳句解』）けれど、貞門時代の休甫《きゅうほ》に「むさし野もさぞ一盃の朝霞」（『犬子集』）の作があり、あるいはこれを念頭に置いているのかもしれない。春「霞」。

【語釈】○むさし野　広くは関東または武蔵国《むさしのくに》の平野をさし、一般には入間川・荒川・多摩川に囲まれた、現在の東京都と埼玉県にまたがる洪積台地をいう。○さぞ　さだめし。本当に。

追19　ふき散《ちら》す鱗《うろこ》や花の桜だい　（真蹟）

【句意】吹き散らせている鱗であることだ、これは花とも見るべきサクラダイである。春「桜だい」。

【語釈】○桜だい　桜鯛。桜の花が咲くころ、産卵のために内湾の浅瀬に群がって漁獲されるタイ。

追20　さもあらば親の名かたれ花の兄　（同）

【句意】そのような名称でもあるならば、親の名を語ってもらおう、花の兄と呼ばれるウメよ。「花の兄」の名に興じたものながら、このかぐわしいウメはどうやって生み出されたのか、との意も込められていよう。春「花の兄」。

【語釈】○さも　そのようにも。○花の兄　ウメの異称。

追21　出離生死《しゆつりしようじ》
　　もつれてもつゐ《い》とけ安き柳かな　（同）

【句意】もつれても容易にほどけやすいヤナギの枝であることだ。そのように煩悩から解放されたいとの願いを込める。春「柳」。

【語釈】○出離生死　仏道を修めて、生死を繰り返す迷いの世界を離れること。○つゐ　すぐ。簡単に。

追22　飴売のけふ《きょう》もかざせり桜箱　（同）

【句意】飴売りが今日も頭上にかざしている、サクラではなく、サクラが散り積もった箱を。春「桜」。

【語釈】○飴売　街頭で飴を売る商人。○けふもかざせり　山辺赤人「百敷《ももしき》の大宮人はいとまあれや桜かざして今日も暮らしつ」（『新古今集』）を踏まえる。○桜箱　飴を入れた箱にサクラが散りかかるのを、こう言い表したもの。

追23　今日桃の花に科《とが》なし色上戸《いろじょうご》　（同）

【句意】節句である今日のモモの花に罪はない、花のように顔が赤いのは色上戸のせいだ。春「桃の花」。

【語釈】○科　非難されるような行為。罪。○色上戸　飲むと顔が赤くなる酒飲み。

追24　川中に花の咲《さき》けり菜種畠《なたねばた》　（同）

【句意】川の中に花の咲いたことだ、川洲《かわす》にあるナタネの畑で。春「花…菜種（菜種の花）」。

【語釈】○菜種　アブラナの別名で、種子から油を採取するために栽培する。「菜種の花」で春の季語となる。

追25　立甫子《りゆうほし》東武行《とうぶにゆく》を送りて
かはらけ《わ》や鞍壺《くらつぼ》涼し馬の上　（真蹟）

【句意】土器の杯を酌み交わすことだ、鞍壺は涼しいことであろう、馬の上で。よい旅をという挨拶。夏「涼し」。

【語釈】○立甫子　未詳。○東武行　江戸に行く。○かはらけ　素焼きの盃。○鞍壺　馬の鞍で人がすわる部分。

追26　草庵のそのままを
蚊屋ごしにひとり見てさへ《え》夜の月　（同）

【句意】蚊屋を通して一人で見るのでさえも、夜の月は実に趣が深い。月見の酒宴が念頭にあろう。夏「蚊屋」。

追27　なびきそむや情《なさけ》の早苗女子寺《おなごでら》　（同）

【句意】なびき始めることよ、早苗のように生じる情けというものに、女子寺の娘たちも。夏「早苗」。

【語釈】○情の早苗　女性らしい情が芽生えてくるのを、早苗にたとえて表現したものであろう。○女子寺　女の子に字の読み書きを教えた所。女子専用の寺子屋。

追28　水銀を朱《しゆ》になす露の紅葉《もみじ》かな　（同）

【句意】水銀を朱色に染めなしたような、露を置くモミジであることだ。見立ての作ながら、「水銀は鏡を磨ぐのに用いられたりしていたから、この見立ても特異なものではなかった」（飯田『俳句解』）という。秋「露・紅葉」。

【語釈】○水銀　亜鉛族元素の一つで、銀白色の金属光沢をもつ。

名月に雨

追29　今宵いかばかり鎌《かま》で芋むく里ごころ　（同）

【句意】今宵はどれぐらい鎌でイモの皮をむいているだろうかと、実家をなつかしがる。秋「芋」。

【語釈】○芋　ここはサトイモ。八月十五夜の名月にはこれを供えることから、「芋名月」の語がある。○里ごころ　実家や自宅、郷里などをなつかしく思う心。ここは奉公に出ている下女などの心を思いやったものであろう。

追30　橋板をぬふ《う》てもあまる氷柱哉《つららかな》　（同）

【句意】橋の板を縫ってもまだ余りそうな、氷柱であることだ。橋板が蔓《つる》などで結んであり、その橋に氷柱が下がるのを見て、その氷柱を糸のようだと見立てたのであろう。冬「氷柱」。

【語釈】○橋板　橋桁の上に敷き並べた板。○ぬふ　縫う。

追31　夜の明《あけ》て尾花大きく成《なり》に梟《けり》　（真蹟）

【句意】夜が明けて、オバナが一段と大きくなった。そのように見えるのであろう。秋「尾花」。

【語釈】○尾花　ススキの花穂。○梟　助動詞「けり」の宛字。本来はチドリ科の鳥。

追32　呑《のみ》ふしてきゆるをしらぬ今朝《けさ》の霜　（梅三書状）

【句意】酒を飲んで寝てしまい、消えたのも知らない今朝の霜である。それほどゆっくり寝ていたということ。冬「霜」。

追33　朝々や日にすすがれし森の松　（瓢水書簡）

【句意】毎朝のことよ、日の光に洗われたようにすがすがしい森のマツである。雑《ぞう》（無季）。

【語釈】○すすがれし　水をかけて汚れを洗い流された。

語彙索引

【語釈】で取り上げた語句、あるいは言及した人名などを現代仮名遣いで表記し五十音順に配列した。アラビア数字は句番号である。カッコ内は【語釈】の表記である。見出し語と【語釈】の表記が一致する場合は【語釈】の表記を省略した。

あ　行

あい（あひ）　384　390
あいありしひと（愛ありし人）　384
あいそ（あひそ）　494
あいづくり（藍作り）　47
あいどころ（あひどころ）　495
あえもの（あへもの）　300
あえられもの（あへられ物）　251
あおによし（青丹よし）　115
あか　164
あかしち（明石地）　230
あかしのした（明石の下）　362
あかずむかう（あかずむかふ）　135
あかねさす　47
あきたよりいずる（秋田より出る）　218
あけどころ（明所）　2
あげや（揚屋）　238
あさがお（朝顔・蕣）　19　49　96
あさづくひ（朝附日）　453
あさつぱら（あさつ腹）　118
あさと（朝戸）　361
あさまし（浅まし）　20
あしちまき（芦粽）　155
あしのつの（蘆の角）　486
あしをそら（足を空）　316
あだなる　493
あつあつ　210
あてられ　361
あどなき　326
あに（兄）　425
あふ（阿府）　83　427
あまつさえ（剰）　410
あまのがわ（天の川）　92
あまのこ（海士の子）　293
あまのなつごろも（天の夏衣）　402
あまのはら（天の原）　120
あめうり（飴売）　追22
あやめ　344　448　521
あよう（阿陽）　229
あらそう（諍ふ）　32　47
ありさま（有様）　42
あわじしま（淡路島）　557
あわせ　249
あわめる（あはめる）　433
あわれ（あはれ）　525
いいすて（いひすて）　360
いいだこ（飯蛸）　280
いえのおん（家の恩）　81
いかのぼり　337
いぎたなし（寝悪）　257
いきどしき　97
いくたみょうじん（幾田明神）　415
いくはるか（幾春か）　40
いくらかくら　536
いさ　473
いさおし（いさほし）　386
いさめ（勇）　6
いざよい（十六夜）　135
いせん（謂川）　564
いそぎ　522
いちげきゆうじゅん（一夏九旬）　170
いちねんじゅうのふなあそび（一年中の船あそび）　451
いちばし（一婆子）　433

いちはらの（市原野） 193
いちばんぶね（一番船） 373
いつかいのまんざ（一会の満座） 384
いつかん（一管） 436
いつかん（一緘） 440
いつきがわ（五木川） 追3
いつさんのいつきよう（一盞の一興） 384
いつしんじ（一心寺） 119 262
いつそん（一樽） 366
いつついつつ（五つ五つ） 347
いづつや 189
いつとう（一棟） 439
いとなみ 538
いとゆう（いとゆふ） 458
いとをひきたるごとし（糸を引たるごとし） 556
いなずま（稲妻） 56
いなびかり（稲びかり） 418
いのちのその（命の薗） 434
いまでら（今寺） 362
いまみや（今宮） 258 315
いまみやえびす（今宮戎） 217
いもせのしるし 491
いもむし（芋虫） 74
いよ（伊与） 349
いろ（色） 45 392
いろあい（いろあひ） 556
いろじようご（色上戸） 追23
いろどる（彩る） 515
いわけなき（いはけなき） 330
いわぬはいうにまさる（いはぬはいふにまさる） 330
いんしのこころやすさ（隠士の心安さ） 356
う（鵜） 543
うえきやまち（植木や町） 536
うえをゆく（うへを行） 524
うきくさ（萍） 66
うぐいす（黄鳥） 216
うぐいすまでは（鶯までは） 151
うけ（請） 185
うごくやなぎにうおにげず（動く柳に魚逃ず） 15
うこんのもの 192
うしひくほし（牛引星） 522
うず（渦） 508
うそう（雨相） 392
うそうそと 432
うた（謳） 439
うた（歌） 566
うたい（謡） 566
うたかたの 83
うたたね 241
うたのたね（歌の種） 305
うたまくら（歌枕） 257
うちかぎ（打鍵） 198
うつぎ（卯木） 430
うつつのひと（うつつの人） 404
うてな（台） 497
うどんおけ（うどん桶） 190
うのはな（卯の花） 192
うのむの（有の無の） 317
うひのじよう（有非の情） 253
うぶぎ（産着） 491
うまおり（馬下り） 113
うまかた（馬方） 185
うまれび（生れ日） 437
うみこつて（湖凝て） 7
うみにもつかず（海にもつかず） 125
うめつくに（梅津国） 6
うめにうぐいす（梅に鶯） 68
うめのおきな（梅の翁） 181
うらずまい（裏住居） 469
うらのかすみ（うらの霞） 62
うらのはつしま（浦初島） 167
うらみち（うら道） 469
うるうどし（潤年） 305 322
うんすい（雲水） 251
うんもん（雲門） 443
うんれい（雲鈴） 539
えいぜん（影前） 317
えいはく（栄陌） 143
えどせぬ（江戸せぬ） 326
えほう（え方） 406
えぼし（烏帽子） 80
えみて（笑て） 377
えむ 255
えん（椽） 152
えん（縁） 177
えん（艶） 369
えんえん（炎々） 417
えんざん（猿山） 560
えんざんいちもく（遠山一目）

527
えんていのたまをみる（淵底の玉を見る） 560
えんまどう（閻魔堂） 212
おいがれし（老がれし） 449
おいのかち（老の勝） 319
おいのわざ（老のわざ） 207
おいらくをきわむる（老楽をきはむる） 427
おうしゆう（王子遊） 445
おうち（あふち） 490
おおじくみ（大仕組） 316
おおなおし（大直し） 438
おかまつはなご（岡松花五） 347
おきごたつ（置ごたつ） 91
おきのいし（沖の石） 419
おくて（晩稲） 161
おくりび（送火） 45
おごおり（小郡） 360
おざさ（小笹） 247
おじ（舅） 560
おしつめて 追12
おじぬ（懼ぬ） 415
おとこじよたい（男世帯） 475
おとずれ（音信） 527
おとり 375
おどり（踊） 449 492
おにつら（鬼貫・鬼つら） 124 499 556
おのがうらうら（おのが浦々） 230
おのがまにまに 557
おのでる（尾の出る） 175
おばな（尾花） 追31
おはらい（御祓） 235
おぼえたり（覚えたり） 351
おぼつかな（覚束な） 452
おぼろづき（おぼろ月） 287
おみなえし（女郎花） 69
おもいこせ（おもひこせ） 500
おもうあたり（おもふあたり） 30
おもしろのありさま 311
おもだか（慈姑） 59
おもて 493
おもてはずかしく（面はづかしく） 428
おもわすれ 146
おもわぬ（おもはぬ） 325
おりめたかし（折目高し） 101
おろかに 381
おん（御） 559

か行

かいし（懐紙） 184
かいせん（廻船） 445
かいどう（海棠） 181
かいなき（かひなき） 17
かえりばな（帰花・帰り花） 35 149
かえるさ（かへるさ） 148
かおみせ（顔見せ・顔見世） 3 140
かがりび（かがり火） 498
かかりぶね（かかり船） 199
かきすてのなごり（書すての余波） 411
かぎつて 222
かきつばた 18
かぎりなや（限りなや） 157
かぎりのふで（かぎりの筆） 428
かくしようそくぼう（隔生即忘） 359
かけごい（懸乞） 43
かげにほす（陰にほす） 192
かげのはな（陰の花） 10
かけばん（掛盤） 98
かけよ 296
かこ（水子） 338 345
かささぎのはし（鵲の橋） 544
かさねぎ（重ね着） 379
かさはり（傘張） 389
かざりわら（かざり藁） 144
かしく 411
かしこきひと（かしこき人） 552
かしほす（菓子干） 542
かしましさ 316
かしら 273
かすお（糟尾） 565
かすがの（春日野） 60
かずらき（かづらき・葛城） 294 442
かせん（歌仙） 512 541 559
かたあいて（片相手） 221
かたうらみ（片うらみ） 385

かたくはのはじめ（固く歯の初） 7
かたなかじ（かたな鍛冶） 147
かたは（片羽） 233
かたびら 156
かたみうらみ 558
かたわ（片輪） 191
かちく（勝句） 追11
かちよう（蚊帳） 547
かちよりぞ（歩行よりぞ） 352
かつぺき（合壁） 118
かどかざり（門かざり） 406
かなのもの（かなの物） 246 369
かなめいし（要石） 393
かなわぬみ（かなはぬ身） 518
かね（鉦） 531
かは 223
かぶきのしろ（歌舞妓の城） 316
かふすべ（蚊ふすべ） 469
かぶとにんぎよう（甲人形） 12
かま（鎌） 219
かみうた（神歌） 385
かみかぜ（神風） 229
かみがわら（上河原） 307
かみこ（紙衣・紙子） 207 540
かみごころ（神ごころ） 516
かみのはな（神の花） 502
かみのはままつ（神の浜松） 278
かや（蚊屋） 106
かやのてん（蚊屋の天） 505
からごろも（から衣） 404
からさお（からさほ） 460
からに 331
かりね（仮寝） 91
かわざこ（川ざこ） 461
かわづら（川づら） 337
かわらけ（かはらけ） 追25
かんかん（関々） 447
かんぎく（寒菊） 552
かんきよ（閑居） 540
かんじく（巻軸） 208
かんぞう（萱草） 309
かんなづき（無神月・神無月） 46 255
かんぶつ（灌仏） 443 444
かんようけん（竿陽軒） 426
きおい（きほひ） 392
きおとこ（木男） 330
きかく（其角） 221 254
ききねいり（聞寐入） 533
ぎくう（祇空） 255
きくげつ（菊月） 558
きくじ（菊治） 556
きくづくり（菊作） 188
きくのせさけのふち（菊の瀬酒の淵） 268
きくのつゆ（菊の露） 551
きくのふち（菊の淵） 383 429
きくやざけ（菊屋酒） 321
きさらぎ（二月） 541
きずい（気随） 552
きたの（北野） 342
きたのふじなみ（北の藤なみ） 487
きつね（狐） 299
きつねがわ（きつね川） 296
きともきんとともなけれど（忌とも禁ともなけれど） 361
きにあえ（気にあへ） 31
きにむかぬ（気にむかぬ） 86
きぬた（砧） 37 213
きのよわみ（気の弱み） 182
きぶね（貴ぶね） 193
きやくにきやくたり（客に客たり） 378
きゆう（灸） 351 追8
きゆうろう（旧臘） 304
きよ（譏誉） 434
きようざけ（京酒） 366
ぎようじゆうざが（行住坐臥） 339
ぎようずい（行水） 470
きようそく（脇息） 324
きようのせ（けふの瀬） 451
きようのつき（けふの月・今日の月） 125 182 185 318 371 382 420 509 524
きようもかざせり（けふもかざせり） 追22
ぎよりゆう（魚柳） 334
きりぎりす 75
きりのは（桐の葉） 159
ぎんが（銀河） 544
きんしよう（欣笑） 253
ぎんせき（吟夕） 83
きんりえんくつ（近里遠堀） 367

くう（空） 92
くがつここのか（九月九日） 551
くがつじん（九月尽） 525
くぐもりて 127
くさのと（草の戸） 546
くし（好士） 314 343 358 392
くすりぐい（薬喰・くすりぐひ） 132 394
くすりのひかり（薬のひかり） 387
ぐぶ（供奉） 235
くまなかりし 524
くみして（組して） 290
くものみね（雲の峰） 553
くらがり 440 522
くらつぼ（鞍壺） 追25
くらべもの 4
くりのひ（栗の日） 291
くりよか（くりよ歟） 557
くるしからぬ 557
くろぬし（黒主） 63
くんしはうつわものならず（君子は器ならず） 311
げ（偈） 255

けいじつ（頃日） 314
けいせい 556
けいせいまち（傾城町） 541
けいたん（鶏旦） 322 440
けいふ（傾婦） 303 344
げこう（下向） 229
けさのはる（今朝の春） 201
げな 280
けぬべし 244
けり（鳧） 追31
げんさんみ（源三位） 344
こいすちよう（恋すてふ） 追7
こいのやみ（恋の闇） 8
こうじん（好人） 360
こうじん（鮫人） 560
こうた（小歌） 276
こうなん（江南） 434
こうのいけなにがし（鴻池何がし） 510
こうばし（香箸） 177
こうびん（厚鬢） 314
こうろう（高楼） 189
こえて（越て） 487
こがね 377

こきうすき（濃薄き） 128
こけけり 214
こけのまつ（苔の松） 335
ごこう（五更） 304
ここのえ（九重） 272
ここのこと（爰の事） 405
ごごのひ（五々の日） 536
こころなきみ（こころなき身） 550
こころまかせ（心まかせ） 追14
こころもとなきもの 541
こころやすさ（心易さ） 107
ごさいそこ（御さいさこ） 329
こざとう（小座頭） 11
ごしちすん（五七寸） 336
こしらえ（こしらへ） 165
こそ 463
こたつ（火燵） 95
こたつがあいて（火燵があいて） 197
こだま 370
こち 212
こちのな（こちの名） 184
こちよう（胡蝶） 520

ごつ（兀） 368
こどいや（小問屋） 162
こぬか（粉糠） 129
このかみ 233 410
このしたやみ（木の下闇） 367
このときにあいにあえり（此時にあひにあへり） 386
このむところの（このむ所の） 361
こはく（湖白） 554
こまちがうた（小町が歌） 524
こめというもじ（米といふ文字） 436
こもちまき（菰粽） 225 409
こや（昆陽） 510
こゆえのやみ（子故の闇） 432
こよいのほし（今夜の星） 418
こよみうり（暦うり） 20
ごりようぐう（御霊宮） 340
こりぬ 49
これきにかえるはる（古暦にかへる春） 315
これやこの（是や此） 27
これん（古璉） 358

ころ（比） 168
ころびね（転び寝） 148
ころもがえ（衣更・衣がへ・更衣） 191 230 323 351 489 追8
こわたやま（木幡山） 352

さ行

さいぎようじ（西行寺） 補1
さいぎん（西吟） 14 295
さいくえ（細工絵） 163
さいくぞり（細工剃） 9
さいごくいちばんのかわぶね（西国一番の川船） 345
さおとめ（早乙女） 23 166
さが（嵯峨） 553
さかうて（さかふて） 459
さかけ（酒気） 53
さかずき（羽觴） 434
さかな（肴） 263
さきがかち（先が勝） 428
さくひ（昨非） 306
さくらだい（桜だい） 追19
さくらづか（さくら塚） 295
さくらばこ（桜箱） 追22
さけすずり（酒硯） 318
さけどうらく（酒道楽） 312
さして 433
さぞ 追18
さたてんじん（佐太天神） 335
さたみやおくかんのん（佐太宮奥観音） 430
さつきあめ（五月雨） 43
さて（扨） 31
ざとう（座頭） 51
さとかわ（里川） 543
さとごころ（里ごころ） 追29
ざどころ（座所） 176
さなえ（早苗） 439
さぬき 419
さぬきのくに（讃岐国） 392
さむさはじめ（寒さ始） 48
さめゆく（覚行） 3
さも 追20
さもなし 421
さよのなかやま（佐夜の中山） 257
さら 540
さらしな（更科） 567
されば 16
さればこそ（されば社） 486
さん（賛） 149
さんがいのどくせい（三界の独聖） 329 367
さんぜんせかい（三千世界） 424
じあいのふたつ（慈愛のふたつ） 538
しいじ（四時） 422
じいみょうだいうん（慈意妙大雲） 332
しおがま（塩竈） 286
しおざかい（汐ざかひ） 237
しおたれて（しほたれて） 550
しおひ（汐干） 293
しかのかわりに（鹿のかはりに） 124
しがらみ 9
しかん（仕官） 186 376
しき（式） 521
しきたり（規矩） 100
しぐるる（時雨る） 153 262
しぐれ（時雨） 138 162 196 210 239 248 391 526
しじみがわ（蜆川） 398
しず（賤） 361
しだ（歯朶） 追7
したえをもがれて（下枝をもがれて） 233
したじ（下地） 212
じたをおもう（憶自他） 292
しちねんのゆめ（七年の夢） 231
しちゅうにいんしあり（市中に隠士あり） 396
しちよう（紙帳） 206
しない（しなひ） 123
しにとむない（死とむない） 90
しののめ（東雲） 110
しひつ（試筆） 304 516
しびり 518
しまい（仕舞・仕廻） 220 427
しむけ（仕むけ） 161
しめす 389
しや 275
しやかのかがし（釈迦の案山子） 60
しやくし（釈子） 329

しやじく（車軸）　550
しゅううつ（愁鬱）　434
しゅうきよう（秋興）　531　549
しゅうく（秀句）　301
じゅうげん（重言）　339
じゅうさんげん（十三絃）　322
じゅうさんや（十三夜）　379
じゅうにんしゅうわくにんなし（十人酬和九人無）　564
じゅうまんどう（十万堂）　558
じゅうや（十夜）　172
じゅうよんや（十四夜）　371
しゅか（酒家）　463
しゅくてい（叔弟）　150
しゅくろう（宿老）　239
しゅつかくじざい（出格自在）　434
じゅつない　351
しゅつりしょうじ（出離生死）　追21
しゅはいのくし（酒誹の好士）　366
しゅはく（酒粕）　435
しゅんきよう（春興）　308
じゅんげきのさだまらぬ（順逆の定まらぬ）　428
しゅんしょく（春色）　150
しょうし（笑止）　60
しょうじん（精進）　169
しょうはく（肖柏）　181
しょかい（初会）　355　426
しょかんもしるやしらずや（暑寒もしるやしらずや）　173
じょそう（助叟）　113
しょや（初夜）　32
じょりゅう（鋤立）　58
じょろう（女郎）　70　238
しらうお（白魚）　71
しらおうぎ（しらあふぎ）　204
しらさぎ（しら鷺）　25
しるもなますも（汁も鱠も）　375
しれるところ（しれる所）　386
しろじろと　178
しろたえ（白妙）　514
しわぶき（しはぶき）　271
しんぐう（新宮）　381
しんご（震後）　393
しんじゅちょうたん（人寿長短）　195
しんち（新地）　143
しんちょく（真直）　425
しんづつみ（新づつみ・新堤）　143　214
しんどく（慎独）　504
しんぷ（信府）　560
しんめい（神明）　161　204　208　502
すいぎん（水銀）　追28
すいへん（水辺）　521
ずいりゅうじ（瑞龍寺）　148
すえのはる（末の春）　434
すえひろがりのおうぎ（末ひろがりの扇）　410
すえわた（末綿）　422
すおう（周坊）　360
すくみさぎ（すくみ鷺）　390
すさまじき（冷じき）　236
すすがれし　追33
すずしきみち（涼しき道）　428
すずみどこ（涼床）　103
すずりほる（硯ほる）　338
すてごころ（捨心）　106
すなば（砂場）　76
すみだがわのみやこどり（角田川の都鳥）　556
すみふで（墨筆）　355
すみやき（炭焼）　107
すみよし（住よし・住吉）　25　40　46　57　82　227　278　557
すみよしうら（住よし浦）　235
すんこうはんざ（寸香半座）　435
せいざん（正山）　343
せいなんのえ（西南の江）　411
せいびょう（聖廟）　430
せいぼ（歳暮）　316　425　441
せいもん（誓文）　477
せいりゅう（青流）　221
せかず　297
せつきぞろ（節季候）　86
せっしゅうふくはら（摂州福原）　512
せった（雪駄）　107
せったい（接待）　506
せつぶん（節分）　55
せど（背戸）　539
ぜにうり（銭売）　480
ぜにごま（銭ごま）　566

ぜん（膳） 159
せんざいをうたう（千歳をうたふ） 410
ぜんじよう（禅定） 367
せんせい（先聖） 267
ぜんぷくじ（善福寺） 443
ぜんもん（禅門） 436
そうあん（草庵） 553
そういん（宗因） 181
そうかん（宗鑑） 181 296
そうぎのかや（宗祇の蚊屋） 255
そうたん（宗旦） 435
ぞうに（雑煮） 516
そうもん（草門） 556
そえだけ（添竹） 564
そぐり 144
そこ 434
そしる 140
そでのいわい（袖の祝ひ） 551
そのじよ（園女） 564
そのときのそのまま（其時のそのまま） 301
そも 511
それでに 211
それなりに 154
それよ 396
そろそろ 追10
そろばんほどなるはし（そろばんほどなる橋） 421

た 行

たいこ（太鼓） 76
たいこもち（たいこ持） 189
たいさんじ（太山寺） 387
だいちん（大椿） 330
だいひ（大悲） 449
だいふくちようじや（大福長者） 234
だいみよう（大名） 171
たかさご（高砂） 286
たかすだれ（高簾） 408
たかねのはな（高根の花） 264
だきかご（抱籠） 274
たくせん（託宣） 296
たくみてもたくまれじ（工みてもたくまれじ） 255
たけた 283
たけのかき（竹の垣） 250
たけのこじぶん（筍時分） 432
たしか（慥） 381
たずね（たづね） 392
ただのじよう（只の状） 310
たちい（立居） 540
たちかえるはる（立帰る春） 438
たつかゆみ（たつか弓） 298
たつとし（立とし） 追4
たなばやし（棚林） 349
たにし（田螺） 282
たばいもの（たびひ物） 234
たび（踏皮） 189
たびくしげ（旅櫛笥） 255
たま（匂） 560
たまがわ（玉川） 211
たまだな（霊棚・玉棚） 401 419
たまつばき（玉椿） 181 343
たまてる（玉照） 341
たまぼこの（玉鉾の） 490
たままつり（たま祭） 401
たみののしま（田蓑島） 166
たむけ（手向） 511
たむけのこせし（手向のこせし） 401
たることをよくしれ（足事をよくしれ） 424
だるま（達磨） 67 149
たわれぐさ（たはれ草） 434
たんおう（湛翁） 83
たんご（端午） 187 297 409 448 456 521
たんたんおう（湛々翁） 434
ちかい（誓） 449
ちかづき（近付） 356
ちからなし 追9
ちくぜい（竹砌） 404
ちくよう（筑陽） 386
ちごでたち（児出立） 449
ちとせ（千とせ） 41
ちとせのさか（ちとせの坂） 436
ちどり（千鳥） 475 追6
ちなむ 113
ちにないて（血に泣て） 354
ちはやぶる 563
ちまき（粽） 456
ちやうすやま（茶臼山） 555
ちやく（着） 149

ちやのこと（茶の事）　528
ちやわんがま（茶碗竈）　242
ちゆうからした（中から下）　175
ちゆうしゆう（仲秋）　420
ちようてん（長天）　88
ちようはく（潮白）　298
ちようよう（重陽）　291　299　378　429　450　463
ちよのひとせ（千代の一瀬）　429
ちをはいて（血を吐て）　30
ちんすい（沈酔）　558
つい（つゐ）　137　追21
ついしよう（追従）　60
つかわぬおうぎ（つかはぬ扇）　376
つきかげ（月影）　79
つきなみ（月次）　502
つきはな（月花）　51　102
つくし（筑紫）　405
つくしぶね（つくし船）　424
つくづくし　283
つじあんどう（辻行灯）　481
つじずもう（辻相撲）　54
つた（蘿）　109
つつ　248
つつみごしなる（堤ごしなる）　24
つづめて　127
つて（伝）　362
つと　402
つの（角）　460
つのあるものにきばあるはなし（角あるものに牙有はなし）　追13
つのぐみ（角組）　267
つぼ（坪）　242
つゆしずく（露雫）　419
つゆのつよみ（露のつよみ）　19
つらら　36
つらるる　39
つるがおか（鶴が岡）　458
つるのはし（鶴の嘴）　434
つんぼ（聾）　258
てなしぼう（手なし坊）　298
てにあわず（手にあはず）　283
てのとどく（手の届く）　396
てまくら（手枕）　518
てらしま（寺島）　556
でんか（田家）　327
てんじん（天神）　348
てんちびようどう（天地平等）　195
てんと　563
てんのうじ（天王寺）　158
でんぷう（田風）　430
てんまがわ（天満川）　122　356
てんまてんじん（天満天神）　536
といまる（問丸）　218
といよりて（問よりて）　197
どうえつぜんおう（道悦禅翁）　381
どうじよう（動情）　216
どうじようじ（道成寺）　307
とうじん（唐人）　441
どうしんじや（道心者）　72
とうせん（桃川）　150
とうぶ（東武）　358
とうぶにゆく（東武行）　追25
とうぶのかどで（東武の門出）　376
どうみようじ（道明寺）　385
とおかぎく（十日菊）　238
とが（科）　追23
とがにん（科人）　171
ときこそあれ（時こそあれ）　83
とぐ（琢ぐ）　282
どくぎん（独吟）　559
とけず　486
とこすずみ（床涼み）　398
とこぶち（床縁）　180
ところがえして（所がへして）　186
としなみのきよう（年なみのけふ）　268
としのいそぎ（年のいそぎ）　310
としのお（年の尾）　175
としのかむり（年の冠）　478
としのき（年の気）　48
としのせ（としの瀬）　302
としのせきもり（としのせき守）　397
としのなみ（としの波）　311
としのは（年の端）　116
としのはな（としの花）　151
としまさりに（年まさりに）　169
としわすれ（年わすれ）　425　441

としをおぼゆる（年を覚ゆる） 83
とすり（戸すり） 503
どつきょ（独居） 97
とつと 136
とても 428
ととりやま（砥とり山） 453
とふ（十ふ） 409
とぶほどの（飛ほどの） 120
とま（苫） 445
どようこち（土用東風） 306
とらそ 116
とりどりに 459
とりのあした（鶏の旦） 304
とりわきて 527
とる 202
とわじ（とはじ） 223
とわれて（とはれて） 360

な 行

ないないに（内々に） 追15
ながきわかれ（ながき別） 233
なかごと（中言） 34
なかなおり（中直り） 274
なかなか（中々） 434
なかなかに（中々に） 197 418 438
ながめづか（詠塚） 14
ながもちでこそはこばね（長持で社はこばね） 124
ながら（長柄） 284
なかんずく（なかんづく） 417
なきとこにねんきみぞかなしき（なき床にねむ君ぞ悲しき） 330
なぐさめかねつ 33
なげきいったる（なげき入たる） 511
なこ（名古） 434
なさけあるおとこ（情ある男） 124
なさけのさなえ（情の早苗） 追27
なすびかお（なすび買） 421
なすびじる 461
なたね（菜種） 26 308 追24
なつごろも（夏衣） 101
なつぼうず（夏坊主） 224
ななくさ（七草） 118
ななめならざる 557
なによびよくて（名に呼よくて） 21
なにわ（難波・なには） 83 267
なにわづ（難波津） 164 266 315
なにわづつやざと（浪花津艶里） 411
なにわづのいろざと（浪華津の色里） 556
なにわにつけて（なにはに付て） 479
なにわのくに（浪速国） 237
なにわめ（浪花女） 340
なにをまつみと（何を待身と） 85
なのみ（名のみ） 462
なのみしらかわ（名のみしら河） 314
なまめける 328
なやむ 556
なよげなる 536
なよたけ（なよ竹） 183
ならうちわ 115
ならごよみ（奈良暦） 440
ならちゃ（奈良茶） 272
なりひら（なり平） 123
なると（鳴門） 427 508
なるとのり（鳴門海苔） 439
にくからぬ 456
にくをさきほねをくだき（割肉摧骨） 367
にげていにけり（逃ていにけり） 435
にせあんらく（二世安楽） 412
にせい（二星） 491
にせんりのほか（二千里の外） 203
にどふる（二度降） 331
にない（荷ひ） 466
にょらい（如来） 5
にらむ（白眼） 98
にわか（俄） 81
ぬう（ぬふ） 追30
ぬさ（幣） 512
ぬしや（ぬし屋） 追12
ぬなわ（蓴） 232
ぬのせみようじん（布忍明神）

414
ぬりぶくり　558
ね（直）　536
ねあまって（寝あまつて）　319
ねぎ（禰宜）　193
ねこのこい（猫の恋）　275
ねこのつま（猫の妻）　281
ねざめ　526
ねざめのかず（寝覚の数）　564
ねずみ（鼠）　391
ねだりごと　123
ねちん（寐賃）　178
ねづよし（根づよし）　335
ねはん（涅槃）　243
ねはんのつき（涅槃の月）　329
ねびより（寐日和）　333
ねぶつこう（念仏講）　469
ねまきかえして（寝巻返して）　568
ねむるちょう（眠る蝶）　154
ねもごろ　384
ねんないのりっしゅん（年内の立春）　201
のきにさして（軒にさして）　521
のけて　538
のこりおおさ（のこり多さ）　428
のし　252
のだ（野田）　487
のちのうまれ（後の生れ）　381
のちのつき（のちの月・後の月）　381　422
のちのでがわり（後の出替）　374
ののめき　316
のぼり（幟）　297　457
のぼりうり（のぼり売）　245
のぼりばしご（登り梯子）　追13
のみかり（蚤狩）　361
のりかけ（乗掛）　492
のわき（野分）　290　459　554

は　行

はいいん（誹因）　317
ばいしち（梅七）　314　321
ばいじん（梅人）　402
はいゆう（誹友）　527
はえばえしき　345
ばかり（斗）　23
はくき（柏喜）　556
はくぼたん（白ぼたん）　244
はぐれず　10
はしい（端居）　59
はしいた（橋板）　追30
はじかみづけ（はじかみ漬）　288
はしぐもり（橋曇り）　266
はじさらし（恥さらし）　50
はたもの　402
はちがつじゅうよっか（八月十四日）　377
はづくろい（羽づくろひ）　追6
はつさく（八朔）　375
はつしばい（初芝居）　2
はつぞら（初空）　479
はつひ（初日）　202
はつみどり（初みどり）　410
ばつりしょう（罰利生）　1
はなかずら（花かづら）　542
はなすすき（花すすき）　531
はなとさくらと（華とさくらと）　22
はなとよむゆき（花とよむ雪）　320
はなとり（花鳥）　407
はなの（花野）　131
はなの（華の）　211
はなのあに（花の兄）　追20
はなのくも（花の雲）　332
はなのざろん（花の座論）　277
はなのはる（花の春）　315　424　437
はなのやみ（花の闇）　307
はなのゆき（花の雪）　334
はなふきて（花ふきて）　436
はねつるべ　411
はねばし（はね箸）　225
はぼうき（羽帚）　224
はまのまさご（浜の砂）　追11
はまゆみ（はま弓）　72
はやづくり　538
ばやな　219　369
はるみても（春見ても）　57
ばんかい（万海）　384
はんこ（反古）　366
ばんしょうざん（坂松山）　119
はんしらが（半白髪）　478
ばんじんどう（番神堂）　407
はんだい（飯台）　98

はんようべふ（播陽別府） 436
ばんりどうふう（万里同風） 360
はんりんのはし（半輪の橋） 227
ひ（日） 201
ひ（樋） 215
ひうち（火うち） 160
ひおけ（火桶） 163
ひおけうり（火桶売） 127
ひかげ（日影） 103
ひがしうけ（東うけ） 315
ひがん（彼岸） 169 329
ひき（贔屓） 54
ひきそう（ひきそふ） 555
ひきまど（引窓） 8
びくにぶね（比丘尼舟） 445
びじよ（美女） 371
ひたいがみ（額髪） 73
ひといろひといろかたがた（一いろ一いろ方々） 377
ひとこじこじて（一古事古事て） 433
ひとしるし（一しるし） 416
ひとたすかり（一たすかり） 444
ひとたらず（人足ず） 88
ひとにうしろをみせざりけり（人に後を見せざりけり） 12
ひとのてあしをさする（人の手足をさする） 445
ひとまる（人丸） 80
ひとりい（ひとり居） 106
ひね 278
ひばし（火箸） 93
ひばち（火鉢） 93
ひまぜ（日まぜ） 470
ひやくまる（百丸） 435 558
ひやじる（ひや汁） 539 追3
びようぼう（渺茫） 435
ひらのまち（平の町） 340
ひる（干る） 350
ひるふね（昼船） 353
ひろたのおんしや（広田の御社） 406
ふうが（風雅） 310
ふうけいのこころあらんひと（風景の心あらん人） 380
ふうじぶみ（封じ文） 541
ふかみぐさ（ふかみ草） 165
ぶぎよう（奉行） 200
ふく 422
ふく（葺） 448
ふく（鰒） 補2
ふくぞうじ（福蔵寺） 332
ふぐるま（文車） 369
ふくろう（鴟） 152
ぶこう（武江） 221
ふじいでら（葛井寺） 294
ふしたるりゆう（ふしたる竜） 560
ふじなみ（藤浪） 447
ふじのぜに（藤の銭） 220
ふしみけ（伏見気） 138
ふじみるたび（富士見る旅） 306
ふじよう（不定） 367
ふすなに（賦何） 561
ふたいろ（二いろ） 476
ふたいろのみどり（二色の緑） 335
ふたごころ（二ごころ） 135
ふたつぢやや（二つ茶や） 556
ふためいげつ（二名月） 450
ふでつむし（筆津虫） 500
ふなはし（舟はし） 8
ふなまつり（船まつり） 122 356
ふねあがり（船あがり） 138
ふばこ（文箱） 303
ふみ（文） 528
ふみまくら（文まくら） 246
ふゆごもり（冬籠） 67
ふゆとし（冬年） 270
ふゆのおうぎ（冬のあふぎ） 393
ぶり（鰤） 303
ふるうたりや（ふるふたりや） 121
ふるぐつ（古沓） 327
ふるとし 440
ふるほどの（降ほどの） 214
ぶんじゆう（文十） 233 388 430 446
ぶんだい（文台） 384
ぶんりゆう（文流） 400
へいたのばんしよ（平田の番所） 430
へいたん（平坦） 396
べつしよ（別野） 442
へんぽん（翩奔） 307
ぼうず（坊主） 87 543

ぼうずむぎ（坊主麦）　460
ほうらい（蓬萊）　64　100　252　304　328　482　追14
ほしあい（星合・星あひ）　44　505
ほしあみ（干網）　248
ほた（榾）　533
ぼたん（牡丹）　154　388
ぼたんこう（ぼたん講）　176
ほつきよう（法橋）　366
ほつつほつ　155
ほとり　15
ほになでられて（帆に撫られて）　40
ほばしら（帆柱）　267
ぼん（盆）　492

ま　行

まえがみ（前髪）　54
まがりえ（まがり江）　50
まぎらかし　55
まくらやり（枕鎗）　257
まくわことば（真桑詞）　273
ますかき（升かき）　436
まつこい（待恋）　503
まつせ（末世）　14
まつよい（待宵）　550
まつるよ（祭る夜）　370
まどおのだいじ（間遠の大字）　440
まねく　194
ままよ（任佗・任他）　257　314　434
まや（摩耶）　413
まゆやま（眉山）　83
まるね（丸ね）　147
まをあわす（間をあはす）　166
まんざい（万歳）　168
みかえれば（見帰れば）　112
みかぎりきつた花（見限り切た花）　145
みこまち（神子町）　293
みじかよ（短夜）　76
みずかがみ（水鏡）　77　565
みずなしづき（水なし月）　233
みずのたま（水の魂）　71
みずまでやらず（水迄やらず）　79
みずまでら（水間寺）　341
みちかぜ（三千風）　33
みちる（幅る）　332
みつのえみ（みつの咲）　479
みとせあと（三とせ跡）　564
みとちよう（御戸帳）　430
みのこと（身のこと）　477
みのとぶはす（実の飛ぶ蓮）　56
みのふるび（身の古び）　368
みひとつ（身一つ）　48
みふにわれねん（みふに我ねん）　405
みまかりける（身まかりける）　554
みみなし（耳なし）　473
みみのやまかぜ（耳の山風）　313
みやこいり（みやこ入）　94
みよのはる（御代の春）　4
みるめ（海松若布）　328
みるめ（見るめ）　340
むかしおとこ（むかしをとこ）　556
むぐら（葎）　109
むさしの（むさし野）　追18
むしっては　141
むし（虫）　271
むしどころ（むし所）　258
むじのほもなし（無地の帆もなし）　217
むじようのつかい（無常のつかひ）　補2
むずおれ（むず折）　13
むすび　355
むすびあう（むすび逢）　294
むすぶ　358
むそう（夢想）　559
むそうあらたなり（夢想あらたなり）　304
むつのはな　405
むにやくむさん（無二亦無三）　147
むべなるかな　329
むめ　89　546
むら　284
むらさきくくる（紫くくる）　461
むらさきのちり（紫の塵）　218
むらしぐれ（むら時雨）　513　529
むらすずめ（村雀）　追11

めいめいひやくそうとう（明々百草頭） 300
めうど（芽独活） 65
めずる（めづる） 285
めだしけり（芽出しけり） 78
めだつ（芽立） 116
めをつくまで（目をつくまで） 59
もちおもり（もち重り） 63
もちばな（餅花） 61
もつたる 502
もつれて 330
ものうたがいのしぐれ（ものうたがひのしぐれ） 126
ものおこたれ（物怠れ） 114
ものにくるわせり（ものに狂はせり） 434
ものめかし 457
もみじがわ（紅葉川） 9
もみにもむ（揉にもむ） 316
ももちどり（百千どり） 339
もらいだめ（もらひ溜） 168

や　行

やいと（灸） 133
やおう（野翁） 124
やくし（薬師） 349
やこう（野行） 531
やつがれ 62
やどのみやこじ（宿の都路） 424
やどりぎ（やどり木） 349
やなぎににたる（柳に似たる） 28
やはん（夜半） 442
やぶだたみ（藪だたみ） 433
やまおろし（山おろし） 508
やまが（山家） 533
やまざくら（山ざくら・山桜） 52 112
やまどりのおびせぬ（山鳥の帯せぬ） 400
やまのねき（山の際） 26
やまのべ（山のべ） 29
やまひさし（山久し） 349
やまぶき（山ぶき） 377
やまもと（山本） 536
やり（鑓） 196
ゆあみ（湯あみ） 187
ゆうがお（ゆふ顔） 148
ゆうだちぐも（ゆふだち雲） 312
ゆうへい（由平） 317
ゆうゆうしき（勇々敷） 433
ゆうれいか（幽霊蚊） 399
ゆかし 528
ゆきのかち（雪の勝） 38
ゆきのすん（雪の寸） 140
ゆきひら（行平） 123
ゆくつき（行月） 266
ゆや（湯や） 209
よあるき（夜歩行） 168
よいづき（宵月） 348
よいづきよ（宵月夜） 44 347
よいね（宵寝） 547
よいのくち（宵の口） 117
ようきひ（楊貴妃） 189
ようやく（漸） 360
よがたり（世がたり） 441
よかん（余寒） 305
よぎ（夜着） 108 477
よこおりふせる（よこほりふせる） 257
よこぐもり（よこ曇り） 544
よさむ（夜寒） 97 206
よしあし 541
よしのやま（芳野山） 11
よしや 14
よしゆう（与州） 376
よそのてんじょう（余所の天井） 178
よつ（四つ） 32
よつとせあと（四とせ跡） 233
よどがわのひるのぼり（淀川の昼のぼり） 337
よのひる（世の昼） 6
よばん（夜番） 239
よぶこどり（呼子鳥） 265
よもや 511
よりとも（頼朝） 458
よりまさ（頼政） 225
よるせ（よる瀬） 556 557
よるのはな（夜花） 398
よろずよ（よろづ世） 386
よわずさめず（不酔不醒） 451
よをそりかえりし（世をそりかへりし） 552

よをちとせとおれ（世を千年とをれ）　234
よをはやくするひと（世をはやくする人）　329

ら 行

らしようもん（羅生門）　216
らんすい（嵐水）　381
りくふね（陸船）　356
りつそう（律僧）　391
りゆうし（立志）　58　87
りゆうしよういん（竜松院）　60
りようぎんのちなみ（両吟の因）　83
りようのてにうまいもの（両の手にうまひもの）　380
りようや（良夜）　313　318　382　515
りよはくのこころ（旅泊のこころ）　164
りんと　516
ろうおう（老翁）　386
ろうにやくきせんぐんぐんたり（老若貴賤群々たり）　362
ろうはち（臘八）　173
ろうらく（老楽）　228
ろかく（芦角）　123　124
ろせん（芦船）　373
ろよう（芦桶）　229

わ 行

わ（は）　追12
わかいんきよ（若隠居）　145
わかかえで（若楓・わか楓）　474　537
わかしゆ（若衆）　73
わかな（若菜）　270　532
わかなうり（わかな売）　279
わかばのころ（若葉の比）　314
わかみどり（若みどり）　278　426
わかれし　197
わかれて（別れて）　509
わき（脇）　428
わきざし（脇指）　432
わきて　524
わきへなして　538
わきまえ（わきまへ）　434
わくのはな（蔓の鼻）　237
わけ　131
わこうど（わかう人）　441
わこく（和国）　566
わすれぐさ（忘れ草・わすれ草）　31　309
わせ（早稲）　161
わたいれ（綿入）　372
わだおんち（和田恩地）　297
わたしびと（渉人）　557
わたなべばし（渡辺橋・渡部橋）　142　164
わだみようじん（和田明神）　416
わたもよい（綿もよひ）　373
わびて（侘て）　462
わるがね（わる銀）　307
われざくろ（割石榴）　497
われわれがお（我々顔）　84

来山句の魅力――「あとがき」に代えて――

今回、来山の全発句を注釈する機会を与えられ、改めてそのおもしろさに魅了された。当時一般の人々が日常的に使う言葉を用いることが多く、そのためもあってかわかりやすく、また、かなり突飛な発想をもさっと一句にまとめてしまう技量も持ち合わせている。以下、いくつかの句を挙げながら、来山句の特徴とも思われる点に言及してみたい。

全句を読んでみて、強く感じるのは、着眼点のおもしろさ、想像力の豊かさ、発想の大胆さなどである。たとえば、二六三「桃の花けふより水を肴哉」。植物は水を栄養に成長・開花するのだから、自分も酒の肴に水を飲むとしようか、というユニークで自在な発想力。あるいは、二九七「幟出す南はせかず和田恩地」。端午の節句なので、あちらこちらで幟がひらめいていたのであろう。そこから軍記物語で幟が揺れるさまを想起し、和田氏と恩地氏の軍勢は南の地で悠揚としている、と句作したのであり、その想像力には恐れ入るしかない。さらには、四三三「それほどに惜む竹子竜となれ」。タケノコを採ろうとして、持ち主の老婆にうとんぜられ、退散するに際して詠んだ、言ってみれば負け惜しみの一句。こんなタケノコは竜にでもなって飛んで行けばよいのだ、そうすれば他人に持ち帰られることもあるまい、というのであり、「竹子竜となれ」は実に驚くべき表現。四六八「短夜を二階へたしに上りけり」も発想・表現のおもしろさが際だっている。短夜で睡眠不足であるため二階でもう少し寝よう、という内容を、「二階へ足しに上がる」とした点がユニーク。四八二「蓬萊の昼ぞ雀の起る時」も不思議な発想の句で、スズメの起きる時分は蓬萊飾りにとって昼に相当する、というのだから驚く。元日ばかりはスズメより人間の方が早く起き、蓬萊を前にお祝いするということを、このように言ってのけたわけである。また、二四三「寐すがたを仏の恥やけふ迄も」の意外性も注目に値する。涅槃会に際しては、それぞれの寺院で釈迦の涅槃像が飾られる。それに対して、寝姿をこんなにさらして、まったく、これは仏様の恥とも言うべきものではないか、というのであり、来山以外の誰がこのようなことを思いつき、また、それを句にしえただろうか。二二六「卯の花のうえを月夜でぬりにけり」なども、言えそうでなかなか言えない一句であろう。ウノハナの上に月光が差しているのを「塗りにけり」としたところが眼目で、これなど、少し間違えると稚拙な技巧ということにもなりかねない。天性の詩才なのか、こうした表現をさらりと使い、しかも、決して品を落としていない。なお、この句は、前書きによると、ある人物の学才を賞賛した句なのでもあった。こうした例を挙げていくと、きりがないほどである。

前書きとの関係ということで言えば、四四九「児出立老がれし身もおどり哉」なども、その距離に驚かされる例の一つである。句で述べているのは、老いた私も少年たちの中に混じって踊りを楽しんでいる、ということのみ。その前書きが「大悲の誓によす」なのだから、驚愕せざるをえない。「大悲」は「大慈悲」や「大慈大悲」とも言い、われわれ愚かな衆生を救ってくださる、仏や菩薩による広大無辺な慈悲心のこと。「誓」はそうした仏たちの誓願のことである。老齢者も若者も一つになって踊りに興じられるは、これも仏の慈悲の顕れだ、ということなのであろう。ここでの「おどり」が盆踊りの類で、仏事と無関係なものでないとはいえ、前書きがないと、誰が一体、踊りと仏の慈悲を結び付けて把握できるだろうか。四一〇「つづくつづく松に若松初みどり」は、ただマツのことを詠んだ句としか解せられない。一句の意味は、マツの回りに若いマツが生え伸びてどんどん続いていく、といったことであろう。前書きを読むと、そこには、津江氏何某の家が富み栄え、新たに男子も出生して、実にめでたいことだ、といったことが書かれている。すなわち、句中のマツは津江氏の人々を表し、来山は、慶事が続いて永遠の繁栄が期待されることの家に対して、大いなる祝儀の意を示していたわけである。前書きや少し長めの前文が付く来山の句には、こうした種類のものが少なくない。四五九「かまきりや野分さかふてとりどりに」も、カマキリが野分にさからうようにそれぞれの格好をしている、という内容なので、「鳥の絵に」の前書きがあることに、意外の感をもつことになる。前書きにより、これが鳥の絵に添えた画賛句であることがわかり、しばらく考え、敢えて鳥の句は詠まず、カマキリという別の生類を素材にしつつ、「とりどり」の一語に「鳥」を利かせたのだな、と納得するところとなる。ここからも、来山の自在で奇想にも近い発想法が看取されよう。画賛句ということでは、三九〇「あひに降雨のしら菊静也」にも、ほぼ同様のことが言える。句の意味するところは、間をあけて降る雨の中、白いキクが静かに咲いている、というもの。この前書きは「すくみ鷺の絵に」で、「すくみ鷺」とは片足で立っているサギのこと。サギを描いた絵に対して、そのサギ自体を詠むような愚は犯さず、そのじっと立っている様子に着目して、それをキクのことに置き換えて表現したわけである。おそらくは、画中のサギも白いものだったのであろう。その呼応もみごとである。

一方で、来山には、ある出来事をそのまま素直に詠んだかに思える作もある。たとえば、五六二「初雪や塩売こけてなめて見る」。雪の上に塩をこぼした商人がなめて確かめる、という内容であり、こうした単純な一事をさっと句にできるのも、来山の才能のなせる業であろう。三五九「昼酒やのむと其儘汗になる」も、ほとんど訳す必要がないほどわかりやすい句で、たしかに、暑い時期に昼の酒を飲むと、どんどん汗がでていくよなあ、と共感を覚えることにもなろう。この句にも前書きがあり、それは「隔生即忘」というもの。前世から現世に生まれ変わる際には一切の記憶がリセットされる、というのがその意味である。酒を飲んだら、それがそのまま汗になっていき、そして、すっかり記憶もなくしてしまう、ということなのであろう。それにしても、難しい仏教語と句の内容の間には相当の距離があり、その落差がまた読者を惹き付けることになる。当該句の【句意】の欄にも書いた通り、「この自在さとたくまぬおかしさに来山句の一つの特色がある」と言ってよいだろう。一五九「桐の葉を膳によかろとゆふべかな」なども、素直に詠んだ素朴な一句と言える。キリの葉をお膳に使ったらよいのではないか、というのであり、そんなことを話しながらの夕べである、というのである。「言ふ」と「夕べ」の掛詞も自然で、決して臭みが鼻を突くといった類ではない。掛詞を使った句としては、三九九「昼出るは其ころされた幽霊蚊」もある。「幽霊蚊」はカの幽霊であることを示す造語であり、同時に、「幽霊か」という疑問の係助詞「か」が掛けられている。カは夜に殺されるので、昼に幽霊として出てくるのではないか、という発想に基づく句作であり、その軽妙さは、なかなか他の俳人に出せるものではない。四七三「世の事はいさ耳なしの山ざくら」にも掛詞が使われており、聞こえない意の「耳無し」に「耳成山」を掛け、さらに「山」に「山ざくら」を掛けている。俗な世事など聞く耳をもたないという様子で、耳成山の山ザクラが咲いている、というのが句意。掛詞に興じただけの句という評価も可能ながら、超然とした自然のありようをとらえて、自分も俗事など気にしないでいたいものだという、来山の本音がかいま見られるようでもある。

また、発想の自在さと表裏をなすこととして、来山の句には、その表現の新鮮さにはっとさせられることも多い。たとえば、一七三「酔てさめて氷くだいて星をのむ」。酔い覚めに氷をくだいて飲んだところ、それに星が映っていた、ということなのであろう。それにしても、「星を飲む」という言い方は、一般的になかなかさっと出てくるものではないであろう。この句には「臘八　其苦暑寒もしるやしらずや」の前書きがあり、釈尊が成道した十二月八日の臘八会に際し、僧侶たちの苦行とは異なり、自分はこのざまだと自嘲を込めて詠んだものと知られる。前に挙げた句例ともども、前書きと句の二重性ということにも気づかされる一句である。一五七「限りなや蚊までもそだつ海の上」や、一七四「星の夜の寐られぬ罪や蚊は入る」など、カを詠んだ句が多いのも、来山の一つの特徴であろう。海の上に限りなくカが育つと詠み、星の輝く夜にカの罪で寝られないことだと詠む、その発想と表現。これらは、芭蕉の表現世界には見られないものだと言ってもよかろう。二二五「頼政がはね箸したり菰粽」は、頼政が美女の菖蒲に恋をした説話を踏まえ、ショウブならぬコモで巻いた粽など頼政は箸でのけることだろう、と詠んだもので、来山のユーモアのセンスが知られる一句と言える。生涯の友であった鬼貫を詠む四九九「鬼つらに角ふるまへよ唐がらし」なども、そうした句の一つ。俳号に鬼の字が付いているのだから、角ぐらいはあってほしいもの、ならばトウガラシを振る舞って頭に付けさせるがよい、と詠んだわけである。五〇三「まちまちて蚤かく犬の戸すりかな」も楽しい一句で、「待恋」の前書きが付されている。恋しい人を待ちわびて、来たかと思えば、ノミを取るためイヌが戸に体をこすり付ける音であった、というのだから笑わせる。これもまた、来山句の一面である。

　最後に、来山の代表作とされる句を、いくつか取り上げることにしよう。まずは、二八八「秋たつやはじかみ漬もすみきつて」。「はじかみ漬」は薄切りにしたショウガを甘酢などに漬けたもの。その液体のありようを「澄み切って」と言い切り、そこに、立秋の日の昨日までとはどこかが違う、微妙な感覚をかぎ取っている。詩情にあふれた一句と言ってよく、こうした感性の冴えが底にあるからこそ、前述のような発想・表現も生きてくるというものであろう。続いて、四七〇「行水も日まぜになりぬ虫の声」。暑い最中は毎日のこととして行っていた行水も、秋を迎えて隔日の実施ですますようになると、あれ、虫がよい声を聞かせているではないか、というわけである。日常生活を扱いながら、その中に「虫の声」という風雅な素材をさりげなく用い、季節の推移をしっかりとらえている。事実だけを端的に示した表現にも揺るぎがなく、たしかに、来山の代表句の一つと言って間違いないだろう。そして、二六二「しぐるるや時雨ぬ中の一心寺」。こちらには時雨がやって来たけれど、時雨れていない中に一心寺がある、というもので、音読して響きがよく、客観的な描写の中に詩情を感じさせている。もう一つ挙げるならば、二〇〇「お奉行の名さへ覚へずとしくれぬ」であろうか。これには、「大坂も大坂まん中にすんで」の前書きが付されている。そのことも加えて意をとれば、大坂のど真ん中に住んでいながら、お奉行様の名を覚えることもなく、今年も暮れていくことよ、といったことになろう。大坂の西町奉行が交替したことに取材した句でもあるらしい。しかし、それよりも、何とも浮世のことにうとい自分を改めて確認しているようなところがあり、そこに来山らしさが認められる。自分を対象とした句としては、二〇七「更行や紙衣に見ゆる老のわざ」もあり、句意は、更け行く夜に紙子を着た自分がいて、それはいかにも老人としてのありようだ、というもの。ここには、老いた自己を客観的にとらえる姿勢があり、しみじみとした余情を読者に感得させることになる。その一方で、あふれる思いをそのままに吐露した句に、四六七「春の夢気の違はぬが恨めしい」がある。前書きに「愛子をうしなふて」とあるように、愛児の直松が亡くなった時の吟であり、春の夢のように過ぎ去ってしまったわが子に対して、狂人となってしまわぬ自分が恨めしく感じられてならない、というのである。こうした率直な感情表現にも、来山句の特徴の一つが認められるべきであろう。

思いつくままに句を挙げ、自分なりに感じたことを記してきた。こうした何がしかの感想を書くことができるのも、来山の発句六百余を通して読めるおかげに相違ない。その意味で、『元禄名家句集』を編んだ荻野清氏と『小西来山全集』などを手がけた飯田正一氏に、深く感謝の意を表したい。なお、私事にわたることながら、本書の原稿を入稿して数ヶ月後の五月、小生は腰を患い足の痛みに苦しむ身となった。治療の成果が出て、まずまずの状態になったため、初校を点検することもでき、やれやれと思っていると、八月になってまた症状が悪化し、十日ほどは横に臥して過ごす（その間は、疲れない範囲で、ただただ『奥の細道』を読んでいた）ことになる。いくつかの治療を受け、何とか普通に近い生活ができるようになった九月、再校が届くといった按配で、まるで綱渡りのようなことながら、この仕事が何か一つの天命でもあるかのように思われてきた。そして、来山句の幅広く豊かな世界に救われたような気がしてならない。注釈の機会を与えていただいた田中善信氏、本書の出版を許可された新典社社長の岡元学実氏、編集と校正を担当していただいた同社の田代幸子氏に、改めてお礼を申し述べたい。

平成二十九年九月五日　　著者として記す

佐藤　勝明

《著者紹介》
佐藤 勝明（さとう　かつあき）
1958年3月　東京都大田区に生まれる
1980年3月　早稲田大学教育学部国語国文学科卒業
1993年3月　早稲田大学大学院文学研究科博士後期課程修了
専攻・学位　近世俳諧・博士（文学）
現　職　和洋女子大学教授
編著書　『影印本　元禄版猿蓑』（共編，1993年，新典社）
『連句の世界』（共編，1997年，新典社）
『影印版頭注付　西鶴の世界』Ⅰ・Ⅱ（共編，2001年，新典社）
『蕉門研究資料集成』全8巻（2004年，クレス出版）
『芭蕉と京都俳壇―蕉風胎動の延宝・天和期を考える―』（2006年，八木書店）
『新編西鶴全集　第五巻』（共編，2007年，勉誠出版）
『芭蕉研究資料集成　昭和中期篇』全8巻（2009年，クレス出版）
『芭蕉全句集』（共訳注，2010年，角川ソフィア文庫）
『蕪村句集講義』全3巻（2010～2011年，平凡社東洋文庫）
『21世紀日本文学ガイドブック　松尾芭蕉』（編著，2011年，ひつじ書房）
『元禄時代俳人大観』全3巻（共編，2011～2012年，八木書店）
『芭蕉はいつから芭蕉になったか』（2012年，ＮＨＫ出版）
『松尾芭蕉と奥の細道』（2014年，吉川弘文館）
『諸注評釈　新芭蕉俳句大成』（共編，2014年，明治書院）
『俳諧の歴史と芭蕉』（2015年，芭蕉翁顕彰会）
『続猿蓑五歌仙評釈』（共著，2017年，ひつじ書房）

元禄名家句集略注　小西来山篇

2017年12月13日　初刷発行

著　者　佐藤勝明
発行者　岡元学実

発行所　株式会社　新典社

〒101－0051　東京都千代田区神田神保町1－44－11
営業部　03－3233－8051　編集部　03－3233－8052
ＦＡＸ　03－3233－8053　振　替　00170－0－26932
検印省略・不許複製
印刷所　惠友印刷㈱　製本所　牧製本印刷㈱

©Sato Katsuaki 2017
ISBN978-4-7879-0642-7 C1095
http://www.shintensha.co.jp/
E-Mail:info@shintensha.co.jp